本书的出版获得
上海高校高峰学科（Ⅰ类）建设经费资助。

晚明公安派及其现代回响

周质平 著

康凌 译

中华书局

图书在版编目(CIP)数据

晚明公安派及其现代回响/周质平著;康凌译. —北京:中华书局,2021.6
ISBN 978-7-101-14080-4

Ⅰ.晚… Ⅱ.①周…②康… Ⅲ.①袁宏道(1568~1610)-文学研究②公安派-文学研究 Ⅳ.I206.48

中国版本图书馆CIP数据核字(2019)第188424号

书　　名	晚明公安派及其现代回响
著　　者	周质平
译　　者	康　凌
责任编辑	胡正娟
封面设计	周　王
出版发行	中华书局
	（北京市丰台区太平桥西里38号　100073）
	http://www.zhbc.com.cn
	E-mail:zhbc@zhbc.com.cn
印　　刷	北京瑞古冠中印刷厂
版　　次	2021年6月北京第1版
	2021年6月北京第1次印刷
规　　格	开本/880×1230毫米　1/32
	印张9½　插页2　字数300千字
印　　数	1-6000册
国际书号	ISBN 978-7-101-14080-4
定　　价	45.00元

晚明的遗绪：
公安派及其现代回响

晚近对明代文学的研究，多集中于 15 至 17 世纪的几部知名小说，尤其是《水浒传》《西游记》与《金瓶梅》。而明代在文学批评、诗歌与散文方面的发展，却甚少得到西方学者的关注。自 18 世纪早期以降，许多学者都将这些小说视为明代文学的巅峰之作；但在有明一代，这些小说却并不居于文学界的中心。对于大多数明代读书人而言，诗与文依旧是仅有的两种他们愿意为之劳心劳力的文学形式；与此同时，作为一项盛行一时且非常重要的主题，文学批评也常常出现在他们的笔下。

16 世纪晚期，湖北公安的袁氏三兄弟：袁宗道、袁宏道、袁中道，在拟古之风盛行的晚明，于诗文创作上提出了一套新人耳目的看法。他们在诗文理论上的信念可总结为"独抒性灵，不拘格套"。文学史上，称兄弟三人为"公安三袁"或"公安派"。

本书从袁宏道、公安派与晚明思想及诗文的现代回响三个方面展开，为公安派的起落提供了一种新的阐释，其中研究了 16 世纪早期至 17 世纪早期中国文学批评的发展，并强调了在复古派与性灵派的理论中，存在着持续不断的、对文学的表现性质的关注。这项研究将公安派领袖袁宏道及其两位兄弟的文学理论置于焦点，并特别指出了三人之间的理论差别。借由对其诗文的批判性分析,袁宏道不仅被描述为一位杰出的诗文作家,同时也凸显了他相当的才智与幽默。其中亦评估了公安派对晚明文学的影响,以及它对竟陵派的兴起所起到的作用。

我对公安派的研究兴趣起因于我对 20 世纪中国新文学运动的溯源。西方学者往往将这一划时代的文学改革运动归因于美国"意象主义"的影响,而看不到白话文运动与中国传统文学的传承关系。1932 年,周作人在辅仁大学讲"中国新文学的源流",首次将胡适领导的白话文运动与晚明公安派做了直接的联系。但我总感到,周作人在有意无意之间,抑胡而扬袁,小看了胡适的贡献,而夸大了"公安三袁"的影响。为了一探究竟,我在晚明文学中摸索了近十年——这正是我在美国读研究生的岁月和我早期的教学生涯。

近年来,我的研究和写作集中在近现代中国的思想史,但早期这一段在晚明文学中的浸淫,不但带给我无尽美好的回忆,对我而言,也是现代与传统衔接之所在。

我三十多年前的旧作,1988 年由英国剑桥大学出版社出版的 *Yuan Hung-tao and the Kung-an School*(《袁宏道与公安派》),至今还是唯一一部关于袁宏道与公安派的英文专著。几年前,康凌先生关注到我对袁宏道、公安派及现代反响的研究,认为这是一个有新见、有价值的研究,愿意将我此方面的研究成果推广到中文学界,我慨然欣允。经过三年多与康凌君的往复沟通,对我既往的相关中英文研究做了全面的梳理和整合,最终形成了呈现给读者的本书——《晚明公安派及其现代回响》,特授权中华书局出版。多年的研究成果,终于在国内问世,这是一件值得欣慰的事。

康凌先生和我素昧平生，看了他对我文章的中文译稿，我很佩服他译文的准确流畅、信达雅兼顾，以及细查原文出处的严谨态度。没有他辛勤的工作，这本书是不可能在此时出版的，谨深致谢忱！

周质平

于普林斯顿大学

目　录

袁　宏　道

从令吴到辞官，到客居真州，袁宏道的人生观、文学理论，乃至于他对政治的看法，都在这三年中发展并定型了。

“闲适派”想把袁宏道刻画成一束瓶花，一个高雅的案头清供；而“忧时派”则时时不忘在瓶花的后面，暗藏着几把匕首。

作为一位开明的、注重个人表现的诗人，袁宏道的诗以其平直清新打动人心。到了清代，他的诗却被视为"亡国之音"，预示了明代的陵夷。

在林语堂、周作人等赞赏者的笔下，袁宏道常常被描述成一位名士：沉浸于文学与艺术，鄙弃陈言故套和社会规范，对政治抱有深重的厌恶。

公安派与晚明思想

晚明文评家以前所未有的热情争论道，文学的作用不过是人类情感的展现。文学应当为道德与功利服务的观念，不再是这一时期的主导观念。

直到"三袁"兴起之后，自我表现，连同一种个体的声音，才成为晚明文学界的一个趋向。

晚明诗文的现代回响

在过去的四个世纪,源自公安派的自我表现的趋势从未停止。这股潜流穿过清代古典主义的荒漠,在20世纪初喷涌而出。

16世纪以来,语、文合流不但是中国文学发展之大势,也是一部分文评家的愿望。白话小说之兴起,正是语、文合流的最佳证明。

林语堂拈出"性灵"二字,来提倡写幽默趣味的小品文。他提倡的"语录体"或"白话的文言",减少了文言与白话的断层,加深了白话文的历史纵深和与文言的联系。

"少男少女,情色相当"是明人小说中常见的一句话,这是何等的通达,又是何等的写实!

袁宏道

第一章　仕隐之间的徘徊

——袁宏道的生平

一、故乡、先世及早年

袁宏道（1568—1610）字中郎，号石公，又号六休①。母亲生他时，梦月入怀，故小字月。② 少年未定字则为孺修。③ 明穆宗隆庆二年十二月初六日，生于湖北公安县长安里。④ 与胞兄宗道（字伯修，1560—1600）、弟中道（字小修，1570—1624）并有文名，世称"公安三袁"。

袁宏道的故乡公安，在洞庭湖西北、长江南岸，当时还是一个偏僻而贫穷的小县。地势低洼，常有水患，吏治亦差。在《公安县志》及袁宏道的诗文中，水患的记载，所在多有。袁宏道在《新修钱公堤碑记》中，曾以"虏警""倭警"喻水患⑤，据此可以想见其为

---

① 袁中道《答宝庆李二府》："家仲曾号六休，因初入仕时，无意游宦，乃取司空图《休休亭记》中有六宜休语，故用'六休'为号，志无忘山中冷云耳。非《楞严》六用不行旨也。"（《珂雪斋前集》卷二十二）
② 袁中道：《珂雪斋前集》卷十七《吏部验封司郎中中郎先生行状》。
③ 袁中道：《珂雪斋前集》卷十一《游荷叶山居记》。
④ 袁中道：《珂雪斋前集》卷十七《吏部验封司郎中中郎先生行状》。
⑤ 袁宏道：《袁中郎全集·文钞·新修钱公堤碑记》，国学整理社，1935年，第37页。

害之烈了。

公安吏治甚坏，至于"数十年无善治"①，民贫而风气闭塞。袁宗道在《牟镇抚序》一文中，曾以"儿女情多，风云气少"②论楚人。由于公安民风保守，文风亦不盛，袁宏道曾痛切地指出："余邑不能文，而耻言文，最为恶习。"③袁宗道有更进一步的说明：

> 吾邑自洪、成以来，科第不乏，士大夫之有行业者亦复不少；独风雅一门，蓁芜未辟，士自蒙学，以至白首，箧中惟蓄经书一部，烟熏《指南》《浅说》数帙而已，其能诵十科策几段，及程墨后场几篇，则已高视阔步，自夸曰"奥博"，而乡里小儿惮之，亦不翅扬子云。④

袁宗道在此文中，特别提到公安县缺乏作诗的风气，举邑学者号诗文为"外作"，唯视时文为正业。"至于佛、老诸经，则共目为妖书，而间有一二求通其说者，则诟之甚于盗贼。"⑤袁宏道自小生长在这样一个民风、学风、文风都如此固陋的公安，日后居然能领袖文坛，叱咤一时，真可谓是"出乎其类，拔乎其萃"。

据袁宏道在《余大姑祔葬墓石记》⑥及袁中道在《吏部验封司郎中中郎先生行状》《石浦先生传》⑦等文中所说，其先世是"武胄"，从蕲黄迁到湖北，洪武年间为戍卒，屯田在公安的长安里。

---

① 袁宏道：《袁中郎全集·文钞·邑钱侯直指疏荐序》，第 20 页。
② 袁宗道：《白苏斋类集》卷十《牟镇抚序》。
③ 袁宏道：《袁中郎全集·文钞·叙呙氏家绳集》，第 11 页。
④ 袁宗道：《白苏斋类集》卷十《送夹山母舅之任太原序》。
⑤ 袁宗道：《白苏斋类集》卷十《送夹山母舅之任太原序》。
⑥ 袁宏道：《袁中郎全集·文钞·余大姑祔葬墓石记》，第 45 页。
⑦ 袁中道：《珂雪斋前集》卷十六《石浦先生传》。

高祖父有伦公,行谊不详。曾祖父映是一个"出入必带剑,驰怒马"①,豪侠仗义的赳赳武夫。正德(1506—1521)中,群盗起自湖湘间,映以兵法部勒里中子弟自卫,盗贼于是不敢至,并曾于双田、柞林之间歼敌数百,遇饥馑荒年,尝煮糜全活乡人。

祖父左溪公,名大化,文质彬彬,为退让君子——依旧是一个慷慨周人之急的人。在嘉靖二十三、二十四年(1544—1545)之间曾以金千两、谷二千石救饥馑,并焚毁乡人借券,以全活灾民。②从这些记载可以看出:袁宏道的先世武勇好侠,家境富裕,为里中之望族。

父亲名士瑜,号七泽渔人,年十五为诸生,有声里中。同治十三年(1874)周承弼所修《公安县志》卷六《耆德》有传。袁士瑜虽屡败科场,却颇富实学。袁氏自士瑜公始,已以文学继世。袁中道曾将兄弟之能文,应归功于士瑜公之启迪教导。③

袁宏道七岁丧母,养于庶祖母詹氏。④他对詹氏的鞠育之恩至为感念,曾以归养詹氏为由,请辞吴令三次。袁宏道在《去吴之七牍　乞归稿二》中写道:

---

① 袁中道:《珂雪斋前集》卷十七《吏部验封司郎中中郎先生行状》。
② 袁中道:《珂雪斋前集》卷十一《游荷叶山居记》。有关袁宏道之先世及生平的记载,除上举诸文外,另可参看:袁宗道《白苏斋类集》卷十二《外大母赵太夫人行状》;袁宏道《袁中郎全集·文钞·詹大姑圹名》,第47—48页;袁中道《珂雪斋前集》卷九《孟溪叔五十序》、卷二十《书天与公册》。
③ 袁中道:《珂雪斋前集》卷十《二赵生文序》。
④ 袁中郎丧母的年龄,在可见的资料中,有四种不同的记载:(1)即本文所用袁宗道《祭龚鸿胪亭母舅文》(《白苏斋类集》卷十三)云七岁;(2)袁宏道《去吴之七牍　乞归稿一》(《袁中郎全集·尺牍》,第80页)云四岁;(3)袁宏道《詹大姑圹名》(《袁中郎全集·文钞》,第47页)云六岁;(4)袁中道《吏部验封司郎中中郎先生行状》(《珂雪斋前集》卷十七)云八岁。兄弟三人于丧母时,袁宗道年最长,其记忆当较可信,故采用之。

职襁褓来不识有母，至十余岁，窃听兄若姊言，始知之。然终不信吾母之恩，何以能加于吾祖母。以故至于今，思母之心，必有触然后发；而思祖母詹之肠，则无一日而不九回也。二十年之怙恃，恩同覆载。①

由于幼年丧母，母舅家里很照顾袁氏兄弟。日常生活方面，"衫浊则浣之，面垢则靧之，发长即鬌之，拾其蚍虱，省其疴痒"②；教育方面，"童而进以文，长而抑以礼，凡所以教植卫护者，无所不至"③。在这样的情况下，外祖父与诸舅自然给了袁宏道兄弟很大的影响。

外祖父龚大器，字春所，号方伯，出身贫微，是一个诙谐而开明的人。虽屡踬场屋，却毫无沮色，四十岁才中进士，官至河南布政使，官声甚美。他虽在年龄上与晚辈相去很远，但却能与子侄共结"南平社"，并为之长。大家互相唱和，极为融洽。④

另一个对袁宏道早年有重大影响的人是春所公的次子仲敏。仲敏字惟学，万历癸酉（1573）举于乡，出任山东嘉祥县令，治绩很好，曾编著《嘉祥县志》，为当时通人李贽（字卓吾，1527—1602）等所赏识。⑤ 袁中道说他："所为文规秦藻汉，邑人风气为之一变，自后邑中始有以文章起家者，皆公发其端。"⑥可见仲敏对公安文风影响之大。至于对袁氏兄弟的启迪，更是"点化镕铸，皆舅

---

① 袁宏道：《袁中郎全集·尺牍·去吴之七牍·乞归稿二》，第81页。
② 袁宗道：《白苏斋类集》卷十三《祭龚鸿胪亭母舅文》。
③ 袁宗道：《白苏斋类集》卷十三《祭龚鸿胪亭母舅文》。
④ 参见袁中道：《珂雪斋前集》卷十五《龚春所公传》。
⑤ 袁中道：《珂雪斋前集》卷十五《龚春所公传》。
⑥ 袁中道：《珂雪斋前集》卷十五《龚春所公传》。

氏惟学先生力也"①。

惟学弟仲庆,字惟长,万历己卯(1579)举于乡,明年举进士,官至兵部郎。喜藏书莳花,是一个儒雅且不善钻营的读书人。与袁宏道兄弟过往亦频,著有《遁庵集》。②

虽幼年丧母,但由于庶祖母詹氏及诸舅的照拂,袁宏道并没有受到一般孤儿的苦痛;相反,他受到了外祖父家开明而良好的教育,这对他日后的发展有莫大的影响。

袁宏道的才气,十五六岁时已有崭露。《明史》本传说:"宏道年十六为诸生,即结社城南,为之长。闲为诗歌、古文,有声里中。"③

万历十六年(1588),袁宏道二十一岁,乡试及第。主考是太史冯卓庵,对他极为赏识。第二年,袁宏道会试失败,归里。是年,袁宗道也因事返家,兄弟两人朝夕切磋论学,索之华梵诸典,袁宏道在学问上颇有进境。④

万历十八年(1590)春,李贽由龙湖到武昌,袁宏道兄弟首次会见李贽。这年李贽已六十二岁,袁宏道才二十三岁⑤。第二

---

① 袁宗道:《白苏斋类集》卷十《送夹山母舅之任太原序》。
② 袁中道:《珂雪斋前集》卷十五《龚春所公传》。
③ 张廷玉等编:《明史》卷二百八十八《文苑四》,中华书局,1974,第7398页。
④ 袁中道:《珂雪斋前集》卷十七《吏部验封司郎中中郎先生行状》。
⑤ 我把袁宏道初见李贽定在万历十八年(1590),是根据袁中道所编《柞林纪谭》(收入潘曾纮编《李温陵外纪》卷一《语录类》)。袁中道有小引:"柞林叟,不知何许人,遍游天下,至于郢中。常提一篮,醉游市上,语多颠狂。庚寅春,止于村落野庙。伯修时以予告寓家,入村共访之。叩之,大奇人;再访之,遂不知所在。予仿佛次其语,以传于后。"(庚寅即万历十八年)
袁中道在文中,始终以"叟"或"老师"称对方,并未明言"叟"即李贽,这一疑点可由署名"禅月楼"所写的《书〈柞林纪谭〉》一文解释之:"会家弟慧晓自武林归,手《柞林纪谭》一编示余,其所持论虽散见卓吾诸书;而一时嬉笑怒骂,壁立万仞之机锋如写生照,更觉可喜……小修眼空甚,而拾其牙慧,隐其姓名,盖恐小根狭器,以耳食而不以气听,不足与庄语耳。则小修之嬉笑怒骂,毋乃更甚于卓老乎!"
(《李温陵外纪》卷一)

(转下页)

年,袁宏道往麻城,访李贽于龙湖,一住三月。李贽很赏识这位年轻的诗人①,袁宏道对李贽也大为倾倒。这次会面对袁宏道思想的发展是一个转掉点:在哲学上,他渐渐由儒学转向佛、道;在文学上,则由模拟转向性灵。袁中道对这次转变,做了如下记录:

> 先生(袁宏道)既见龙湖(李贽),始知一向掇拾陈言,株守俗见,死于古人语下,一段精光,不得披露。至是浩浩焉如鸿毛之遇顺风,巨鱼之纵大壑。能为心师,不师于心;能转古人,不为古转。发为语言,一一从胸襟流出。盖天盖地,如象截急流,雷开蛰户,浸浸乎其未有涯也。②

这样的描写,也许失之夸大;然而,这次相会对袁宏道的思想,尤其是文学观,有着决定性的改变,是不容置疑的。

袁宏道跟李贽是忘年交,兼有师徒之谊。李贽晚年受当路迫害,袁氏兄弟问道于他,对他是很大的安慰。李贽在《九日至极乐寺闻袁中郎且至因喜而赋》一诗中说:"世道由来未可孤,百年端

(接上页)袁中道在《游居柿录》万历四十三年的日记中,也曾提到《柞林纪谭》一书:"昨夜,偶梦与李龙湖先生共话一堂。是日,有人持伯修、中郎与予共龙湖论学书一册,名为'柞林纪谭',乃予兄弟三人壬辰岁住晤龙湖,予潦草记之,已散帙(疑为'佚')不复存,不知是何人收得,率尔流布。"(第一一六一条,上海杂志公司,1935,第289页)

这段话中,所说时间与《柞林纪谭》"小引"不符。按,《游居柿录》为袁中道日记,多随手写录;事隔二十五年,可记忆错误。因此,将三袁初见李贽的时间定在万历十八年。

① 袁中道在《吏部验封司郎中中郎先生行状》中,对这次会面有如下记载:"时闻龙湖李子冥会教外之旨,走西陵,质之李子,大相契合,赠以诗,中有云:'诵君《金屑》句,执鞭亦忻慕。早得从君言,不当有老苦。'盖龙湖以老年无朋,作书曰'老苦'故也。"(《珂雪斋前集》卷十七)

② 袁中道:《珂雪斋前集》卷十七《吏部验封司郎中中郎先生行状》。

的是吾徒。"①晚年得徒的快慰跃然纸上。

万历二十年(1592),袁宏道二十五岁进士及第,正可大有作为,但他却并不汲汲于宦途,而是随宗道回到故乡,过了一段十足的名士生活。这时,兄弟三人经常聚首,往来的还有外祖父龚春所,以及舅父惟学、惟长昆仲。父子舅甥六人,在二圣寺组织"南平社"论学作诗,欢会一时。②袁宗道在《结社二圣寺》诗中有"诗坛兼法社,此会百年稀"③之句,可以看出当时盛况。此时袁宏道既无外务干扰,也没有生活的压迫,心境是闲适而愉快的。二十七岁以前的袁宏道,并不曾真正接触晚明复杂的政治与丑陋的社会,他始终在自己的小天地里过着安适美好、自由自在的生活。

二、令吴二年与短暂的休闲

万历二十二年十二月,袁宏道二十七岁,释褐除命吴县知县,第二年十二月到任④。吴县旧名姑苏,在当时已经是一个文物鼎盛、人文荟萃的所在,袁宏道在这个名县,当了两年县令。

袁宏道治事精敏,令吴期间,政声极佳,《明史》本传说他:"听断敏决,公庭鲜事。"⑤袁中道在报兄袁宗道的信中提到:"中郎官声甚美,吴中皆云数百年无此令。"⑥又在《江进之传》中说:

① 李贽《焚书》卷六《九日至极乐寺闻袁中郎且至因喜而赋》。
② 参见袁中道:《珂雪斋前集》卷十七《吏部验封司郎中中郎先生行状》。
③ 袁宗道:《白苏斋类集》卷四《结社二圣寺》。
④ 参见袁宏道:《袁中郎全集·尺牍·去吴之七牍 乞归稿一》,第80页。
⑤ 张廷玉等:《明史》卷二百八十八《文苑四》,第7398页。
⑥ 袁中道:《珂雪斋前集》卷二十二《报伯修书》。

中郎治吴严明，令行禁止，摘发如神，狱讼到手即判。吴中呼为"升米公事"。县前酒家皆他徙，征租不督而至，亦不自发封。私牍没尘土内数寸，不启。无事闭门读书。①

袁中道论袁宏道的治绩，当然不免隐恶扬善，说些冠冕堂皇的话。但是袁宏道有经济之才也是事实，令吴期间，他不仅革除许多税制弊端，还除了几个恶吏，使地方风气大有改善，②颇得吴民爱戴。当时的宰相申时行(1535—1614)曾说："二百年来无此令矣。"③袁宏道后以归养庶祖母詹氏为由，请辞吴令，据袁宗道记载，吴民在听到这个消息之后，"千百人皆聚神庙中，愿各捐十年之寿，延詹姑一日，以留仁父母。醮事忏仪，所在佛宫道院，无不然者"④。这自然是夸张之词，但是袁宏道绝不是一个鱼肉良民的贪官污吏，这一事实殆可无疑。

明末吏胥之权往往犹高于官，从外地来的地方官经常受制于当地的旧势力。⑤袁宏道出身于贫穷落后的公安，一个二十七岁的年轻人，出长繁巨富庶的吴县，既无实际的从政经验，又缺乏强固的背景，其困难是可以想见的。因此，袁宏道虽然政声很好，心情却极为抑郁。他的牢骚与不满，在《锦帆集》的尺牍中真是触目皆是。在给丘坦(字长孺)的信中，袁宏道很生动地描绘了县令的丑态：

① 袁中道：《珂雪斋前集》卷十六《江进之传》。袁宗道在《寄三弟》信中，有一段类似的记载，可以作为袁宏道治吴县政绩的参考："前讯之吴中人，云此令近年未有，唯饮吴中一口水耳，又闻其发摘如神，衙门宿蠹为之一清，其人非习以为谀者，且众口一词，方为之喜。"(《白苏斋类集》卷十六)
② 参见袁中道：《珂雪斋前集》卷十七《吏部验封司郎中中郎先生行状》。
③ 袁中道：《珂雪斋前集》卷十七《吏部验封司郎中中郎先生行状》。
④ 袁宗道：《白苏斋类集》卷十六《寄三弟》。
⑤ 参见顾炎武著，黄侃、张继校勘：《日知录》卷八《吏胥》，明伦出版社，1970，第238—239页。

弟作令备极丑态，不可名状。大约遇上官则奴，候过客则妓，治钱谷则仓老人，谕百姓则保山婆。一日之间，百暖百寒，乍阴乍阳，人间恶趣，令一身尝尽矣。苦哉，毒哉！①

官场之中，奴颜婢膝之苦，固然令疏放不羁的袁宏道"无复人理"，而有"七尺之躯，疲于奔命；十围之腰，绵于弱柳"之叹。②但真正令他无法忍受的，还是当时吏治太坏，宦官专权；做县令的虽然战战兢兢，依旧是动辄得咎。宏道在《送榆次令张元汉考绩序》中，论为令之难，是研究晚明制度史绝好的材料：

今时外吏之难，至县令极矣！县令之责甚重而权甚轻。责重，则一邑之一供、一赋、一饥、一寒，皆倚办于我；而权轻，则时有掣肘之患。民不尽良也，而上之人偏重在民，则民日益骄。为县令者，日降心抑志以事百姓，如严家之保母，栗栗然抱易啼之婴，若之何能罚必而令行也？……又今时讪而立当上者，多中官矿使，其所诛求，能必行于民；而其论奏，能必行于吏。逢其喜，则人疑其品；逢其怒，则又有不可言者。③

这篇序文写于万历二十七年，是袁宏道从政的经验谈，也是明末县令处境最直接的说明，矿税大兴于万历二十四年，正在袁宏道

---

① 袁宏道：《袁中郎全集·尺牍·丘长孺》，第2页。
② 袁宏道：《袁中郎全集·尺牍·沈博士》，第4页。
③ 袁宏道：《袁中郎全集·文钞·送榆次令张元汉考绩序》，第18页。有关中官矿使荼毒天下之记载可参阅：沈德符著《万历野获编》卷六《陈增之死》（中华书局，1959年，第175—176页），张廷玉等编《明史》卷三百五《宦官二·陈增传》（第7805页）、卷二百三十七《吴宗尧传》《华钰传》（第6177、6179页）。

11

请辞吴令之后。他虽然避过了这项苛政,但官场的倾轧极烈,法纪亦坏。袁宏道慨言道:"虽张释之复生,当不知何以处此矣。"①在这种情形下,袁宏道渐萌辞官之意。万历二十四年三月,他以归养庶祖母詹氏为由,第一次提出乞归的辞呈。辞呈凡三上,皆未获准。② 在《乞归不得》五律中有"不放陶潜去,空陈李密情。……竹影交愁字,莺啼作怨声"③之句,可以想见袁宏道当时的心境。

同年八月,袁宏道患疟疾,一病五月,不得视事。他在给朱一龙(字虞言)的信中说:"官不去,病必不痊"④,因此,更坚定了求去之心。当地父老虽多次挽留,终是无效。袁宏道形容去志如"离弓之箭,入海之水,出岭之云,落地之雪"⑤。后又连续以重病为由,上了四次辞呈,终于在万历二十五年二月获准。⑥

吴令首尾三载,实际不足两年。对第一次接触政治的袁宏道来说,这是一次痛苦的觉醒,少年时期所仰羡的对象,等到自己亲身接触之后,发觉竟是如此丑恶、乏味!辞官后,他又经过吴县,有这样一首诗:

> 少年作客时,浸浸慕若长。
>
> 千旄络长衢,一呵已神往。
>
> 前者为吴令,始复羡游客。
>
> 觉彼白衫宽,恨我腰带窄。

---

① 袁宏道:《袁中郎全集·文钞·送京兆诸君升刑部员外郎序》,第 19 页。
② 参见袁宏道:《袁中郎全集·尺牍·去吴之七牍》,第 80—84 页。
③ 袁宏道:《袁中郎全集·诗集·乞归不得》,第 76 页。
④ 袁宏道:《袁中郎全集·尺牍·朱司理》,第 23 页。
⑤ 袁宏道:《袁中郎全集·尺牍·诸学博》,第 23 页。
⑥ 参见袁宏道:《袁中郎全集·尺牍·乞改稿五》,第 84 页。

今日过吴下，客来官已了。

从头细忖量，客比官较好。

……①

作这首诗的时候，他已经跳出官场，由当事人变成旁观者。
"客比官较好"就是他的结论。

令吴两年，袁宏道虽然有许多愤懑与牢骚，也并非全无乐趣，
他在给舅父龚仲敏的信里，说明了这种苦乐兼有的滋味：

> 甥尝谓吴令苦乐皆异人，何也？过客如猬，士宦若鳞，是
> 非如影。其他钱谷案牍无论，即此三苦，谁复能堪之？若夫
> 山川之秀丽、人物之色泽、歌喉之婉转、海错之珍异、百巧之
> 川凑、高士之云集，虽京都亦难之，今吴已饶之矣，洋洋乎固
> 大国之风哉！②

苏州自古是名都，文物盛而人才众。最令袁宏道动心的是苏
州的山水。他是有山水癖的③，两年间游览了不少地方，仅虎丘就
去了六次④。其他如上方、天池、灵岩、光福、阳山、横山、西洞庭、东
洞庭、锦帆泾、姑苏台等名胜古迹，都是他游览、凭吊的好去处。⑤

---

① 袁宏道：《袁中郎全集·诗集·过吴戏柬江进之》，第 21 页。
② 袁宏道：《袁中郎全集·尺牍·龚惟学先生》，第 8—9 页。
③ 参见第四章第三部分《袁宏道的山水癖及其游记》。
④ 袁宏道在游记《虎丘》中说："吏吴两载，登虎丘者六。"（《袁中郎全集·游记》，
第 1 页）
⑤ 参见袁宏道：《锦帆集》卷二《游记》，载袁宏道著、钱伯城笺校《袁宏道集
笺校》，上海古籍出版社，1981 年，第 157—182 页。这几篇游记作于万历二十四
年丙申（1596）到万历二十五年丁酉。台北远东本之《袁中郎全集》将原来别集的
体制打散，不容易看出写作时间。

这种乐趣,对一个俗务繁冗的县令来说,似乎特别可贵,他在游东洞庭的时候很得意地说:"余以簿书钱谷之人,乍抛牛马,暂友麋鹿,乐何可言。徘徊顾视,乃益自雄,真不愧作五湖长矣。"①《锦帆集》中的游记,就记录了袁宏道令吴时期的游踪。

山水之乐而外,朋友之间的切磋也是快事。这时经常聚首的朋友有:江盈科(字进之,1553—1605)、王稚登(字百谷,1535—1612)、丘坦、陶望龄(字周望,号石篑,1562—1609)等人,除了饮酒赋诗,他们也批评当时的诗文,进而提出新的文学理论。这期间,袁宏道与江盈科的交往最为密切,他在为江盈科写的《〈雪涛阁集〉序》中说:"余与进之游吴以来,每会必以诗文相励,务矫今代蹈袭之风。"②公安派诗文之所以能脍炙人口,造成风气,未尝不与吴县人文鼎盛有关。袁宏道在《叙姜陆二公同适稿》中说:"苏郡文物,甲于一时。至弘、正间,才艺代出,斌斌称极盛,词林当天下之五。"③唯有在这样的环境里,袁宏道才有机会与当时文人作广泛的接触、深入的观察、实际的体验;所以,他才能切中时弊地提出较新的文学理论。这又何尝不是袁宏道令吴的收获之一呢。

令吴二载,袁宏道接触了实际的政治、复杂的社会,这在他的生命中是一个重要的转捩点。吴令的工作,使他体验到了生活的困苦、政治的黑暗、人情的虚伪;这番历练固然使他成熟,但也消磨了他不少豪情壮志,而增添了几分不该有的老迈和消沉。

万历二十五年(1597)二月,袁宏道请辞吴令获准。在《得罢

---

① 袁宏道:《袁中郎全集·游记·东洞庭》,第7页。
② 袁宏道:《袁中郎全集·文钞·〈雪涛阁集〉序》,第7页。
③ 袁宏道:《袁中郎全集·文钞·叙姜陆二公同适稿》,第7页。

官报》七律中，有"病里望归如望赦，客中闻去似闻升"①的句子，写他如获大赦的心情。袁宏道毫无留恋地离开吴县，却并没有回公安去省视老病的庶祖母詹氏，而是往东南游历去了。二月十四日到西湖②，这时正是早春，江南的风景极其秀美。袁宏道病体初复，抛却吴令的烦倦，又恢复了早年疏放不羁的名士生活，尽情陶醉在山水烟岚之间。"官与病皆去，无家也破颜"③，这是他当时无官一身轻的愉快心境。回顾当日令吴苦况，他作诗道："宁作西湖奴，不作吴宫主。死亦当埋兹，粉香渍丘土。"④袁宏道游记中，以记西湖的文章最多，西湖的景色是他所深爱的。这次东南之游，历时三月，游踪大抵不出江、浙两省。⑤

这次游历的另一个重要收获是：袁宏道在旅中与陶望龄等互相讨论诗文，得到许多新的印证与鼓励，更增强了他对自己的新文学理论的信心。袁宏道性格近狂，陶望龄近狷，琢磨切磋，互有取益。⑥袁宏道又在偶然中，发现徐渭（字文长，1521—1593）的文集，大为倾倒，叹为"我朝第一诗人"⑦，他自以为这是东南之游中最有价值的事。

---

① 袁宏道：《袁中郎全集·诗集·得罢官报》，第139页。
② 袁宏道在《初至西湖记》中说："余游西湖始此，时万历丁酉二月十四日也。"（《袁中郎全集·游记》，第12页）
③ 袁宏道：《宿惠山》。此依吴郡书种堂本及袁小修编校本，参见钱伯城笺校：《袁宏道集笺校》，第337页。
④ 袁宏道：《袁中郎全集·诗集·湖上别同方子公赋》，第19页。
⑤ 有关这次游记的经过，参见袁宏道：《袁中郎全集·尺牍·伯修》，第30页。
⑥ 袁中道在《吏部验封司郎中中郎先生行状》中说："先生与石篑诸公商证，日益玄奥。先生之资近狂，故以承当胜；石篑之资近狷，故以严密胜。两人递相取益，而间发为诗文，俱从灵源中溢出，别开手眼，了不与世匠相似。"（《珂雪斋前集》卷十七）
⑦ 参见袁宏道：《袁中郎全集·尺牍·吴敦之》，第33页。有关袁宏道对徐渭的评价，参看《袁中郎全集·文钞·徐文长传》，第1—2页。

在东南的奇山秀水之间漫游三个月以后，袁宏道携眷在真州（今江苏仪征）暂住下来。真州虽不大，却很繁荣，风景也极可爱①。宏道在这个小城里过了一段堪称悠闲的日子，他在给江盈科的信中说：

> 弟暂栖真州城中，房子宽阔可住。弟平生好楼居，今所居房，有楼三间，高爽而净，东西南北风皆可至，亦快事也。又得季宣（即李桢）为友，江上柳下，时时纳凉赋诗，享人世不肯享之福，说人间不肯说之话，事他人不屑为之事。……天盖见弟两年吃苦已甚，故用此相偿，不然，何故暴得清福如此哉？②

袁宏道在这时，的确享了一阵清福：读书、作诗、参禅是他的日课，暇时则游泛、下棋，真是无拘无束、任性所之了。从表面上看来，此时宏道似乎安闲而愉快。但是，从另一个角度作深层的探讨：三十岁的袁宏道，在这段休闲的日子里，有着相当的矛盾与彷徨。试想，像他这样一个才气纵横、敏于吏事的人，竟在三十岁的壮龄赋闲下来，这毕竟是不能令人称心满意的。他在与陶望龄等作东南之游后，曾写信给袁宗道，畅谈旅游之乐，然而在信中，却又语重心长地加了一句"但恐折尽后来官禄耳"③。西湖之美、山水之乐，终究还是抹不掉时时萦怀的"官禄"。在寄孙成泰

---

① 参见江盈科：《雪涛阁集》卷一《真州》；袁中道：《珂雪斋近集》卷四《过真州记》。
② 袁宏道：《袁中郎全集·尺牍·江进之》，第 36 页。
③ 袁宏道：《袁中郎全集·尺牍·伯修》，第 30 页。

（字心易）的信中，袁宏道说："弟前路未知向何处去，唯知出路由路而已。"①这几句充分地体现了他内心的彷徨。

袁宏道在赠江盈科的诗中有"霸气吴宫尽"的句子②，这大概很近实情。即使经过这段日子的怡养休闲，袁宏道始终不再有入仕前的豪放之情。他在寄桑学夔的信中，有一段很悲观的话：

> 弟如经霜之叶、入春之冰，壮心消耗已尽，独留此区区皮
> 骨，了却前生爻槌衲衣债耳。猢狲入果园，岂有出理？后期
> 那复可知，言之魂销。③

据钱伯城笺校《袁宏道集笺校》，此信作于万历二十五年，罢官之后。④ 一个体弱又富于感情的年轻诗人，闲散在一个江南的小城，前途茫茫，袁宏道有着深沉的悲哀和怅惘。

这时袁宏道的经济情况，似乎也不容他再这样不事生产地过下去了，《丁酉十二月初六初度》诗中，有"算马与人三十口，卖奴及宅五千钱"⑤的句子，可以想见他负担很重，光景甚窘。当官不愿，退隐不能，他在答朱一龙的信中，很坦白地说出了这个矛盾：

> 仆作知县，不安知县分，至郁而疾，疾而去而后已。既求
> 退，复不安分求退，放浪湖山，周流吴、越，竟岁忘归。及计穷

① 袁宏道：《袁中郎全集·尺牍·孙心易》，第29页。
② 袁宏道：《袁中郎全集·诗集·赠江进之(其四)》，第78页。
③ 袁宏道：《袁中郎全集·尺牍·桑武进》，第36页。
④ 参见钱伯城笺校：《袁宏道集笺校》，第512—513页。
⑤ 袁宏道：《袁中郎全集·诗集·丁酉十二月初六初度(其四)》，第179页。

囊尽,无策可以糊口,则又奔走风尘,求教学先生。其趋弥卑,其策弥下,不知当时厌官何意。[1]

从这封信看来,袁宏道竟有些后悔当日辞去吴令了。

袁宏道从令吴到辞官,从辞官到客居真州,其间虽然只有三年,在他短暂的生命中,这却是最重要的一段时期。他的人生观、文学理论,以至于他对政治的看法,都在这三年之中发展而定型了。

三、从京师到柳浪

万历二十六年(1598)春,正在京师任东宫直讲的长兄袁宗道来信,催袁宏道入都[2]。袁宏道束装就道,在淮安舟中,他颇有些乡愁,"乡思鱼子饭,酒梦蛤蜊汤"[3]。三年多来,一直没有回过家乡,连"鱼子饭""蛤蜊汤"这样的东西都梦寐以求,其他自然更不待言。

袁宏道抵京后,出任京兆教官。[4] 这时家眷还在真州,七月间,得儿子开美夭殇的消息,有诗志哀。[5] 不久,三弟袁中道来到京师,进入太学[6],兄弟聚首的欢乐冲淡了丧子的哀痛。兄弟三人邀集

---

① 袁宏道:《袁中郎全集·尺牍·答朱虞言司理》,第40页。
② 袁中道:《珂雪斋前集》卷十七《吏部验封司郎中中郎先生行状》。
③ 袁宏道《淮安舟中(其四)》诗云:"河堤千里道,柳缕万条肠。客是粘愁蒂,禅为治苦方。乡思鱼子饭,酒梦蛤蜊汤。渐觉读书懒,游蛛网笔床。"(《袁中郎全集·诗集》,第85页)据入矢义高注《袁宏道》(载吉川幸次郎、小川环树编《中国诗人选集二集》,岩波书店,1963年,第71—72页),此诗作于万历二十六年上京途中。
④ 袁中道:《珂雪斋前集》卷十七《吏部验封司郎中中郎先生行状》。
⑤ 参见袁宏道:《袁中郎全集·诗集·儿开美殇江进之书来始知》,第193页。
⑥ 袁中道:《珂雪斋前集》卷十七《吏部验封司郎中中郎先生行状》。

供职京师的朋友组织葡萄(或作"蒲桃")社,社址在城西崇国寺,主要成员除三袁外,还有黄辉、陶望龄、潘士藻、刘日升、吴用先、李腾芳等人。① 他们在一起论学,作诗,参禅,饮酒,偶尔也讨论政治,批评时事。这种经常的聚会,日久自然形成一股势力,加之他们又时有作品发表。这未尝不是公安文派风动天下的原因之一。②

京兆教官是个闲缺,颇合适袁宏道疏放的个性。袁宏道这时的生活,较吴县时安定得多,心情也较为闲适。由于工作轻松,他有许多时间读书论文,在"尊经阁"中任意浏览丰富的藏书,他在答梅国桢的信中说:"穷官不必买书,是第一快活事。"③暇时则在北京附近访名胜,游山水。在《满井游记》中,他曾很得意地说:"夫能不以游堕事,而潇然于山石草木之间者,惟此官也。"④袁宏道在一封答吴化(字敦之)的信中,将教官和县令做了简单的比较,从中可以看出他前后不同的心境:

> 教官职甚易称,与弟拙懒最宜。每月旦望,向大京兆一揖,即称烦剧事,归则闭门读书;蹄轮之声,浃旬一有之。近颇有一二相知,可得快语者,又衙斋与城东北湖水近,多大刹,蓟酒虽贵,时亦有见饷者。观此数事,弟之情景,岂不百倍吴令也。⑤

---

① 参阅袁中道:《珂雪斋前集》卷十六《石浦先生传》。
② 有关葡萄社的情形,参阅梁容若:《葡萄社与公安派》,载《纯文学月刊》第6卷第1期,1970年,后收入梁容若著《作家与作品》,东海大学出版社,1971年,第105—115页。
③ 袁宏道:《袁中郎全集·尺牍·答梅客生》,第41页。此函作于万历二十六年,在北京。参见钱伯城笺校:《袁宏道笺校》,第745页。
④ 《满井游记》作于万里二十七年二月。参见《袁中郎全集·游记》,第29页。
⑤ 袁宏道:《袁中郎全集·尺牍·答吴敦之司理》,第48页。

这段时期,袁宏道对生活大致满意,唯一不习惯的是北方天气太冷,不易经受,因此,不能不令他怀想起长江南岸的故乡来;虽然,这也算愁,但毕竟还带了几分风雅的味道。①

袁宏道在这段时间,有意要做些进修的功夫。他的学问和处世态度都有了相当转变,变得较前更为稳重,更为收敛了;对李贽带来的影响,也做了适度的修正。袁中道在《吏部验封司郎中中郎先生行状》中,有如下的记载:

> 戊戌,伯修以字趋先生(宏道)入都。……逾年②,先生之学复稍稍变,觉龙湖等所见尚欠稳实,以为悟、修犹两毂也,向者所见偏重悟理,而尽废修持,遗弃伦物,佝背绳墨,纵放习气,亦是膏肓之病。夫智尊则法天,礼卑而象地,有足无眼与有眼无足者等。遂一矫而主修,自律甚严,自检甚密,以淡守之,以静凝之。③

这是袁宏道由轻佻浮浅转向严肃深沉的关键。

万历二十八年三月,袁宏道转任礼部仪制司主事。六月间有庐山之游。④ 这时他的意兴尚好,不久,因病乞假南归。⑤ 这年冬天,祖母余氏病逝,他很悲痛,作《余大姑袝葬墓石记》⑥。十一月

---

① 参见袁宏道:《袁中郎全集·尺牍·与沈伯函水部》,第43页。
② 己亥年,1599年。
③ 袁中道:《珂雪斋前集》卷十七《吏部验封司郎中中郎先生行状》。
④ 袁宏道《识庐山记后》云:"登庐山之日曰庚子六月朔,穷览十日,足不停履。"(《袁中郎全集·游记》,第35页)
⑤ 袁中道:《珂雪斋前集》卷十七《吏部验封司郎中中郎先生行状》。
⑥ 袁宏道:《袁中郎全集·文钞·余大姑袝葬墓石记》,第45—46页。

二十六日,在京师任职东宫侍读的长兄宗道讣文亦至①,兄弟三人自小长在一起,情深友于,而今伯修竟以四十一岁壮龄而殁,真不啻晴天霹雳。接连的不幸,使体弱又富于感情的袁宏道几乎一蹶不振。

袁宏道是万历二十八年秋乞假南归的。第二年在京师发生了"妖书事件",葡萄社成员如黄辉等与当时的宰相沈一贯(字肩吾,1531—1615)有了摩擦,并与政治和尚紫柏牵连在一起②。丧兄的哀痛,加上政治上的倾轧,又触发了袁宏道退隐的念头。他在公安城南买得下洼地三百亩,络以重堤,种柳万株,名之曰"柳浪"③。《公安县志》将"柳浪含烟"列为公安八景之一④,袁宏道就在他自己经营的小天地里,俯仰啸傲,开始了六年的隐居生活。

在隐居岁月里,袁宏道往来的朋友,大多是僧侣;研究的学问,也以佛理为主。万历二十九年(1601)四月⑤,袁中道扶袁宗道灵柩返乡,兄弟聚首,稍慰孤岑。袁宏道在致龚仲敏的信中,叙述了此时生活的一斑:

> 客居柳浪馆,晓起看水光绿畴,顿忘栉沐。晨供后,率稚川诸闲人,杖而入村落。日晡,棹小舟以一桡划水,多载不过三人。晚则读书,尽一二刻。灯下聚诸衲掷十法界谱,敛负

① 袁中道《行路难》云:"万历庚子,予应秋试后,从中郎使车南归,方葺理书社,自谓濒年奔走道途,可息肩矣。十一月廿六晚,忽得伯修讣音,一家昏黑,不知所为。"(《珂雪斋前集》卷二十)
② 参见沈德符:《万历野获编》卷二十七《紫柏祸本》,第690—691页;梁容若:《葡萄社与公安派》。
③ 有关柳浪的景色,参见袁中道:《珂雪斋前集》卷十一《柳浪湖记》。
④ 参见周承弼等纂修:《公安县志》卷首。
⑤ 袁中道:《珂雪斋前集》卷二十《行路难》。

金放生。暇即拈韵赋题,率尔倡和,不拘声律。闲中行径如此。①

在这样平静安闲的日子里,袁宏道有了自反自省的机会。这时的心情与去吴时不同。离开吴县,有从桎梏中解脱出来的感觉,但毕竟还有些愤懑;到了此时,袁宏道对成败、得失、损益,已经看得很淡了,对人生的体验也更深入了,对所谓"损事之乐"有了更进一步的了悟。② 在一封答陶望龄的信里,袁宏道明白地指出,他要让自己由繁华归向平淡:"往只以精猛为工课,今始知任运亦工课。精猛是热闹,任运是冷淡;人情走热闹则易,走冷淡则难。"③

袁宏道是极好女色的,这时也有了戒色的念头,并对往日孟浪的言行颇有悔意,在致李腾芳(字子实,号湘洲)的信里表明此意:

> 弟往时亦有青娥之癖,近年以来,稍稍勘破此机,畅快无量。始知学人不能寂寞,决不得彻底受用也。回思往日孟浪之语最多,以寄为乐,不知寄之不可常。今已矣!纵幽崖绝壑,亦与清歌妙舞等也。④

万历三十年,袁宏道还在柳浪享受着优闲自适,看山听泉的

① 袁宏道:《袁中郎全集·尺牍·龚惟学先生》,第63页。
② 参见袁宏道:《袁中郎全集·尺牍·龚惟学先生》,第64页。
③ 袁宏道:《袁中郎全集·尺牍·答陶周望》,第67页。
④ 袁宏道:《袁中郎全集·尺牍·李湘洲编修》,第63页。

隐逸生活。三月，他最敬佩的老人李贽，以七十六岁高龄，自刎于狱中。袁宏道作《纪事十绝》以志哀，其中有"豺狼当道凭谁问，妒杀江湖老秃翁"①的句子，可以看出他对李贽之死的悲愤。十月，扶养他成人的庶祖母詹氏又因病逝世。袁宏道与詹氏情同母子，因此，他很哀恸了一阵，并作《詹大姑圹铭》②。

万历三十二年五月到八月，宏道同弟中道及寒灰、雪照、冷云诸衲，在荷叶山房消夏，中道有《荷叶山房消夏记》，详细记载了这段生活③。八月上旬，袁宏道同诸衲走德山，重九抵桃源县，并有《游德山记》及《由河洑山至桃源县》等文④记其游踪。张明教编的《德山暑谈》⑤一卷，则记他们相互之间讨论问难的话题，大抵儒、释、道、禅，乃至于理学、人生，无所不谈。

这时，袁宏道在柳浪已四年多了，其间的潜修静虑，使他觉悟到当年太过"刻露"，今后当务韬晦。他在《德山暑谈》中，有如下自励之语：

> 学道人是韬光敛迹，勿露锋芒，故曰潜曰密。若逞才华，求名誉，此正道之所忌。夫龙不隐鳞，凤不藏羽，网罗高张，去将安所，此才士之通患，学者尤宜痛戒。⑥

① 查今传各本《袁中郎全集》，均不录此诗，这两句转引自铃木虎雄《李卓吾年谱》，载《支那学》第7卷第2号，1934年2月；第7卷第3号，1934年7月。中译本见朱维之：《李卓吾论》，福建协和大学书店，1935年，第129页。
② 袁宏道：《袁中郎全集·文钞·詹大姑圹铭》，第47—48页。
③ 参见袁中道：《珂雪斋前集》卷十一《荷叶山房消夏记》。
④ 参见袁宏道：《袁中郎全集·游记》，第35—36页。
⑤ 《德山麈谈》原载《潇碧堂集》卷二十。（见钱伯城笺校：《袁宏道集笺校》，第1283—1300页。）台北世界书局本《袁中郎全集》作"暑谈"，载《袁中郎全集·随笔》，第26—36页。
⑥ 袁宏道：《袁中郎全集·随笔·暑谈》，第35页。

早年锋芒毕露的袁宏道,此时已是一个老到而练达的中年人了。他在日后写给黄辉的信中,回忆这段日子:"弟自入德山后,学问乃稳妥,不复往来胸臆间也,此境甚平易,亦不是造到的。"①可见这段时期对袁宏道思想的成熟是有大影响的。德山之游,历时两月。初冬,袁宏道复与中道聚首柳浪②,所作诗文成《桃源咏》一卷。

袁宏道有《甲辰初度》四首,其中有"劝我为官知未稳,便令遗世亦难从"③的句子,他已经感到退隐也并不容易了。这一年袁宏道受公安县令钱胤选之托,开始编《公安县志》。

万历三十三年,也是袁宏道居柳浪的最后一年,他依然过着啸咏烟波,读书自娱的日子。从《乙巳初度口占》诗中,可见一斑:

> 南郭读书西郭田,一竿秋水一湖烟。
> 蛮歌社酒时时醉,不学庞家独跳禅。④

在柳浪的这段时间里,袁宏道确实做了不少潜修静养、韬光敛迹的工夫,这对他整个人格的发展有相当的影响。他在给陶望龄的信中说:"若非归山六年,反复研究,追寻真贼所在;至于今日,亦将为无忌惮之小人矣。"⑤

山居的日子已经六年了。在六年的时间里,虽然宁静而安

---

① 袁宏道:《袁中郎全集·尺牍·与黄平倩》,第50页。
② 袁中道《书雪照存中郎花源诗草册后》云:"甲辰夏,中郎偕……诸衲及予避暑山村,凡两月余。……入秋,中郎偕诸衲走德山、桃源,予走黄山。初冬复聚柳浪。"(《珂雪斋前集》卷二十)
③ 袁宏道:《袁中郎全集·诗集·甲辰初度(其二)》,第161页。
④ 袁宏道:《袁中郎全集·诗集·乙巳初度口占(其一)》,第209页。
⑤ 袁宏道:《袁中郎全集·尺牍·答陶周望》,第76页。

闲,但毕竟还是很孤寂的!袁宏道在长时期的蛰伏之后,又不免有点静极思动了,他在给萧云举(字允升)的信中吐露心声:

> 山中莳花种草,颇足自快;独地朴人荒,泉石都无,丝肉绝响,奇士雅客,亦不复过,未免寂寂度日。①

山水林泉,毕竟收拾不住这个天才的诗人,他在答公安县令钱胤选的信中说:"不肖非以退为高者,只是懒筋不易抽出。"②既不以退为高,自然也就不以仕宦为耻了。袁宏道在答吴用先的信中,坦白承认自己并非不爱富贵爵禄,为了自我解嘲还特别引了孔子的话"富而可求也,虽执鞭之士,吾亦为之"。③这番解说,无非是为他再度出仕做准备。其实,这也正是袁宏道豁达的地方,想退隐就退隐,想做官就做官。少年时代的袁宏道还不免"以风雅自命"④,而今,雅俗之间已无截然的界线了,他已不再被自己所认为的"风雅"拘束了,这是袁宏道退隐柳浪六年之后最大的收获。袁中道在《吏部验封司郎中中郎先生行状》中说他"居山六年,自觉入真入俗,绰有余力"⑤,这是不错的。正在此时,袁宏道的父亲也有意要他出去再做几年事,他就在万历三十四年秋天,偕袁中道上京。⑥

从万历二十六年春,任京兆教官,到三十四年秋,从柳浪复

① 袁宏道:《袁中郎全集·尺牍·萧允升祭酒》,第70页。
② 袁宏道:《袁中郎全集·尺牍·答钱云门邑侯》,第75页。
③ 袁宏道:《袁中郎全集·尺牍·答吴本如仪部》,第72页。
④ "以风雅自命"原出张廷玉等编《明史·袁宏道传》,第7398页。
⑤ 袁中道:《珂雪斋前集》卷十七《吏部验封司郎中中郎先生行状》。
⑥ 袁中道:《珂雪斋前集》卷十七《吏部验封司郎中中郎先生行状》。

出，其间八年有余，可以视为袁宏道的中年期。

四、从复出到病殁

万历三十四年秋，袁宏道偕弟袁中道入京，补礼部仪制司主事，临行之前有《余山居六年矣丙午秋复北上临发偶赋》五律一首：

> 又被闲驱出，冥鸿那可飞。
>
> 添多新蒜发，典尽旧荷衣。
>
> 柳密云侵郭，荷长水漫矶。
>
> 鸥凫争作语，客子几年归。①

此时袁宏道三十九岁，吐属之间，豪情已大不如前。他在给王稚登的信里说："不肖未四十已衰。"②大概体貌既衰，心境也就苍老了。

仪曹主事是个闲缺，袁中道在《吏部验封司郎中中郎先生行状》中，以"曹务清简，萧然无事，偕诸客文酒赏适"几句形容袁宏道抵京后的生活。③日子虽然过得清闲，意兴却大非昔比，袁宗道已逝，当年文酒相会的朋友也散走飘零，尤其是崇国寺的葡萄林下，景物依旧，人事全非。袁宏道在万历三十五年暮春重游旧地，有《游崇国寺得明字》五律两首，以志今昔之慨，前有短序云：

---

① 袁宏道：《袁中郎全集·诗集·余山居六年矣丙午秋复北上临发偶赋》，第120页。
② 袁宏道：《袁中郎全集·尺牍·与王百谷》，第74页。
③ 袁中道：《珂雪斋前集》卷十七《吏部验封司郎中中郎先生行状》。

往与家伯修、潘去华、江进之、黄平倩、刘明自、吴本如、段徽之诸公结社于崇国葡萄方丈,相去七年,存亡出处,遂如隔世。丁未,春暮……重经此地,泣下不能自止。①

当年葡萄社的盛况,而今只有追忆与感喟了。这年秋天,袁宏道的妻子李安人去世。八月间,他以存问蒲圻谢中丞②之便,扶李氏灵柩由潞河返里,途中有诗忆妻。关于李安人的资料极少,从袁宏道的几首悼亡诗中,可以看出他孤寂悲痛的心情:

> 客里逢除夕,灯前少故人。
> 乍如云没海,忽似影离身。
> 满褶衣衫泪,半年河渚尘。
> 井枯泉脉在,栋老燕巢新。③

翌年(万历三十六年)二月,袁宏道回到家乡,只住了两个月,便又匆匆北上④。袁宏道抵京后,补验封司主事,摄选曹事⑤,他曾以极明快的手法改正猾吏营私之弊,并为选曹立下考查制度,

---

① 袁宏道:《袁中郎全集·诗集·游崇国寺得明字》,第121—122页。
② 袁宏道《答小修》云:"近部中有存问蒲圻谢中丞差,已拟定我去,只在八月初行,此差有二年。"(《袁中郎全集·尺牍》,第53页)另参见《廿三日至蒲圻谢中丞出迎时有九十二鹤发丹容尚能骑乘真人中瑞也口占二绝以纪其盛》。(《袁中郎全集·诗集》,第213—214页)按,谢中丞即谢鹏举,字仲南,号松屏,蒲圻人。嘉靖三十一年进士。《湖北通志》卷一百三十五有传。有关万历时问之礼及谢鹏举小传,见钱伯城笺校:《袁宏道集笺校》,第1372页。
③ 袁宏道:《袁中郎全集·诗集·舟中除夕忆李安人》,第127页。
④ 参见袁宏道《途中口占》:"八月离长安,二月返乡社。衔泥双燕儿,依旧帘栊下。""二月返乡社,四月即长道。儿童隘巷观,高士隔溪笑。"(《袁中郎全集·诗集》,第189页)
⑤ 袁中道:《珂雪斋前集》卷十七《吏部验封司郎中中郎先生行状》。

27

很得当时的太宰孙丕扬(字叔孝,1532—1614)的赏识①。选曹的事很忙,袁宏道连初度诗也无暇作。他有一首五律:

> 若问曹中事,但观鬓上丝。
>
> 经年未见水,初度也无诗。
>
> 夜月闲杯子,春光恼侍儿。
>
> 西郊有游骑,唯汝不相宜。②

工作虽忙,但心情倒还平静,并无怨愤之词。

万历三十七年秋,袁宏道授任为陕西乡试主考。这次主试,他认真负责,亲自阅卷,拔擢了不少人才。据《吏部验封司郎中中郎先生行状》所云:"其录为天下第一。"③可知其裁鉴之佳。袁宏道趁主试之便,遍游关中名胜,此行有《华嵩游草》记其游览经过。

万历三十八年,袁宏道升任稽勋郎中④;二月二十四日,偕袁中道南归,于闰三月十五日抵公安里中。袁中道有《南归日记》,详记旅途经过。⑤

这年夏天,公安遭水患,不宜居住,袁宏道卖了故宅,在江陵沙市购楼一栋,名之曰"砚北楼",迎养父亲;另在楼前筑一小楼,名之曰"卷雪楼",高三层,颇宜远眺,浩浩江水,远山帆影,尽收

---

① 袁中道:《珂雪斋前集》卷十七《吏部验封司郎中中郎先生行状》。
② 袁宏道:《袁中郎全集·诗集·残冬选曹乏人戴星出入不觉过春感而赋此》,第128页。
③ 袁中道:《珂雪斋前集》卷十七《吏部验封司郎中中郎先生行状》。
④ 张廷玉等编:《明史·袁宏道传》,第7398页。入矢义高:《袁宏道》,第168页。
⑤ 袁中道:《珂雪斋近集》卷四《南归日记》。

眼底。① 这是一个极适于怡养闲居的所在，袁宏道此时宦情已冷，意兴也转趋消沉了。他告诉中道："中年以后，血气渐衰，宜动少静多，以自节啬。山水虽适，跋涉亦苦。"②又说："生死事大，四十以前作今生事，四十以后作来生事，可也。"③日常的生活，大多是焚香静坐，吃斋茹素，做些清心寡欲的工夫，对女色则尤其戒慎，他说："四十以后甘淡泊，屏声色，便是长生消息；四十以后，谋置粉黛，求繁华，便是夭促消息。"④这固然是袁宏道四十以后的悔悟，但也多少透露了他的早衰。今后的打算不过是：

> 今而后将聚万卷于此楼，作老蠹鱼，游戏题躞，兴之所到，时复挥洒数语，以疏瀹性灵，而悦此砚北之身，吾志毕矣，吾计定矣。⑤

至此，暮色已深深笼罩了这位曾经才气纵横、叱咤一时的天才诗人。

这年八月初，袁宏道微有"火疾"⑥，八月二十二日病渐加，家人束手⑦；九月初五，尚能勉强握笔，作报慰大人书；次日竟溘然长逝。时为万历三十八年庚戌九月初六日，得年四十有三。上距

---

① 参见袁中道：《珂雪斋前集》卷十三《砚北楼记》《卷雪楼记》。
② 袁中道：《珂雪斋前集》卷十三《砚北楼记》。
③ 袁中道：《游居柿录》第三八八条，第113页。
④ 袁中道：《游居柿录》第三九二条，第114页。
⑤ 袁中道：《珂雪斋前集》卷十三《砚北楼记》。
⑥ "火疾"不知究系何病。沈启无在《〈珂雪斋外集〉〈游居柿录〉》一文中云："据云中郎患的是火病，我曾问过许多湖北的朋友，火病是一种什么病？他们都觉得茫然。"（《人间世》第31期，1935年7月）
⑦ 袁宏道死前的病情，袁中道在《游居柿录》（第116—118页）中有逐日的记载。又袁中道：《珂雪斋前集》卷二十二《寄苏云浦》。

生时穆宗隆庆二年戊辰十二月初六日,实际不足四十二岁。

袁宏道身后萧条,《游居柿录》壬子年(1612)有日记一则云:

> 中郎居宦十九年,加以老父蓄积数十年,合田宅种种,不满三千金,两侄仅可糊口。①

袁宏道有二子、二女。长子彭年(字述之,号特邱,1586—1649),嫡出,十岁时随袁宏道游庐山,即能诗。及长,疏放不羁,有父风。天启四年(1624)举于乡,崇祯七年(1634)成进士。官声甚美,东南人士皆向慕之。后升为礼部主事,纂修会典。一度为避难,由海道入福建,转至广东。福王时,官至左都御史,年六十四,卒于家。既贵显,曾请诰赠宏道"柱国光禄大夫太子少保都察院左都御史"。彭年著有《史屑》《土风堂遗稿》《省垣奏义》《掌宪奏议》《诗细》《宦语》及《草闲诗》等若干卷。②

次子岳年,为侧室王氏所出,娶御史苏云浦之女;袁宏道的两个女儿,嫁苏云浦之子。③

妻,李氏,封安人,成都太守李台孙女,卒于万历三十五年。另有三妾:其中王氏入《公安县志·列女传》,袁宏道死时,年方十七,岳年尚未满月④。守节抚孤三十余年,随子避贼难于江陵龙弯市,后终为贼所获,义不屈,遂遇害,卒年五十。⑤ 另李氏、韩

---

① 袁中道:《游居柿录》第六五七条,第173页。
② 参阅袁中道:《珂雪斋前集》卷十七《吏部验封司郎中中郎先生行状》。周承弼等纂修:《公安县志》卷六《袁彭年传》。
③ 袁中道:《珂雪斋前集》卷十七《吏部验封司郎中中郎先生行状》。
④ 据《游居柿录》第四〇八条(第117页)所载,袁宏道第二子生于九月初四日,即袁宏道死前两日。
⑤ 参见周承弼等纂修:《公安县志》卷六《人物志·列女传》。

氏,江南人,皆未生子。李氏随养于嫡子彭年,慈爱端静。年六十余,卒于粤东。袁彭年不顾众议,为其发丧持服。韩氏亦备历艰辛,至七十余岁始卒。①

万历四十年(1612)十一月,袁中道葬袁宏道于公安刀环村法华寺之原。②

———————————

① 周承弼等纂修:《公安县志》卷六《人物志·列女传》。
② 袁中道:《珂雪斋前集》卷十七《吏部验封司郎中中郎先生行状》。

第二章　瓶花与匕首

——袁宏道的个性、行操及思想

袁宏道在 1930 年代文人的笔下,曾以两个很不相同的面目复现于 20 世纪。其一是以林语堂(1895—1976)、周作人(1885—1967)为首,提倡晚明小品的作家。他们认为与其道貌岸然地说些言不由衷的话,倒不如以闲适幽默的笔调来谈些个人的哀乐、身边的琐事,在苦难的生活中,也许还能发生一点调剂的作用。① 因此,他们特别强调晚明小品中的闲适性,尽可能把袁宏道塑造成一个优游林下、不问世事的风人雅士。从这个角度来看袁宏道,我们的联想不外是:写小品文,看《金瓶梅》,养瓶花,游山玩水这一类悠闲的消遣。我们姑且把这一派称之为"闲适派"。

与"闲适派"并时的,是以阿英(原名钱杏邨,1900—1977)为首的"忧时派"。此派成员及作品皆远不及闲适派,所以影响也较小。阿英在 1934 年 7 月的《人间世》里,写了一篇《袁中郎与政治》②,想把袁宏道从闲适幽默中"解救"出来,而成为一个感时忧国、与当时黑暗政治斗争的战士。半年后鲁迅(原名周树人,1881—1936)在《太白》半月刊写了《招贴即扯》,支持阿英的意见,认为"闲适派"画歪了袁宏道的嘴脸。袁宏道在闲适与幽默之

① 参见《人间世》第 1 期发刊词,1934 年 4 月。
② 阿英:《袁中郎与政治》,载《人间世》第 7 期,1934 年 7 月。

外,也有他严肃与激扬的一面。①

大抵言之,"闲适派"唯恐把袁宏道写得不够"雅",不够"闲",不够"无所事事";而"忧时派"则恨不得把袁宏道写成一个为民请命、勇于批评的社会诗人。前者想把袁宏道刻画成一束瓶花,一个高雅的案头清供;而后者则时时不忘在瓶花的后面暗藏着几把匕首。"闲适派"因为匕首伤"雅",遂以匕首为不存在,这固然不对;而"忧时派"只盯着几把匕首,也未免夸大了它的威力,忘了匕首毕竟只是小玩意儿,是伤不了多少人的。

袁宏道在四十二年的生命之中,前后出仕三次,居官时间总共不到六年②,不能说是个热衷宦途的人。然而不热衷宦途并不一定不关心政治,在袁宏道的诗文及尺牍里,经常可以看到一些批评时政的文字:如《猛虎行》及《逋赋谣》是对当时重税及矿吏的严重抗议,很有点白居易(772—846)新乐府的精神;《闻省城急报》则表明一个书生对国事的深切关怀③;在《赠江进之》的诗中,又有"痛民心似病,感事泪成诗"④的句子。这样的态度不但不是对时局不闻不问,而是很关心、很痛切的。

袁宏道有时也用一种嘲讽的态度来表示他的愤慨。他有《醉乡调笑引》一首,讲清静饮酒之乐,后半段说:

––––––––––––

① 参见鲁迅《招贴即扯》,载《太白》第 1 卷第 11 期,1935 年 2 月,后收入《鲁迅全集》第 6 册,人民文学出版社,1981 年,第 227—229 页。

② 袁宏道一生之中,做了三次官:第一次是万历二十三年(1595)任吴县知县,历时两年;第二次是万历二十六年任顺天府教授、国子监助教和礼部主事,首尾不到两年;第三次是万历三十四年任吏部郎官,也不到两年。

③ 参见袁宏道:《袁中郎全集·诗集》之《猛虎行》《逋谣赋》《闻省城急报》,第 2、5、59 页。

④ 袁宏道:《袁中郎全集·诗集·赠江进之(其一)》,第 78 页。

天有酒则不倾，国有酒则不争。有王者起，必世而后仁。
何用导以德，齐以刑？但当引酒为河，累曲为城。日月所照，
霜露所坠，凡有血气者，莫不醉醒醒。死兮不知死，生兮不知
生。沃杀知巧鬼，何愁不太平。①

这是很明白的讽刺了。

袁宏道虽然很有一些为民呼号的诗文，但他的实际行动却远
不及其言论来得勇猛。在从政生涯中，他至多做到了不同流合
污；至于与恶势力斗争，是谈不上的。换言之，袁宏道只是一个清
流，而不是一个斗士。批评批评是可以的，如果真要他投身于实
际政治，他是不愿意的。令吴二载就是最好的说明。袁宏道在吴
县原是可以有些作为的，但当他必须去面对现实、解决问题的时
候，就变得怯懦退缩了。当然，袁宏道的辞官也可以解释成"有所
不为"的狷介，但这未尝不是一种软弱的表现。

正因为这种过分爱惜羽毛的作风，袁宏道对政治旁观多而参
与少。除了二年吴令，其他都是一些闲缺，对整个晚明政局没有
任何影响。因此，我们不能因为袁宏道曾经说过一些感时忧国的
话，就以为他是一个有作为、有担当、勇于面对黑暗的斗士，这是
过誉；同样的，我们也不能因为他参与实际政治不够积极，就以为
他完全置身事外，丝毫不顾民间疾苦。这样两极的看法，都有失
袁宏道的本来面目。

袁宏道基本上是个名士型文人，他对政治的关怀，也止于书生
论政。在他的作品中，有牢骚，有痛哭，所缺的是后继的力量，来使

---

① 袁宏道：《袁中郎全集·诗集》，第5页。

34

牢骚与痛哭发挥一点实际的作用。万历二十七年(1599),袁宏道任职北京,眼见国事日非,有诗抒怀,足见其悲愤与无奈之情:

野花遮眼酒沾涕,塞耳愁听新朝事。

邸报束作一筐灰,朝衣典与栽花市。

新诗日日千余言,诗中无一忧民字。

旁人道我真聩聩,口不能答指山翠。

自从老杜得诗名,忧君爱国成儿戏。

言既无庸默不可,阮家那得不沉醉?

眼底浓浓一杯春,恸于洛阳年少泪。①

洒几滴泪,喝两盅酒,作几行诗,气也平了,愤也消了,袁宏道"忧君爱国"之情大抵也就止于此了。然而,在晚明那样险恶的政治环境中,还有勇气,敢于表示一点自己的意见,已是难能可贵了。

袁宏道对政治的态度随年龄增长有显著改变。令吴以后是他对晚明政局最失望的一段时间,万历二十五年,刚辞去吴令,他就写了一封信给吴敦之,说:"弟尝谓天下有大败兴事三,而破国亡家不与焉。"②这话虽然带着玩世的意味,却也是痛心之言。柳浪山居六年之后(1606),袁宏道静极思动,又兴起再度入仕的念头。他在与陶周望的信中,表露了这种心情:

山居久不见异人,思旧游如岁。青山白石,幽花美箭,能

---

① 袁宏道:《袁中郎全集·诗集·显灵宫集诸公以城市山林为韵(其二)》,第52页。

② 袁宏道:《袁中郎全集·尺牍·吴敦之》,第33页。

供人目,不能解人语;雪齿媚眉,能为人语,而不能解人意。盘桓未久,厌离已生。①

这段话一方面表明了他山居的寂寞心情;另一方面也是为他的复出铺路。在《与刘云峤祭酒》的信中,这种为自己复出找借口的意向就更明显了:

> 如此世界,虽无甚决裂,然阁郁已久,必须有大担当者出来整顿一番。陶石篑近字,道其宦情灰冷。弟曰:"吾儒说立达,禅宗说度,一切皆赖些子暖气流行宇宙间,若直恁冷将去,恐释氏亦无此公案。"苏玉局、白香山非彼法中人乎?今读二公集,其一副忧世心肠,何等紧切。以冷为学,非所闻也。②

把这段话与上引"天下有大败兴事三,而破国亡家不与焉"相比,简直是两个人了。这前后两种截然不同的态度,对袁宏道来说都是真实的,并无所谓一真一假之分。林语堂等人只着眼在前一种态度,而阿英等人又只抓住后一点,都不免把一个活生生的袁宏道写死了。袁宏道的矛盾也正是他的真处与活处。他对自己往复于仕隐之间的徘徊倒有一个很合情理的解释:

> 寂寞之时,既想热闹;喧嚣之场,亦思闲静。人情大抵皆然。如猴子在树下,则思量树头果;及在树头,则又思量树下

---

① 袁宏道:《袁中郎全集·尺牍·陶周望祭酒》,第 75 页。
② 袁宏道:《袁中郎全集·尺牍·与刘云峤祭酒》,第 80 页。

饭;往往复复,略无停刻,良亦苦矣。①

　　这样的解释虽然近乎自嘲,却是极为通达的。在进退出处上,袁宏道自己所说的"贫而仕"②,大抵是不错的。所以,我们用不着把他说成一个先忧后乐,以天下国家为己任的忧时之士,也用不着将他描画成一个视政治为畏途的隐者。他可仕则仕,当隐则隐,徘徊矛盾是有的;以此沽名,或许未必。一般说来,袁宏道还是个性情中人,敢于自剖,敢于"以今日之我与昨日之我战"。是个诗人,也是个清官。

　　袁宏道的名士习气,主要是受魏晋"竹林七贤"嵇康(223—262)之流的影响,在日常生活中,也就不免有效颦学步的地方。然而,晚明毕竟已非魏晋,比起魏晋人物来,袁宏道也就颇有些"方巾气"了;要寻真名士,大概还得到《世说新语》中去找。

　　晚明思想界基本上是笼罩在王守仁(号阳明子,1472—1529)的心学之下,几乎无人可以超越阳明思想而别立门户。即使特异如李贽也不过是个"阳明左派",依旧是在阳明学的范畴之中,由此可知阳明思想在16、17世纪是如何披靡一世的了。

　　"心即理"是阳明学说的主要关目之一,王阳明相信"心外无物,心外无事,心外无理,心外无义,心外无善"③。换言之,天地

---

　　① 袁宏道:《袁中郎全集·尺牍·兰泽云泽两叔》,第41页。
　　② 袁宏道:《袁中郎全集·尺牍·与刘云峤祭酒》,第80页。
　　③ 王守仁:《王文成公全书》卷四《与王纯甫二 癸酉》。有关阳明心学,可参见:Tang Chun-i, "The Development of the Concept of Moral Mind from Wang Yang-ming to Wang Chi," in *Self and Society in Ming Thought*, ed. William Theodore de Bary (New York: Columbia University Press, 1970), pp. 93 - 119.

万物,存乎一心,若我心不存,则天地万物俱亦无所依归。这种极端唯心的哲学,对个人存在的价值有比较高的肯定,极容易由此而发展成为一种强调自我的"个性主义",尽情展示我性之本然,而不受任何外界礼法之约束。这一思想的发展,使晚明的哲学与文学都带着强烈的解放与自由的色彩。当时文人大多深嗜佛道,游心于禅学与老庄之间。佛道成为他们生活上实际的指导。这未尝不是一种对理学的反动。① 袁宏道的思想就充分地反映了这些特点。

在明代思想家之中,袁宏道最推崇王阳明,他认为"当代可掩前古者,惟阳明一派良知学问而已"②。又说:"若能打倒自家身子,安心与世俗人一样,非上根宿学不能也,此意自孔、老后,惟阳明、近溪庶几近之。"③由此可见袁宏道很受阳明学说的影响。

袁宏道思想中的另一个重要成分是佛与禅,他也颇以自己在禅学上的造诣而自豪,在一封给张幼于的信中,他说:

> 仆自知诗文一字不通,唯禅宗一事不敢多让。当今劲敌,唯李宏甫先生一人;其他精炼衲子,久参禅伯,败于中郎之手者,往往而是。④

在日常生活中,袁宏道有许多僧侣朋友,无念、寒灰、冷云、雪

---

① 有关晚明读书人受佛教的影响以及儒释道三教合一的情形,可参看:Yu Chun-fang, *The Renewal of Buddhism in China, Chu-hung and the Late Ming Synthesis*(New York: Columbia University Press, 1981).
② 袁宏道:《袁中郎全集·尺牍·答梅客生》,第39页。
③ 袁宏道:《袁中郎全集·随笔·暑谈》,第36页。
④ 袁宏道:《袁中郎全集·尺牍·张幼于》,第35页。按,"败于中郎之手"六字,世界书局本作"白于中郎之手",此据道光本卷二十二改。

照、死心这些名字经常出现在袁宏道的诗文中。袁宏道有关佛学的著作有《宗镜摄录》《西方合论》《德山暑谈》等。他也写过许多为寺院募捐的文章,并经常吃斋茹素,焚香静坐,俨然是个居士。袁宏道深信轮回之说,对鬼怪无稽之谈,往往历历记之①,比起较他稍晚,反对迷信,提倡"质测"的方以智(1611—1671)来②,袁宏道在这方面就显得相当固陋了。

袁宏道自己虽然是个往来于儒、释、道三教之间的人物,但对明代儒、禅相滥的情形却有痛切的批评。在一封答陶石篑的信中,说到当时士人往往以为悟得容易,便不肯修行,于是"久久为魔所摄",袁宏道对此有所分析:

> 近代之禅,所以有此流弊者,始则阳明以儒而滥禅,既则豁渠诸人以禅而滥儒。禅者见诸儒汩没世情之中,以为不碍,而禅遂为拨因果之禅;儒者借禅家一切圆融之见,以为发前贤所未发,而儒遂为无忌惮之儒。不惟禅不成禅,而儒亦不成儒矣。③

从这段批评中,可以清楚看出,袁宏道认为一个学禅的人是不应该汩没在世情之中的。诚然,一个人完全汩没在世情之中,则不免碌碌一生,为名利所趋,非大丈夫所当为。然而,袁宏道所

---

① 这类记载颇多,参见袁宏道《袁中郎全集·随笔》中《纪梦》《纪怪》《纪异》等文。

② 有关方以智"质测"的哲学,参看:Willard J. Peterson, Fang I-chih, Western Learning and the "Investigation of Things", in *The Unfolding of Neo-Confucianism*, ed. William Theodore de Bary (New York: Columbia University Press, 1975), pp. 369 - 411.

③ 袁宏道:《袁中郎全集·尺牍·答陶石篑》,第60页。

谓不为世情所泪，又往往沦为消极退让，缺乏一种刚毅进取的精神。就如他劝李元善："世情当出不当入，尘缘当解不当结，人我胜负心当退不当进。"[1]这种见解完全是消极避世，了无半点"普渡众生"的担当。袁宏道虽说自己"嗜佛"，"去佛诚不远"[2]，但表现在实际生活上的，却往往是一个近于杨朱的"自了汉"。所谓"学道参禅都未彻，一毛聊得比杨朱"[3]，倒是个颇近实情的自剖。在一封家报中就充分表现了袁宏道这种佛道其表而杨朱其里的思想：

> 有一分，乐一分；有一钱，乐一钱。不必预为福先。儿在此随分度日，亦自受用。若有一毫要还债，要润家，要买好服饰心事，岂能脱洒如此耶？田宅尤不必买，他年若得休致，但乞白门一亩闲地、茅屋三间，儿愿足矣。家中数亩，自留与妻子度日，我不管他，他亦照管不得我也。人生事如此而已矣，多忧复何为哉![4]

袁宏道是相信"人生遇适意事，不妨便为之"[5]的。这种及时行乐的态度，表面看来，似乎是极洒脱了，但骨子里却是非常悲观的。及时行乐，只是基于对未来希望的幻灭；未来事既不可知，就不必做太多努力了。由这种享乐的态度做基础，很容易就演变成一种消极颓废的人生观。袁宏道在答三弟中道的信中就说："省

---

① 袁宏道：《袁中郎全集·尺牍·答李元善》，第 57 页。
② 袁宏道：《袁中郎全集·文钞·雷太史诗序》，第 12 页。
③ 袁宏道：《袁中郎全集·诗集·雨中过苏》，第 141 页。
④ 袁宏道：《袁中郎全集·尺牍·家报》，第 11 页。
⑤ 袁宏道：《袁中郎全集·尺牍·答陶石篑》，第 20 页。

用心，少作业，自是度日良药石也。"①除了让自己过得安乐闲适之外，是别无其他责任的。在游记《孤山》中，袁宏道就表明了他不愿为家室所累的态度：

> 孤山处士，妻梅子鹤，是世间第一种便宜人。我辈只为有了妻子，便惹许多闲事，撇之不得，傍之可厌，如衣败絮行荆棘中，步步牵挂。②

这一方面固然可以视为洒脱，另一方面却是极不负责任的。因此袁宏道也常有玩世的态度：

> 闻曹以新遂不禄，可伤。……此翁无子，身后得无他虑，是人间第一快活事，但尚有一女，亦是业障。男女有何佳处，徒为老年增几重累，至死犹闭眼不得，苦哉！前过白岳，见求子者如沙，不觉犨麋。仆亦随众，命道士通词，但云某子已多，后此，只愿得不生子短命妾数人足矣。③

这段话虽是游戏之词，但也多少反映了妻妾子女在袁宏道的心目中扮演了什么样的角色。我们在称扬他幽默潇洒之余，别忘了这种态度也有鄙陋而不足取的一面。

袁宏道常喜将世人分类，如在《识张幼于箴铭后》中，将"古今

① 袁宏道：《袁中郎全集·尺牍·答小修》，第 53 页。
② 袁宏道：《袁中郎全集·游记·孤山》，第 13 页。
③ 袁宏道：《袁中郎全集·尺牍·王伯谷》，第 32 页。

士君子"分成"放达"与"慎密"两类①,当然,他是自居于"放达"的。在给徐汉明的一封信中,袁宏道又将世间学道者分成"玩世""出世""谐世""适世"四类,他最仰慕的是"适世"者:

> 独有适世一种其②人,其人甚奇,然亦甚可恨。以为禅也,戒行不足;以为儒,口不道尧、舜、周、孔之学,身不行羞恶辞让之事,于业不擅一能,于世不堪一务,最天下不要紧人。虽于世无所忤违,而贤人君子则斥之惟恐不远矣。弟最喜此一种人,以为自适之极,心窃慕之。③

其实,所谓"适世"这一种人,就是袁宏道自己的写照。他在答沈何山的信中,将"适世"这种人,又用另一种方式说出:"弟支离可笑人也,如深山古树根,虬曲臃肿,无益榱栋。以为器则不受绳削,以为玩则不益观。欲取而置之别所,则又痴重颓垒,非万牛不能致。而世之高人韵士,爱其古朴,以为山房一种清供。"④这段话虽似放旷,实亦自高。

袁宏道在一方面显得消极退让,但在另一方面却又表现得极为自信豪放,觉得自己的思想、人格、诗文都高人一等。在《别石篑》诗中,有"除却袁中郎,天下尽儿戏"⑤的句子,可知他自视为何如了。他常自认是"凤凰""麒麟",不可与一般"俗人"共处⑥,

---

① 袁宏道:《袁中郎全集·随笔·识张幼于箴名后》,第1页。
② 此字疑衍。
③ 袁宏道:《袁中郎全集·尺牍·徐汉明》,第4页。
④ 袁宏道:《袁中郎全集·尺牍·答沈何山仪部》,第78页。
⑤ 袁宏道:《袁中郎全集·诗集·别石篑(其五)》,第7页。
⑥ 袁中道:《珂雪斋前集》卷十七《吏部验封司郎中中郎先生行状》。

并以极狂傲的口吻讥笑他眼中的"世人"。在一封给管东溟的信中,他尽可能把自己与一般人分开:

> 世人眼如豆,见如盲,一切是非议论如瓮中语日月,冢中语天,粪担上语中书堂里事。便胜得他,也只如胜得个促织;就输些便宜与他,也只当撒块骨头与蚁子而已。焉有堂堂丈夫,与之计较长短哉?①

这简直是不屑一顾的态度,对世人轻蔑到了极点,而袁宏道显然是自认在"世人"之外的。他在《述怀》诗中有"香象绝众流,俊鹘起秋莽"②之句,由此可以想见他是如何的自命不凡了。

文人之中,袁宏道崇拜苏轼(字子瞻,号东坡居士,1037—1101)、嵇康;武人之中,则欣赏项羽(前232—前202)、关羽这一流的人物。③ 因此,他在潇洒狂傲之中,又带了些豪情霸气。在《结客少年场行》诗中有"白手一布衣,喜怒关通塞。……头颅可掷人,一顾不可得"④之句,颇有些英雄烈士的气概。袁宏道又常以"颠狂"两字自许⑤,认为"颠狂"是一种本色与担当的表现,这显然是在学嵇康之流;然而,有时也不免有"画虎类犬"之讥。有一回,李贽问袁宏道:"生平像何人?"宏道答曰:"我最喜竹林中人嵇康。"李贽说:"也不甚像。"⑥李贽毕竟知袁宏道,不为其佯狂

---

① 袁宏道:《袁中郎全集·尺牍·管东溟》,第33页。
② 袁宏道:《袁中郎全集·诗集·述怀》,第40页。
③ 参见袁宏道:《袁中郎全集·诗集》之《过彭城吊西楚霸王》《关公祠》,第22、204页。
④ 袁宏道:《袁中郎全集·诗集·结客少年场行》,第1页。
⑤ 袁宏道:《袁中郎全集·尺牍·张幼于》,第34—35页。
⑥ 袁中道编:《柞林纪谭》。

佯颠所惑。从这段对话中,也可以看出袁宏道是以魏晋竹林中人自况的。

在日常生活中,袁宏道有许多特殊癖好。他虽不善饮,但很讲究饮酒的种种规矩,对饮器、酒质、酒品等都有独到的研究,还特别著有《觞政》一卷[1],记录他在这方面的心得。袁宏道又有茶癖,他说:"余少有茶癖,又性不嗜酒,用是得专其嗜于茶。"[2]在游记《龙井》中,他比较龙井与天池两地茶叶之优劣,真鉴入微。[3]除此而外,袁宏道又有山水癖与花癖,在山水之乐不可得时,则转而嗜于花卉盆景之间。他的游记与《瓶史》就是这两种癖好的最佳说明。

袁宏道所说的"癖",也就是"情有所寄"的意思:

> 人情必有所寄,然后能乐。故有以弈为寄,有以色为寄,有以技为寄,有以文为寄。古之达人,高人一层,只是他情有所寄,不肯浮泛虚度光景。每见无寄之人,终日忙忙,如有所失,无事而忧,对景不乐,即自家亦不知是何缘故。这便是一座活地狱![4]

"情有所寄"固然是快乐之源,然而以此视为人生之终极,则境界未免太低。人生毕竟还有比寄情山水、女色更高的目的。

袁宏道终究不是一个思想家,在他的现存著作中,只有一些

---

① 袁宏道:《袁中郎全集·随笔·觞政》,第22—26页。
② 袁宏道:《袁中郎全集·游记·惠山后记》,第11页。
③ 袁宏道:《袁中郎全集·游记·龙井》,第15页。
④ 袁宏道:《袁中郎全集·尺牍·李子髯》,第9页。

零星的随感,而没有自成系统的哲学。他的《广庄》只是读庄子的一些札记,全无创见可言;而他的《德山暑谈》也只是张明教随手记录的一些谈话,纷扰零乱,寻不出头绪,也有不少故弄玄虚的空论。

若以袁宏道的思想与他的实际生活做比较,也可以看出他的局限与矛盾。在《广庄·人间世》一篇中,袁宏道一再称扬庄子哲学中的"无我"概念,然而他的"癖"也罢,"寄"也罢,却无一不是以"我"之快乐为出发点。以此而欲达到"无我"之境界,也就难乎其难了。袁宏道在文学上,也是主张以"我"为中心的,以一个"自我"如此强烈,又如此鲜明的人,却又乐道"无我""忘我",其矛盾是显而易见的。

袁宏道的成就不在哲学,而在文学。在文学上,他的理论比创作好,散文比诗好,而尺牍又比游记好。明清两代,袁宏道以诗名;1930年代则以小品文名;而他在文学史上的真正贡献还在其文学批评。

第三章　是真情直语还是"亡国之音"

——袁宏道的诗

　　袁宏道并非晚明最有影响力的诗人，但他显然是当时最具争议性的文学人物之一。他的作品在清代被禁，乃至被诋为异端邪说。他被认为应为明代诗歌的衰落负责。《四库全书总目提要》的编者如此评价袁宏道：

　　　　（"三袁"）诗文变板重为轻巧，变粉饰为本色，致天下耳目于一新，又复靡然而从之。然"七子"犹根于学问，"三袁"则惟恃聪明；学"七子"者不过赝古，学"三袁"者乃至矜其小慧，破律而坏度，名为救"七子"之弊，而弊又甚焉。①

　　另一项严重的指控来自沈德潜（1673—1769）。他在《明诗别裁》中指责"三袁"导致"诗教"之衰，甚至已危及明朝国祚。② 在整个清代，袁宏道的诗被视为"亡国之音"③，预示了明代的陵夷。这一指控现在看来确是无稽之谈。不过在清代，它却足以禁毁一

---

　　① 纪昀等编：《四库全书总目提要》卷一百七十九集部三十二别集类存目六《袁中郎集》。
　　② 沈德潜：《明诗别裁》序，载沈德潜、周准合辑《明诗别裁》，商务印书馆，1933年，第1页。
　　③ 沈德潜：《明诗别裁》序，载沈德潜、周准合辑《明诗别裁》，第1页。

位作家的作品。

《西湖》和《偶见白发》最常被用来证明袁宏道的空疏与轻佻：

西　湖

一日湖上行，一日湖上坐。

一日湖上立，一日湖上卧。①

偶见白发

镜中见白发，欲哭反成笑。

自喜笑中意，一笑还一跳。②

　　这两首诗最早见于朱彝尊（1629—1709）的《静志居诗话》③，之后又被引入曾毅的《中国文学史》④、谢无量的《中国大文学史》⑤、钱基博的《明代文学》⑥和宋佩韦的《明文学史》⑦。1978年，《西湖》又收入齐皎瀚（Jonathan Chaves）选译的袁氏兄弟诗文集《云游集》（*Pilgrim of the Clouds*）。⑧ 这两首怪诗被当成袁宏道诗歌的标志。不过，齐皎瀚确曾提道："袁宏道这首奇怪的《西湖》常常被作为唯一的例子，来证明公安派诗歌全是古怪之作。

---

① 袁宏道：《袁中郎全集·随笔·西湖》，第 48 页。

② 这首诗收入《狂言别集》卷一。它并未收入《袁中郎全集》中。

③ 朱彝尊：《静志居诗话》卷十六《袁宏道》。

④ 曾毅：《中国文学史》，泰东图书局，1930 年，第 273—274 页。

⑤ 谢无量：《中国大文学史》卷九，中华书局，1918 年，第 61—62 页。

⑥ 钱基博：《明代文学》，商务印书馆，1934 年，第 97—98 页。

⑦ 宋佩韦：《明文学史》，商务印书馆，1934 年，第 158 页。

⑧ Jonathan Chaves（tr.），*Pilgrim of the Clouds*：*Poems and Essays from Ming China*（New York: Weatherhill and Shambhala Publication, 1978），p. 50.

这是不公平的,事实上,袁宏道其他诗作都不像这首诗如此奇怪。"①尽管如此,他依旧假定《西湖》是袁宏道的作品。

《西湖》的真伪是存在疑问的。《西湖》和《偶见白发》初见于《狂言》和《狂言别集》,这两部杂集收入诗歌、书信和笔记。《狂言》与《狂言别集》最早出现于浙江秀水(嘉兴)周应麟编的十四卷本《袁中郎诗集》中,该集出版于袁宏道殁后不久。在 1615 年的日记里,袁中道提到了这部集子,并指出《狂言》和《狂言别集》是"伧夫"所撰之伪作。② 他反复表达对此事的愤怒,并有意纠正这一错误。③ 不过,这份努力后来被证明是徒劳的,《狂言》不仅继续流传,且广为人知。④

现代学者普遍认为《狂言》和《狂言别集》是伪作。日本研究袁宏道与公安派的权威入矢义高在《公安三袁著作表》中指出,《狂言》和《狂言别集》并非袁宏道所写。⑤ 这两部文集也被排除出钱伯城编的《袁宏道集笺校》。《笺校》是迄今出版的最好的袁宏道作品的编校本。在《凡例》中,编者毫不犹豫地断言,《狂言》和《狂言别集》均属伪作。⑥

除了《狂言》和《狂言别集》,袁宏道的作品被编排为三个部

---

① Jonathan Chaves(tr.),*Pilgrim of the Clouds*, p. 23. 除非特别标注,本书引文均为译者所译。

② 袁中道:《游居柿录》第一一〇八条,第 280 页。

③ 参见袁中道:《珂雪斋近集》卷二。《游居柿录》第九八四条,第 246 页。

④ 本段的写作参考了梁容若《论依托的袁宏道作品》(载《国语日报:书和人》第 131 期,1970 年 3 月),后收入梁容若著《作家与作品》(东海大学出版社,1971,第 120—125 页)。

⑤ 入矢义高:《公安三袁著作表》,载《支那学》第 10 卷第 1 期,1940 年 4 月。

⑥ 钱伯城笺校:《袁宏道集笺校》,《凡例》第 3 页。

分：诗、文、信。然而，这三类作品，被胡乱罗列在《狂言》和《狂言别集》中。这一糟糕的体例表明它的编辑毫无逻辑，而这也可以被视为伪作的证据。

迄今对袁宏道的批评，部分归咎于其伪作。因此，要合理评估袁宏道的诗歌成就，首先要做的就是确定其作品集中所收诗作的真伪。然后，才能去评价他在明代诗歌发展中的位置。

最常见的批评是，虽然袁宏道的诗作丰富、独特且确实反映了他的性灵，但是，袁诗在表达上依旧存在空疏鄙俚的毛病。在某种程度上，这一批评是成立的。但是，沈德潜和朱彝尊所做的这种传统批评，忽视了一个事实：袁宏道的诗歌发展历经多个阶段，每个阶段的诗歌都有其特点、长处与缺陷。袁宏道在每个阶段都自觉建立一种新的风格，其诗风的逐渐发展与变异很重要。因此，我将把袁宏道的诗歌分为三个阶段：模拟期、创新期和修正期。

一、模拟期

没有作家能够完全脱离其时代的影响，袁宏道在早年也未能完全摆脱"前后七子"①的影响。在模拟唐诗的时风下，青年诗人袁宏道自然淹没在时代潮流中了。尽管他的早期作品并未存世，

---

① 明代的复古运动可以被分为两个阶段。第一阶段由李梦阳与何景明发起于 15 世纪末，徐祯卿（1479—1511）、边贡（1476—1532）、康海（1475—1541）、王九思（1468—1551）和王廷相（1474—1544）随后加入。他们通常被称为"前七子"。第二阶段由李攀龙和王世贞发起，支持者有谢榛、宗臣（1525—1560）、梁有誉（1519—1554）、徐中行（1517—1578）和吴国伦（1524—1593），他们通常被称为"后七子"。有关"前后七子"的讨论，详见第五章、第六章。

但在现有的材料中，我们可以推断出一些袁宏道早期诗歌的特点。作为袁宏道的密友、公安派的忠诚追随者，江盈科[①]为我们提供了一些线索，表明袁诗与唐诗的接近程度。在为袁宏道的《敝箧集》所撰序文中，江盈科写道："君丱角时已能诗，下笔数百言，无不肖唐。君乃自嘻曰：'奈何不自为诗而唐之为？'"[②]江盈科并未点明袁宏道何时开始有上述意识。不过显然，袁宏道确曾经历过模拟的创作阶段，他对此抱有自觉，且在日后决心改变。

袁宏道生前，他的诗已有"不拘格套"之名，同代人也曾讥笑他的诗作不似唐诗。袁诗确实如此独特与怪异吗？袁中道指出，"不肖唐"只是对兄长诗作的刻板印象。事实上，袁宏道的诸多诗作都依循唐代传统：

> 天根与予兄弟最相知爱，而其好先中郎诗文也独甚。……适去年试省城，有二三词客讥呵中郎诗，以为不肖唐者。天根默不应，乃取中郎诗之最肖唐者，别抄一册，及书之簏间，以示诸词客，曰："此类何代人诗？"诸词客曰："上者盛唐，次亦不失中晚。"于是天根大笑曰："此即袁中郎诗，诸公以为全不肖唐者也。"[③]

在致张献翼的信中，袁宏道承认自己步踵唐诗："公谓仆诗亦似唐人，此言极是。然要之幼于所取者，皆仆似唐之诗，非仆得意

---

① 关于江盈科的生平，详见袁中道：《珂雪斋前集》卷十六《江进之传》。
② 这篇序文收入《袁中郎全集》(培原书屋本，1829年)。
③ 袁中道：《珂雪斋近集》卷七《王天根文序》。

诗也。"①此文表明,袁宏道的模拟与七子派的模拟有所区别,袁宏道从未满足于仅仅模拟唐人。他的最终目标,是创造自己的风格,写出自己的作品。在《瓶花斋集》的序文中,曾可前评论袁宏道的作品:"石公之文从秦、汉出,石公之诗善学老杜(杜甫)者。"②其后,袁宏道在信中表达了对此序的激赏:"《瓶花》序佳甚,发前人所未发。"③可见,在模拟期,袁宏道的诗作并非标新立异;恰恰相反,他的早期作品密切遵循着复古派提出的模拟论。这段经历给袁宏道提供了对模拟之道的直接认识,也正是他日后对七子派发动有力而尖锐的攻击之原因。袁宏道对正统的反抗明确反映了他的独立思想与反抗精神。然而,他越反抗,越证明他受复古派的影响之深。

二、创新期

诗人风格的改变,往往在不知不觉中发生。我们很难确定在哪一年,袁宏道抛弃模拟之道,并开启更具创新性的阶段。可知的是,这一转变发生在他二十几岁时。1591年,当袁宏道第一次在湖北麻城的龙湖见到李贽时,就已被视为一位杰出的学者。④李贽对袁宏道印象极深,并称其为"英特"。⑤ 其间,李贽读到袁

① 袁宏道:《袁中郎全集·尺牍·张幼于》,第34页。
② 这篇序文收入《袁中郎全集》(培原书屋本,1829年)。
③ 袁宏道:《袁中道全集·尺牍·答曾退如》,第76页。
④ 袁中道:《珂雪斋前集》卷十七《吏部验封司郎中中郎先生行状》。关于袁宏道第一次见到李贽的年份,见袁中道编《柞林纪谭》。
⑤ 袁中道:《珂雪斋前集》卷十七《吏部验封司郎中中郎先生行状》。

宏道题为《金屑》的一些作品，并为之作序。① 他写道：

> 诵君《金屑》句，执鞭亦忻慕。
> 早得从君言，不当有老苦。②

据袁中道《吏部验封司郎中中郎先生行状》，《金屑》似乎是一部哲学著作，而非诗集。③

李贽对袁宏道的哲学观点印象很深，他自由而重视个人的文学观也对袁宏道触动极大。此次会面之后，袁宏道对文学的态度发生剧变。袁中道记录了这次转变：

> 先生既见龙湖，始知一向掇拾陈言，株守俗见，死于古人语下，一段精光，不得披露。至是浩浩焉如鸿毛之遇顺风，巨鱼之纵大壑。能为心师，不师于心；能转古人，不为古转。发为语言，一一从胸襟流出。④

我们不应将袁宏道文学观的这一转变全都归因于李贽。但是，在袁宏道从古典模拟论者转向着重自由表现的作家的过程中，李贽的影响是一个决定性的因素。袁宏道与李贽的龙湖之会，是他的诗艺及人生哲学的发展中一个转捩点。自 1590 年代早期起，袁宏道不仅在写作风格上发生了巨变，在人生哲学上也

---

① 袁中道：《珂雪斋前集》卷十七《吏部验封司郎中中郎先生行状》。
② 袁中道：《珂雪斋前集》卷十七《吏部验封司郎中中郎先生行状》。
③ 袁中道：《珂雪斋前集》卷十七《吏部验封司郎中中郎先生行状》。
④ 袁中道：《珂雪斋前集》卷十七《吏部验封司郎中中郎先生行状》。

由正统的儒家态度转向更具释道色彩的立场。因此,1590年代早期应当被视作袁宏道创新期的起点,这一时期持续了十多年,直至1606年,也即他隐居柳浪的最后一年。之后,他的创作进入了下一个阶段:修正期。

1590年至1606年是袁宏道最具创造力与生产力的一个阶段。他在这十七年里完成的主要作品有《锦帆集》四卷、《解脱集》四卷、《瓶花斋集》十卷、《广陵集》一卷、《桃源咏》一卷和《潇碧堂集》二十卷①,这些体量庞大的作品中约一半是诗歌。

袁宏道始终崇尚自由,但在担任吴县县令两年之后,他对自由的向往之强烈前所未有。这两年的从政生涯简直是一场噩梦,袁宏道从此对政治心灰意冷。历经艰难后,他终于得以在1597年辞官,并与陶望龄等一干朋友跑到浙江,畅游三月。②在此期间,他写完一部《解脱集》。"解脱"意谓"摆脱尘世烦扰"或"解除镣铐"。这一书名不仅反映了他当时的感受,也反映了他对作诗的态度。

在《袁宏道全集》的序文里,袁中道评论《锦帆集》和《解脱集》道:

> 先生诗文如《锦帆》《解脱》,意在破人之执缚,故时有游

---

① 据袁中道为《袁中郎全集》所作序文以及《游居柿录》第九八四条(第246页),这些文集的写作顺序为:《锦帆集》(1595—1597)、《解脱集》(1597)、《广陵集》(1597)、《瓶花斋集》(1598—1600)、《桃源咏》(1604—1605)、《潇碧堂集》(1601—1606)。
② 这次旅行的详细描述,参见袁宏道《袁中郎全集·尺牍·吴敦之》(第33页)。

53

戏语,亦其才高胆大,无心于世之毁誉,聊以抒其意所欲言耳。①

不过,这一方式也并非无失。这篇序文稍后,袁中道指出袁宏道这一阶段诗作的缺点:"少年所作,或快爽之极,浮而不沉,情景太真,近而不远;而出自灵窍,吐于慧舌。"②袁宏道晚年被批评为空疏浅俗,很大程度上就是以他这一时期的作品为依据的。但正是这些作品为他赢得了"不拘格套"的美誉。雷思霈将袁诗总结为"真",并声言袁诗"言人之所欲言,言人之所不能言,言人之所不敢言"③,乃"明诗也"④。

三十岁前后,袁宏道花了很大力气创作符合自身文学理论的诗作。相比创造一种新的诗歌形式,他更大的成功在于将时令口语引入诗作。大部分诗仍是五七言律诗、绝句。他也写了一些形式较新、实验性较强的作品,尽管数量和质量上都不尽如人意。

这一阶段,袁诗最显著的特点是对民歌的采用。他宣称:"当代无文字,闾巷有真诗。"⑤在给兄长的信里,袁宏道表示:

　　近来诗学大进,诗集大饶,诗肠大宽,诗眼大阔。世人以

————————

　　① 袁中道:《珂雪斋集选·〈袁中郎先生全集〉序》。一个更为方便的来源见钱伯城笺校《袁宏道集笺校》(第 1711 页)。

　　② 袁中道:《珂雪斋集选·〈袁中郎先生全集〉序》。

　　③ 雷思霈:《〈潇碧堂集〉序》,载袁宏道《袁中郎全集》(培原书屋本,1829年)。一个更为方便的来源见钱伯城笺校《袁宏道集笺校》附录三《〈潇碧堂集〉序》(第 1695 页)。

　　④ 雷思霈:《〈潇碧堂集〉序》,钱伯城笺校《袁宏道集笺校》,第 1696 页。

　　⑤ 袁宏道:《袁中郎全集·诗集·答李子髯》,第 40 页。

诗为诗,未免为诗苦,弟以《打草竿》《劈破玉》为诗,故足乐也。①

他又说:"宁今宁俗,不肯拾人一字。"②民歌成为灵感来源。对民歌的赞赏,一方面表明他利用时令语辞的意愿,另一方面也表明其独立的个性。在一封写给钱云门的信里,袁宏道如此评价自己的诗:"不肖诗文质率,如田父老语农桑。"③他写口语体和民歌体诗的意图是毋庸置疑的。需要考察的,是他践行这一信念时的投入程度。在袁宏道的诗集里,我们确实找到一些受民歌影响极深的诗作,但数量很少。这表明,民歌写作绝非袁宏道的主要兴趣所在,它更像诗人偶一为之的实验,而非一份持久而严肃的事业。兹举两例,来说明袁宏道在这一方向上究竟走了多远。

采莲歌

采莲花,花开何鲜新。

映月为处子,随风作舞人。

深红浅白间秋水,妒杀麻姑④与洛神⑤。

采莲叶,莲叶连香楫。

一片青花古玉盘,持赠秦娥与燕妾。

采莲子,莲房劈破香且美。

---

① 袁宏道:《袁中郎全集·尺牍·伯修》,第30页。
② 袁宏道:《袁中郎全集·尺牍·冯琢庵师》,第56页。
③ 袁宏道:《袁中郎全集·尺牍·答钱云门邑侯》,第75页。
④ 麻姑是一位传说中的美女,关于她的传记,见葛洪《神仙传》卷七《麻姑传》,亦见于《说库》卷一。
⑤ 洛神是一位传说中的美女。见曹植《洛神赋》,载萧统编《文选》卷十九。

纤手分来颗颗匀。何事经年沉湖水?

湖水深犹可,水浊情无那。

试问南溪二月泥,妾心辛苦知不知?①

横塘渡

横塘渡,临水步。

郎西来,妾东去。

妾非倡家人,红楼大姓妇。

吹花误唾郎,感郎千金顾。

妾家住虹桥,朱门十字路。

认取辛夷花,莫过杨梅树。②

    在长江东南,"采莲"是一种常见的民歌主题。因"莲"与"恋""怜"谐音,"采莲"便常被女性用以隐喻爱恋或可怜之情。③《横塘渡》是一首情诗,描述一名女子为一位男子指认自家位置,定下日后约会的故事。有趣的是,在民歌体诗中,袁宏道常常采用女性的口吻。不过,我无意将其解释为对女性的同情。在上述两诗中,除了《采莲歌》里那些传奇美女的名字,我们没有找到文人诗中难免的那些隐喻、典故或其他技巧。两诗用辞平易,意思清楚。

    这一阶段,袁宏道尤其喜用乐府诗体。乐府原指"音乐官

---

    ①　袁宏道:《袁中郎全集·诗集·采莲歌》,第8—9页。这首诗最初收入《敝箧集》(卷一),一部袁宏道早期的诗集,其中收录了袁宏道写于1588年至1594年之间的作品。

    ②　袁宏道:《袁中郎全集·诗集·横塘渡》,第4页。这首诗收入《解脱集》卷一。这部集子出版于1597年。

    ③　见 Burton Watson, *Chinese Lyricism: Shih Poetry from the Second to the Twelfth Century* (New York: Columbia University Press, 1971), p. 54.

署",是由汉武帝(前140—前87在位)创立的政府机构,其职责是从乡野间收集民歌。当时的官员相信,民歌反映了百姓的情绪,因而具有政治价值。在中国文学中,乐府诗具有深刻的民间根基。[①] 在写于1598年至1600年间的《瓶花斋集》卷一中,收入一组十七首的"拟古乐府"。袁宏道对乐府体的喜好,进一步体现在对民歌、民谣的兴趣中。譬如下面这首取自"拟古乐府"的诗,就颇有民歌情调:

妾薄命

落花去故条,尚有根可依。

妇人失夫心,含情欲告谁?

灯光不到明,宠极心还变。

只此双蛾眉,供得几回盼。

看多自成故,未必真衰老。

辟彼数开花,不若初生草。

织发为君衣,君看不如纸。

割腹为君餐,君咽不如水。

旧人百宛顺,不若新人骂。

死若可回君,待君以长夜。[②]

在《拟古乐府》前的短序中,袁宏道写道:"舟中无事,漫拟数

① 见胡适:《白话文学史》第三章《汉朝的民歌》,台北胡适纪念馆,1969,第24—26页;Burton Watson, *Chinese Lyricism*, pp. 52‑67.

② 袁宏道:《袁中郎全集·诗集·妾薄命》,第2页。这首诗最初收在《瓶花斋集》卷一。

篇,词虽不工,庶不失作者之意。"①他作乐府体,正为引口语入诗树立一个榜样。

袁宏道三十三岁(1600)之后,民歌色彩在其诗作中不再如此鲜明,但语言的简易平直依旧是袁诗的特色。他不仅在民歌和乐府中使用口语化的词语,在律诗等传统诗体中也是如此。下面两首诗正说明了这一点:

放言效元体

人间得失只如斯,得固欣然失岂知。

消日总多无义语,安心唯有耐输棋。

乡书寄去求鹅炙,闽客新来送荔枝。

今古腾腾一觉里,管他淳朴与浇漓。②

淮安舟中

河堤千里道,柳缕万条肠。

客是粘愁蒂,禅为治苦方。

相思鱼子饭,酒梦蛤蜊汤。

渐觉读书懒,游蛛网笔床。③

鹅炙、荔枝、鱼子饭、蛤蜊汤等普通食物的名字很少出现在传

---

① 袁宏道:《袁中郎全集·诗集·拟古乐府》,第1页。
② 袁宏道:《袁中郎全集·诗集·放言效元体》,第180页。这首诗最初收在《广陵集》。
③ 袁宏道:《袁中郎全集·诗集·淮安舟中(其四)》,第85页。此诗是组诗中的一首,最初收在《瓶花斋集》卷一。

统诗歌中,因为它们被认为缺乏诗意。不过,袁宏道笔下出现日常生活语言,也并非罕见。仅就语词而言,袁宏道的诗与文之间几乎没有什么距离。用于文中的语言,在诗中也百无禁忌。事实上,诗歌语言与日常生活语言之间界限的消除,正是宋诗的一大特点。[①] 袁宏道最为推崇的宋代诗人苏轼曾说:"街谈市语,皆可入诗,但要人熔化耳。"[②]对宋诗的推崇、对苏轼的高度认同,均可从袁诗中发现。袁宏道从模拟期向创新期的发展,恰如唐、宋(7至12世纪)的诗风之变。[③]

袁宏道的诗主题广阔:从社会交往到个人沉思,从自然景致到历史怀想,诗人均有涉猎。我们不可能创建一套简单的范畴以系统性地囊括他的所有诗作。兹举几例以说明袁宏道在创新期选用的主要诗歌主题。

一是政治诗。袁宏道终其一生都在政治上不甚活跃,但他的作品中却不乏政治诗。下面两首诗呈现了他政治诗的两种路向:调笑讽刺与严肃讨论:

醉乡调笑引

天有酒则不倾,国有酒则不争。有王者起,必世而后仁。何用导以德,齐以刑?但当引酒为河,累曲为城。日月所照,霜露所坠,凡有血气者,莫不醉醒醒。死兮不知死,生兮不知

---

① 关于宋诗的更多讨论,见 Burton Watson, *Chinese Lyricism*, pp. 197 - 244. Burton Watson, *Su Tung-p'o* (New York: Columbia University Press, 1965), pp. 3 - 16.

② 周紫芝:《竹坡诗话》,载何文焕编《历代诗话》,艺文印书馆,1971年,第206页。

③ 胡适认为,宋诗在用词上比唐诗更加口语化,在他看来,这是唐、宋诗的主要差别。参见胡适:《四十自述》附录《逼上梁山》,远东图书公司,1985年,第107页。

生。沃杀知巧鬼,何愁不太平?①

这首诗收入《解脱集》卷一,写于袁宏道1597年辞任吴县县令后不久。辞职意在自保,两年的政治生涯让他真切体验到从政的代价。不过他对政治的兴趣并未就此消失。在这一阶段的诗作中,依旧可见袁宏道的人文关怀和对百姓的同情。还在县令任上时,袁宏道写诗感慨:"痛民心似病,感事泪成诗。"②离开吴县之后,他的态度变得更趋冷嘲热讽。《醉乡调笑引》正是一首很好的政治讽刺诗。1598年担任京兆教官时,诗人的态度又发生了改变。他不再隐藏对明代政府堕落的厌恶之情,并写下了数首关于这一主题的诗歌,如《猛虎行》和《遘赋谣》③,就直接批评政府的重税与暴行。

袁宏道在诗文中不乏对晚明的批评与悲观的评论,他所缺乏的只是实践。对政治环境的不满使他辞官,却没有促使他积极采取行动。下面这首写于1599年,表达了他对晚明政局的失望:

显灵宫集诸公以城市山林为韵

野花遮眼酒沾涕,塞耳愁听新朝事。

邸报束作一筐灰,朝衣典与栽花市。

新诗日日千余言,诗中无一忧民字。

旁人道我真聩聩,口不能答指山翠。

---

① 袁宏道:《袁中郎全集·诗集·醉乡调笑引》,第5页。这首诗最初收入《解脱集》卷一。
② 袁宏道:《袁中郎全集·诗集·赠江进之(其一)》,第78页。
③ 参见袁宏道:《袁中郎全集·诗集》之《猛虎行》《遘赋谣》,第2、5页。

自从老杜得诗名，忧君爱国成儿戏。

言既无庸嘿不可，阮家那得不沉醉？

眼底浓浓一杯春，恸于洛阳年少泪。①

袁诗的另一个重要主题是哲学反思。政治诗往往反映了袁宏道思想的儒家一面：他对天下、百姓的责任感、他对政府的愤怒与失望。而其哲理诗则多具释道色彩，且多少表现出怀疑与消极的一面。人生的短暂、功名利禄的易逝是他常表达的主题。下面这首诗选自《敝箧集》。袁宏道在诗中表达的想法并不新鲜，但他用的形式却是独特的。全诗共二十二句，除末两句七言，其余均为三言。

浩　歌

云作雨，不成归。

箭离弦，无还期。

昨日犬，前日狮。

一番花，一番泥。

花有色，槛周之。

人有容，镜照之。

镜方新，容已非。

槛未敝，花先飞。

短可续，用何物。

---

① 袁宏道：《袁中郎全集·诗集·显灵宫集诸公以城市山林为韵（其二）》，第52页。这首诗最初收入《瓶花斋集》卷四。

一曲歌，三杯酦。

我欲长生天下人，拔刀斩断金乌足。^①

这首诗属于题为"杂体"的组诗。这组诗中有许多首，都可以被视为袁宏道在新诗体上的实验。

袁宏道之诗如其人。他的喜与悲、好与恶，他的独特乃至古怪，都在诗歌中表露无遗。对他而言，写诗不仅是为表达情感或交际应酬，也已然成为他日常生活的一部分，成为他表达思想的重要方式。

袁宏道的诗名多半来自 1590 年至 1605 年写的诗。在这十六年间，他成为一位开明的、重在个人表现的诗人，并且很少关心文学技巧。他的诗以其平直清新打动人心。不过，当我们将这一时期的诗作合而观之，便会发现在他的理论与实践之间，无论是形式还是内容，都存在无法跨越的鸿沟。袁宏道的诗作从未如他声言的那样极端，多数作品仍以某种传统形式写就。

袁宏道重视民歌，以之为作诗灵感的来源，但他从未真正全身心投入民歌创作，也没有像同时代的冯梦龙（1574—1646）那样，致力于保存民歌。^② 袁宏道终究是一位传统的学者与文人。

---

① 袁宏道：《袁中郎全集·诗集·浩歌》，第 9 页。这首诗最初收入《敝箧集》卷二。

② 冯梦龙编过两部民歌集：《山歌》（中华书局，1962 年）和《挂枝儿》（松竹书店，1929 年）。对这些民歌的研究，见郑振铎《挂枝儿》（载《中国文学论集》，开明书店，1934 年，第 469—477 页）。

三、修正期

袁宏道在 1605 年至 1610 年间的诗作，在形式和风格上，都比先前的作品更趋折中。这六年的重要性，不在于作品数量，而在于为诗之道的变化，以及袁宏道对自己先前诗学方法缺陷的自觉。袁宏道试图转向更为传统的诗风，这一尝试多为清代和 20 世纪的学者所忽视。如果不讨论袁宏道晚年的作品，那么，对袁诗的研究就远远称不上完整，而且会使读者对袁诗的整体理解引入歧途。

袁宏道的密友江盈科于 1605 年去世。袁宏道闻之伤心欲绝，写下十首悼诗并一篇长序。《明诗纪事》评论这两位诗人道："进之才不及中郎，而近俚近俳，正复相似。"① 在《哭江进之》的序文里，袁宏道提及两人的相似性并评论道：

> 进之才俊逸爽朗，务为新切。嘉隆以来所称大家者，未见其比。但其中尚有矫枉之过，为薄俗所检点者。往时曾欲与进之言，而竟未及，是余之不忠也。然余所病，正与进之同证，亦不意进之之去者若是速也！恸哉！……往弟有《锦帆》《解脱》诸集，皆属进之为序，甚获我心。然彼时诗不邃，而文亦散缓，今弟刻《瓶花》《潇碧》二集，安能使兄快读一过，为弟叙而传也？②

---

① 陈田：《明诗纪事》卷十七《庚签》。
② 袁宏道：《袁中郎全集·诗集·哭江进之》，第 111 页。

文中有两点值得注意。第一,袁宏道承认,自己和江盈科都在诗歌创新上矫枉过正了。这意味着他对旧作有所反省。有鉴于此,他才开始修正。第二,袁宏道自己也不否认,《锦帆》《解脱》的诗文"不遒""散缓"。

在袁宏道的文学理论中,"自发"与"闲适"是他早年强调的两个关键词。后来他意识到,纯粹的情感抒发并不构成佳作,写诗还是要遵循一些基本法度。因此,袁宏道早先散漫、草率的作诗之法渐趋严肃,诗人对审美也更加重视了。袁宏道总结:"诗文是吾辈一件正事……如白(居易)、苏(轼)二公岂非大菩萨?然诗文之工,决非以草率得者,望兄勿以信手为近道也。"①信中强调的是,草率决不会造就伟大的诗人,因此,一定程度的规矩对写诗而言是必要的。与早年的口号"信腕信口,皆成律度"②相比,这一态度可谓剧变。

袁宏道于 1604 年至 1605 年写的部分诗作收入《花源》一集。袁中道为这本集子写了一篇《册后》,其中提及兄长诗风的转变:

> 此先中郎兄甲辰、乙巳年间笔也。……盖《花源》以前诗,间伤俚质,此后神理粉泽合并而出,文词亦然。今底稿具存,数数改易,非信笔便成者。良工苦心,未易可测。③

面对袁宏道诗风空疏鄙俚的指责,袁中道为兄长辩护道,袁宏道晚年诗风的转变足资证明他有能力写出技艺高超的诗作。袁中道多次描述了这一转变的发生过程。从 1609 年冬天到

---

① 袁宏道:《袁中郎全集·尺牍·黄平倩》,第 71 页。
② 袁宏道:《袁中郎全集·文钞·〈雪涛阁集〉序》,第 7 页。
③ 袁中道:《珂雪斋前集》卷二十《书雪照存中郎花源诗草册后》。

1610 年秋天袁宏道去世,袁中道与兄长过从甚密。① 在一篇纪念文章中,袁中道回忆:"论诗文,(宏道)则常云:'我近日始稍进,觉往时太披露,少蕴藉。'"②袁宏道对其早年作品的反省是显而易见的。袁中道又论袁宏道晚年之作:"所著游记及诗,浑厚蕴藉,极一唱三叹之致,较前诸作,又一格矣。"③他在《〈袁中郎先生全集〉序》中阐述了这一新风格的意义:

> 学以年变,笔随岁老。故自《破砚》以后,无一字无来历,无一语不生动,无一篇不警策,健若没石之羽,秀若出水之花。其中有摩诘(王维),有杜陵(杜甫),有昌黎(韩愈),有长吉(李贺),有元(稹)、白(居易),而又自有中郎。④

这段话的重要性不在于对袁宏道写作风格的描述,而在于其中提到的六位影响其诗风的诗人。他们都是唐人。袁中道审慎地将袁宏道最为推崇的文学榜样苏轼排除,并加上李贺(字长吉,790—816)——这位短命的唐代诗人以诗风古奥、文辞绮丽且偏爱炫技而闻名。⑤ 他常被视为晚唐绮靡之风的先驱。⑥ 就文学理论而言,袁宏道对李贺的诗风或许深恶痛绝。但令人惊讶的是,袁中道将李贺

---

① 参见袁中道:《珂雪斋前集》卷十八《告中郎兄文》。

② 袁中道:《珂雪斋前集》卷十八《告中郎兄文》。

③ 袁中道:《珂雪斋前集》卷十七《吏部验封司郎中中郎先生行状》。

④ 袁中道:《〈袁中郎先生全集〉序》,钱伯诚笺校《袁宏道集笺校》附录三,第 1711 页。

⑤ 关于李贺的详细讨论,见 Naotaro Kudo, *The Life and Thoughts of Li Ho* (Tokyo: Waseda University Press, 1972).

⑥ 参见刘大杰:《中国文学发展史》,台湾中华书局,1968 年,第 480—485 页。

视为对晚年袁宏道产生影响的诗人。袁中道想表达的是,袁宏道是一位严肃而折中的诗人,他并未忽视文学技巧的重要性。

两兄弟都将这一诗风的调整视为正道。一方面,这一变化显然代表了袁宏道诗艺的成熟。另一方面,这一变化也可以被视为对时风的让步。或许有人会说,袁氏美学技巧上的精进,是以其诗作的独特性为代价的。准此而言,袁宏道从"激进"走向"修正",恰是公安派文学理论整体发展中的退却,而非收获。为便讨论,兹举几首袁宏道最后六年的诗作:

偶　成

白头学得一无成,倦即抛书饱即行。

渐老始知穷《本草》①,多闻方喜读渊明。

东家流水倾庄买,西角丛梢绕屋生。

拟与乐天为近舍,借他歌板佐莺声。②

乙巳初度口占

白石青山到处绿,月高梳栉日高眠。

无闻已是惭夫子③,四十于今少二年。④

袁宏道在三十八岁左右,不仅在文学观上发生了转变,在个

---

① 《本草》是《本草纲目》的简写,这本书罗列了具有药用价值的植物和动物各 1000 种左右,李时珍(1518—1593)编,1578 年编就,1596 年初版。

② 袁宏道:《袁中郎全集·诗集·偶成》,第 159 页。此诗初见于《桃源咏》——一本写于 1604 年的集子。

③ 这首诗暗指《论语·子罕》中的一句话:"子曰:'后生可畏,焉知来者之不如今也? 四十、五十而无闻焉,斯亦不足畏也已。'"

④ 袁宏道:《袁中郎全集·诗集·乙巳初度口占(其二)》,第 209 页。

人哲学与性格上也发生了巨变。他变得谦虚而淡定。年少时曾放言"凤凰不与凡鸟争巢"[1]"除却袁中郎,天下尽儿戏"[2]的诗人,现在却写道:"学道人是韬光敛迹,勿露锋芒。"[3]在早年的诗中,袁宏道常将自己描述成一位斗士、英雄,甚至天才;如今人到中年,他似乎意识到能力的局限。在他去世之前几年的作品中,早年的自信高调失去踪影,取而代之的是一种平实的伤情。

"闲愁"是袁宏道晚年诗作的主题。作为公安派的领袖,袁宏道曾积极挑战风靡于世的正统派;但如今,他不再参与任何争论了。如果说在三十出头,袁宏道追求自由,那么到了晚年,他真正想要的则是冲淡、宁静。请看以下两诗:

潞河舟中和小修别诗

欲觅藏身处,瞿童路上寻。

鱼宁愁水阔,鸟岂畏山深。

秋叶红霜寺,春苞紫笋林。

辟如纵鹦鹉,未有恋笼心。[4]

途中口占

文字读来倦,心情放去闲。

梦回无一事,只有看西山。[5]

---

① 袁中道:《珂雪斋前集》卷十七《吏部验封司郎中中郎先生行状》。
② 袁宏道:《袁中郎全集·诗集·别石篑(其五)》,第7页。
③ 袁宏道:《袁中郎全集·随笔·暑谭》,第35页。《暑谭》写于1604年。
④ 袁宏道:《袁中郎全集·诗集·潞河舟中和小修别诗(其四)》,第124页。这首诗写于1608年,最初收入《破砚斋集》卷二。
⑤ 袁宏道:《袁中郎全集·诗集·途中口占(其一)》,第189页。这首诗写于1609年,最初收入《华嵩游草》。

袁宏道将"淡"作为一种不可造的文学特质。不过,他1604年以前的诗作似乎并无淡味。而在这之后,淡味不仅可以从他的诗歌语言中感觉到,更可以从表达的情感中体察到。诗人对情绪的展现,不再像从前那样平白直露;勇敢不羁的性格也渐趋温和,人生的黄昏日渐临近。

袁宏道从未意识到:诗歌已经走入穷途,在明代,诗已不是最具表现力的文类了。顾炎武(1613—1682)有言:"文体通行既久,染指遂多,自成习套,豪杰之士,亦难于其中自出新意。"①明代的古典诗歌正面临这一困境。在某种程度上,袁宏道和复古派诸子都犯下了同样的错误:即使不彻底改变形式,古典诗歌也能重振其生机。他们都在古典诗律的镣铐中挣扎,没有人曾创出新形式来解脱自己。逝者如斯,文类之盛衰亦如斯。袁宏道对这一关键问题的缺乏认识,不仅损害了其"历史的文学观",也局限了其诗歌成就。

袁中道曾言:"今人好中郎之诗者,忘其疵;而疵中郎之诗者,掩其美。"②这恰恰预言了袁宏道在清代和20世纪早期得到的评价。清代批评家批评袁宏道疏忽诗律,诗歌用语过于浅白,而这些指责在1930年代的学者眼中,恰成为袁宏道诗歌杰出而独特的品质。如果说清代文人对袁宏道的贬斥不合理,那么来自1930年代的表彰也不合理。换句话说,袁宏道既不像清人想的那样激进,那样具有破坏性,也不像1930年代的学者所认为的那样反传统,那样进步。归根结底,袁宏道无法超越其时代,早年,

---

① 顾炎武著,黄侃、张继校勘:《日知录》卷二十一《诗体代降》,第606页。
② 袁中道:《珂雪斋前集》卷十《蔡不瑕诗序》。这篇序文也收入《珂雪斋近集》卷三。

他无法超越当时的诗歌传统（尽管他宣称要这么做），后来则已安之若素，甚或在晚年已深信这些传统的价值。他的情真和语直、他对日常生活的反映，都超越了他所汲汲其中的诗律问题或理论问题，而真正构成了他诗歌中最具价值、也最引人瞩目的内容。

第四章　闲适小品与名士风流
——袁宏道的文章及其再发现

一、何为小品文？

自 16 世纪至 20 世纪初，袁宏道首先是以其诗名而非文名著称于世的。有清一代的批评家大都注目于袁宏道的诗歌风格及其对晚明诗歌发展所产生的影响，他的散文一直没有引起学者的注意。直到 1930 年代，林语堂和周作人开始鼓吹小品文——一种短小随意的文体，袁宏道的散文被视为小品文的典范，他才开始被当作明代的重要散文作家。到这个时候，袁宏道此前更为人所知的诗人身份反倒几乎被人遗忘了。

从袁宏道的诗到袁宏道的文，这一关注目标的转换有力地反映出 1930 年代学者的兴趣所在。不过，散文并非袁宏道的首要兴趣，他的文学理论主要探讨的还是诗歌，而非散文。讽刺的是，在袁宏道去世三百多年以后，他的散文重新建立起他的文学地位，并被现代文学史家作为公安派的主要成就。① 袁氏散文更对 20 世纪的中国文学产生重大影响，以至于晚明散文成为当代中

---

① 在刘大杰笔下，小品文是公安文学运动的"唯一成就"。参见氏著《中国文学发展史》，第 868 页。

国文化研习者的重要课题。

　　尽管袁宏道的散文被贴上了小品文的标签,这一文类却从未得到清晰的定义。"小品"一词可以追溯到《世说新语》,一部撰于公元5世纪的轶事集。其中,这个词的意思是简本的佛经,而非一种文学门类。① 直到16世纪,才开始有许多作家用这个词指代短小而个人化的散文。②

　　据周作人为俞平伯(1900—1990)的《燕知草》所作跋文,小品文是"不专说理叙事而以抒情分子为主的"③。他的意思是,小品文必须反映作家的情感或个人生活的方方面面,不然它就与历史叙事或哲学理论无异了。对周作人而言,小品文不单纯是提供知识或教诲的,还需要表现出由作者自身情感而来的抒情特质。正因满足这一标准,袁宏道的散文才成了小品文的典范之作。

　　林语堂的见解稍有不同,他认为小品文与学理文的区别在于风格而非内容。同一主题可以有不同的表达方式:以严肃、正经、客观的方式处理一个琐碎的主题,也依旧是学理文;而以个人化的、随性的、主观的方式来处理一个严肃的问题,则构成一篇小品。④ 在主题方面,小品文为作者提供了广阔的空间,用林语堂的话说,凡"宇宙之大,苍蝇之微",都可以作为这一文类叙写

　　① 刘义庆《世说新语·文学第四》:"殷中军读《小品》,下二百签,皆是精微,世之幽滞。……今《小品》犹存。"刘孝标注:"释氏《辨空经》,有详者焉,有略者焉。详者为《大品》,略者为《小品》。"
　　② 如陈继儒(1558—1639)《晚香堂小品》、王思任(1575—1646)《谑庵文饭小品》、朱国祯(1557—1632)《涌幢小品》。关于这一主题的研究,见陈少棠《晚明小品论析》(源流出版社,1982年)。
　　③ 周作人:《〈燕知草〉跋》,周作人《永日集》,北新书局,1929年,第179页。
　　④ 参见林语堂:《论小品文的笔调》,《人间世》第6期,1934年6月;《小品文之遗绪》,《人间世》第22期,1935年2月;《还是讲小品文之遗绪》,《人间世》第24期,1935年3月。

的对象。^① 由此,小品文的特质或许可用两个词加以总结:个性、自由。小品文作家的态度,则常喜以审美立场取代功利标准。

尽管在 16 世纪之前,"小品"一词都未被用于指代一种文类,但这类文章本身,在晚明之前就已经存在。后来被称作小品文的文学体裁,事实上在唐、宋已达于大盛。柳宗元(世称柳河东,773—819)的山水游记、苏轼和黄庭坚(号山谷道人,1045—1105)之间的个人通信,都与小品文的标准若合符节。^② 周作人指出,这些作品与晚明小品文之间的差异,不在形式与内容,而在作者的态度。对唐、宋文人来说,写这种短小随性的文章,至多被视为一种无害的消闲,最坏则会被斥为对"古文"的背离。由此,他们对文章的态度是教训意味的:当要写"严肃""体面"的文章时,便用古文;只有琐碎闲适的主题可以用小品形式表达。直到 16 世纪末,所谓"正经"与"消遣"的散文区隔才变得模糊起来,从此,许多散文家开始用更为随性的态度对待文学成规,表达也更为个人化了。^③

袁宏道的文集收入各种文章:序、跋、传、尺牍、回忆、墓志、悼文、游记、轶闻等。不过,基于上文所述标准,其中很大一部分作品都应被排除在小品文范围之外。在我看来,所有这些文类中,尺牍和游记最为深刻地反映了袁宏道的个性和行操,是晚明小品文的典范之作。

---

① 林语堂:《论小品文的笔调》。
② 关于柳宗元的山水游记的研究,见 William H. Nienhauser Jr. , *Liu Tsung-yuan*(New York: Twayne, 1973), pp. 66 – 79. 关于苏轼和黄庭坚的通信,参见深瀚池编《苏东坡黄山谷尺牍合册》(泰顺书局,1970 年)。
③ 参见周作人:《〈杂拌儿〉跋》,周作人《永日集》,第 172 页。

二、袁宏道的个性及其尺牍

　　四十卷的《袁宏道全集》中共收入六卷尺牍。这些书信话题广泛,从政治议题到生活琐事,均有涉及。收信人包括袁宏道的亲属、师长、兄弟、友人和门人弟子。这些私信不仅反映了袁宏道的个性与癖好,更为我们提供了关于晚明社会与政治状况的一手材料。无论是研究袁宏道,还是研究晚明中国的社会与思想氛围,这些书信都是一笔有价值的资源。

　　就袁宏道的诗而言,他的理论与实绩之间存在着巨大的鸿沟,理论比诗作要来得更为开明与进步。而在他的散文,尤其是书信里,这一鸿沟全然消失了。与诗歌相比,他对陈规故套的蔑视、他的反抗精神,都在书信中体现得更为明显。这不仅因为散文是一种比诗歌更为自由的文体,更因为两者的读者有所不同。书信通常是写给一个人的,而诗歌则往往为一个群体而作。当作者相信他的信只会为一位老友所展读时,便不致刻意雕琢,因此能更自由地表达自己。

　　在林语堂、周作人等赞赏者的笔下,袁宏道常常被描述成一位名士:沉浸于文学与艺术,鄙弃陈言故套和社会规范,对政治抱有深重的厌恶。

　　在袁宏道四十二年的人生中,只有六年时间是在各个政府职位上度过的。① 他的第一份公职,是二十八岁时担任的吴县县

------

　　① 袁宏道曾出任过下述官职:(1)吴县知县(1595—1597);(2)顺天府教授(1598);(3)国子监助教(1599);(4)礼部主事(1600、1606);(5)吏部验封司郎中(1608);(6)陕西主试(1609)。在他专任新职之际,他常常要离职几个月之久。因此,他总共在朝时间不到六年。

令。主政地方两年后，袁宏道因其工作环境的沉闷与明代朝廷的腐败而对政治彻底幻灭。无论在精神还是身体上，袁宏道都经受了很大痛苦。他曾罹患严重的疟疾，长达半年。在吴县任职时所写的诗文集《锦帆集》里，充满了对工作的抱怨之辞。在一封写给丘坦的信中，袁宏道介绍自己的公职：

> 弟作令备极丑态，不可名状。大约遇上官则奴，候过客则妓，治钱谷则仓老人，谕百姓则保山婆。①

不同于抽象的描述，袁宏道举出了许多具体的比喻——奴隶或妓女之类，来说明他的为令之苦。这一技法将不可名状的情感转换为可触可感的现实，从而更能为其读者所体认。在经历了如此悲苦的境地之后，辞去官职无疑使他大喜过望。

1597 年，袁宏道辞去吴县县令一职之后，写了一封信给聂云瀚，其中表达了他对离职的喜悦：

> 败却铁网，打破铜枷，走出刀山剑树，跳入清凉佛土，快活不可言，不可言。投冠数日，愈觉无官之妙。弟已安排头戴青笠，手捉牛尾，永作逍遥缠外人矣。②

袁宏道并未掩藏他的矛盾心态。"头戴青笠，手捉牛尾"云

---

① 袁宏道：《袁中郎全集·尺牍·丘长孺》，第 2 页。这封信写于 1595 年，参见钱伯城笺校《袁宏道集笺校》（第 208 页）。

② 袁宏道：《袁中郎全集·尺牍·聂化南》，第 26 页。这封信的写作日期，参见钱伯城笺校《袁宏道集笺校》（第 311 页）。

云,意在表达他开始了隐居生活。上文说明他对得以离任吴县,从而像普通人一样生活的喜悦。不过,隐居数月之后,在一封致友人桑学夔的信中,他表达了对离职的悔意,并悲观道:"弟如经霜之叶、入春之冰,壮心消耗已尽,独留此区区皮骨。"①

袁宏道的一生在出仕之意与致仕之念中不断冲突、摆荡:他在令吴期间深受其苦,但退职之后也并不真的快乐。袁宏道与众不同之处,并不在于他在仕途上的犹疑,而在于他公开表达其内心感受的强烈意愿。他并未试图找寻任何借口,去解释他的所思所为。在一封写给舅舅的信里,他毫无歉疚地坦诚道:

> 寂寞之时,既想热闹;喧嚣之场,亦思闲静。人情大抵皆然。如猴子在树下,则思量树头果;及在树头,则又思量树下饭。往往复复,略无停刻,良亦苦矣。②

通过将自己比之于猴子,袁宏道承认自己的矛盾和糊涂,但他又将之称为人情自然的一部分,因此没有必要为之感到丢脸。

袁宏道政治生涯的转折点在 1600 年。据沈德符(1578—1642)的《万历野获编》载,1599 年至 1600 年间,公安派的文学团体葡萄社在京城一带的文人间盛行一时。这群文人渐渐对政治感到幻灭,他们的议论为宰相沈一贯所不喜。③袁宏道目睹了这一变化。他变得更为谨慎,不愿卷入这些政治纠葛。1600 年八

① 袁宏道:《袁中郎全集·尺牍·桑武进》,第 36 页。这封信同样写于 1597 年,参见钱伯城笺校《袁宏道集笺校》(第 513 页)。
② 袁宏道:《袁中郎全集·尺牍·兰泽云泽两叔》,第 41 页。这封信写于 1598 年,参见钱伯城笺校《袁宏道集笺校》(第 747 页)。
③ 参见沈德符:《万历野获编》卷二十七《紫柏祸本》,第 690—691 页。

月,袁宏道因病乞假得允,回到故乡湖北公安。三个月后,长兄袁宗道于四十岁时突然去世。袁宏道闻之伤心至极,这一打击更进一步将他推离了仕宦之道。自此,他在柳浪隐居六年。柳浪有一片大湖,湖边环绕着万株柳树和假山。① 在这一方天地里,袁宏道有意自绝于世外。他在致友人的信中说,自己的日常活动不外乎参禅焚香,写诗作文。②

1600 年至 1606 年间,袁宏道在柳浪享受了一段宁静的田园生活,他对政治的态度也悄然改变。方其将辞吴县时,他在一封给吴化的信里写道:"弟尝谓天下有大败兴事三,而破国亡家不与焉。"③其中对国事、家事几乎毫不关心,更无意投身政治之中。而在六年的隐居生活之后,袁宏道对政治的厌恶与警惕消磨殆尽,隐居的孤独变得难以承受。在一封致陶望龄的信里,他表达了对隐居生活的不满:

> 山居久不见异人,思旧游如岁。青山白石,幽花美箭,能供人目,不能解人语;雪齿媚眉,能为人语,而不能解人意。盘桓未久,厌离已生。④

袁宏道从未否认他对享乐生活的追求,但也从未满足于美景

---

① 关于柳浪的详细描述,袁中道《珂雪斋前集》卷十一《柳浪湖记》。
② 关于袁宏道在这一阶段的生活状况,见他致龚惟学的一封信,见《袁中郎全集·尺牍·龚惟学先生》(第 63 页)。这封信写于 1600 年,参见钱伯城笺校《袁宏道集笺校》(第 1234 页)。
③ 袁宏道:《袁中郎全集·尺牍·吴敦之》,第 33 页。这封信写于 1597 年,参见钱伯城笺校《袁宏道集笺校》(第 506 页)。
④ 袁宏道:《袁中郎全集·尺牍·陶周望祭酒》,第 75 页。这封信写于 1606 年,参见钱伯城笺校《袁宏道集笺校》(第 1274 页)。

佳人。正是这种不满,使他在出仕和隐居之间不断摇摆。袁宏道在仕途上的变化无常,被许多现代学者解释为他对自由的强烈向往,以及他对世俗功名的悠然态度。这或许是对这一简单心理状况的过度阐释。正如袁宏道自己所言,使他厌于隐居生活的,不过是田园生活的单调乏味。在他来说,不过是时鲜蔬果吃得太久,想要吃肉而已。①

袁宏道自己分析,这一不快的根源在于他对声名的欲求。

> 大约世人去官易,去名难。夫使官去而名不去,恋名犹恋官也。为名所桎,犹之桎于官也,又安得彻底快活哉?②

坦陈不快源于对声名的追慕并不容易,在这里,可以看到袁宏道对自己复杂个性的诚实解剖。他甚至承认自己是一个投机者,在出仕与归隐的自我矛盾背后,也并没有什么深刻的哲学道理。在一封 1606 年写给苏惟霖的信里,袁宏道说:

> 夫弟岂以静退为高者哉?一亭一沼,讨些子便宜,是弟极不成才处。若谓弟以是为高,则弟之眼如双黑豆而已。③

这种自我嘲讽和自我分析正是自我表达的真谛所在。或许

---

① 见袁宏道:《袁中郎全集·尺牍·潘茂硕》,第 74 页。这封信写于 1606 年,参见钱伯城笺校《袁宏道集笺校》(第 1272 页)。
② 袁宏道:《袁中郎全集·尺牍·朱司理》,第 32 页。这封信写于 1597 年,参见钱伯城笺校《袁宏道集笺校》(第 509 页)。
③ 袁宏道:《袁中郎全集·尺牍·苏潜夫》,第 75 页。这封信写于 1606 年,参见钱伯城笺校《袁宏道集笺校》(第 1273 页)。

有人会笑话袁宏道对待归隐的模棱两可的态度,但这一模糊背后的真诚却毋庸置疑。

隐居六年之后,袁宏道最终意识到,如若举世皆浊,那么一个隐者也无法独享其清。归根结底,隐者依旧存活在这个世界上,他也不可能有真正的逃避之所。[①] 正是这一认识,结束了袁宏道的隐居生涯,并促使他在1606年再度寻求出仕。

袁宏道书信的生命力,源于他暴露内心深处的自己,与读者分享私密经验的意愿。他无意对友人隐瞒自己的任何部分。因此,我们在他的信中感知到的是一幅忠于生活的袁宏道自画像,作者下笔时带着心理与思想的敏感。在一封1605年写给沈寅的信里,袁宏道勾勒了这幅自画像:

> 弟支离可笑人也,如深山古树根,虬曲臃肿,无益榱栋。以为器则不受绳削,以为玩则不益观。欲取而置之别所,则又痴重颒垒,非万牛不能致。而世之高人韵士,爱其古朴,以为山房一种清供。[②]

袁宏道曾将人分为四种:玩世、出世、谐世、适世。他最仰慕的是适世者,并将自己列为其中一员。在他的定义中,此种人非禅非儒,没有什么存活于世的技能,在世间全然无用,也全然无

---

① 参见袁宏道:《袁中郎全集·尺牍·与黄平倩》,第52页。这封信写于1607年,参见钱伯城笺校《袁宏道集笺校》(第1612页)。
② 袁宏道:《袁中郎全集·尺牍·答沈何山仪部》,第78页。这封信写于1606年,参见钱伯城笺校《袁宏道集笺校》(第1262页)。

害。因此,适世者常为贤人君子所鄙斥。① 袁宏道的自我表述与适世者恰相对应。他从未写过自传或日记,但他的书信完全填补了这一资料上的空白。

袁宏道的人生哲学基本上是提倡享乐的。在他看来,任何能够为人生带来乐趣的事物,在道德上都是合理的。他的人生品质的标准相当重视物质。他主张,人到三十岁时,应当囊有余钱,囷有余米,住在"高堂广厦",餐食"肥酒大肉",如果年届而立尚不能负担起这种生活,那便"可羞也"。② 在这一哲学观下,袁宏道自然对人生享乐非常执迷,从他的生活方式上可见一斑。在1595年写给舅舅龚仲庆的信中,袁宏道谈及人生的"真乐有五",其中无一涉及职责与劳作,大多是由沉溺食物、美色和音乐中而得到的自我满足:

> 目极世间之色,耳极世间之声,身极世间之安,口极世间之谭,一快活也。
>
> 堂前列鼎,堂后度曲,宾客满席,男女交舄,烛气熏天,珠翠委地,金钱不足,继以田土,二快活也。
>
> 箧中藏万卷书,书皆珍异。斋畔置一馆,馆中约真正同心友十余人,人中立一识见极高,如司马迁、罗贯中、关汉卿者为主,分曹部署,各成一书,远文唐、宋酸儒之陋,近完一代未竟之篇,三快活也。

---

① 参见袁宏道:《袁中郎全集·尺牍·徐汉明》,第 4 页。这封信写于 1595 年,参见钱伯城笺校《袁宏道集笺校》(第 218 页)。
② 袁宏道:《袁中郎全集·尺牍·毛太初》,第 2 页。这封信写于 1595 年,参见钱伯城笺校《袁宏道集笺校》(第 209—210 页)。

千金买一舟，舟中置鼓吹一部，妓妾数人，游闲数人，泛家浮宅，不知老之将至，四快活也。

然人生受用至此，不及十年，家资田地荡尽矣。然后一身狼狈，朝不谋夕，托钵歌妓之院，分餐孤老之盘，往来乡亲，恬不知耻，五快活也。

士有此一者，生可无愧，死可不朽矣。①

除了第三项尚可称为思想上的追求外，其余四项都是纯粹的自我放纵。尽管袁宏道从未走到如此极端的地步，他亦在旅行或养花之类的兴趣上投入大量时间。他认为，"癖"对培育人的性情是非常重要的。人无"癖"，则无味而可厌。正是在这种哲学基础上，他才写了《瓶史》和《觞政》这两本小册子，在书中表明自己对"癖"的看法。"癖"被袁宏道定义为一种沉湎，而不仅是兴趣。在《瓶史》中，宏道举例说明他之所谓"癖"的意思：

余观世上语言无味、面目可憎之人，皆无癖之人耳。若真有所癖，将沉湎酣溺，性命死生以之，何暇及钱奴宦贾之事。

古之负花癖者，闻人谭一异花，虽深谷峻岭，不惮蹒跚而从之，至于浓寒盛暑，皮肤皴鳞，污垢如泥，皆所不知。一花将萼，则移枕携襆，睡卧其下，以观花之由微至盛至落至于萎地而后去。

---

① 袁宏道：《袁中郎全集·尺牍·龚惟长先生》，第1—2页。这封信写于1599年，参见钱伯城笺校《袁宏道集笺校》（第205—206页）。两版本略有差异，此从《笺校》。

或千株万本以穷其变，或单枝数房以极其趣，或臭叶而知花之大小，或见根而辨色之红白，是之谓真爱花，是之谓真好事也。①

显然，袁宏道所谓的"癖"，不仅是一种兴趣或消遣，更是人生的重点。他将"寄"作为"癖"的同义词。他主张，人必须在情感上有所寄托，才能有真正的快乐。棋、色、技、文四项是他建议的兴趣或消遣。在袁宏道看来，一个人如果不能找到任何使他专心致志的东西，就生活在"地狱"之中。② 或可总结道："癖"或"寄"在袁宏道看来，是实现人生之乐的关键所在。

袁宏道在《瓶史》中所言是有道理的。如果一个人有兴趣，并完全为之着迷，他将没有时间和精力去追逐名声和权力。但是，这一态度的关注焦点，只在于一己兴趣。一旦这一癖好得到满足，其余的世间万物都不再重要。这种态度必然导致对责任、家庭或社会的忽视。下面这封信就清楚地表达了这种态度：

闻曹以新遂不禄，可伤。……此翁无子，身后得无他虑，是人间第一快活事，但尚有一女，亦是业障。男女有何佳处，徒为老年增几重累，至死犹闭眼不得，苦哉！前过白岳，见求子者如沙，不觉辇蹙。仆亦随众，命道士通词，但云某子已多，后此，只愿得不生子短命妾数人足矣。③

---

① 袁宏道：《袁中郎全集·随笔·瓶史·十好事》，第 21 页。
② 参见袁宏道：《袁中郎全集·尺牍·李子髯》，第 9 页。
③ 袁宏道：《袁中郎全集·尺牍·王伯谷》，第 32 页。

袁宏道对婚姻、家庭的看法非儒非释。他耽于美色女眷，但试图逃避相关责任。他的个性之独特，不在于对家庭的不负责任，而在于对这种不负责任的坦诚与毫无愧疚。袁宏道在四十岁前从不拒女色，四十岁后也是出于自身健康考虑而戒色。在人生的最后两年，袁宏道的身体欠佳，无法继续追逐享乐。因此，他渐渐满足于（或至少保持着）简单而规律的生活。①

　　作为突出特征，袁宏道的幽默感也在书信中展露无遗。他不仅取笑自己，也拿朋友取乐。下面这封给王稚登的信充满调笑之辞，作者在轻松愉快的形式中暗讽友人：

　　　　闻王先生益健饭，犹能与青娥生子，老勇可想。不肖未四十已衰，闻此甚羡。恐足下自有秘戏术，不，则诳我也。②

　　用一点幽默，袁宏道便将闺房之私化为会心一笑。这个短短的段落展现了袁宏道和王稚登的个性及他们的密切关系。正如艺术家的简传，寥寥几笔，便能传神。

　　在一封给陶望龄的信里，袁宏道将自己与葡萄社诸君做了比较，并以药性喻个性：

　　　　知社中兄弟近益精进。弟谓诸兄纯是人参、甘草，药中之至醇者。若弟，直是巴豆、大黄，腹中闷饱时，亦有些子功效也。③

---

①　参见袁中道：《珂雪斋前集》卷十八《告中郎兄文》。
②　袁宏道：《袁中郎全集·尺牍·与王伯谷》，第 74 页。
③　袁宏道：《袁中郎全集·尺牍·陶周望官谕》，第 65 页。

巴豆和大黄是公认有效的泻药。袁宏道的比喻还可以被解读为他对文学的看法与社中同仁的不同。袁宏道认为，自己的理论能够将那些"闷饱"于复古文辞者导向舒畅。

1596 年，袁宏道患了近六个月的疟疾。在致友人吴化的信里，他开起了这场疾病的玩笑：

> 走病疟，几无复人理。倏而雪窖冰霄，倏而烁石流金，南方之焰山、北方之冰国，一朝殆遍矣。夫司命可以罚此下土者良多，何必疟也，毒哉！[1]

尽管这次重病几乎要了他的命，袁宏道还是能够以轻松的口吻写下自己的感受。他的幽默感一方面使读者真切地感受到他的痛苦，另一方面似乎也使疟疾对他而言不那么讨厌了。正是这种举重若轻的态度，使他得以从困境中走出，并在痛苦中找到自娱之道。

在给王辂的信里，袁宏道对自律一事给出一些相当有趣的观察：

> 近日始学读书……然性不耐静，读未终帙，已呼羸马，促诸年少出游。或逢佳山水，耽玩竟日。归而自责，顽钝如此，当何所成？乃以一婢自监。读书稍倦，令得呵责，或提其耳，或敲其头，或擦其鼻，须快醒乃止。婢不如令者，罚治之。[2]

---

① 袁宏道：《袁中郎全集·尺牍·吴曲罗》，第 16 页。
② 袁宏道：《袁中郎全集·尺牍·答王以明》，第 47 页。

晚明小品文,尤其是袁宏道的散文,具有一种独特的幽默感。正是这一品质,使袁宏道的书信极富吸引力与感染力。

闲适是袁诗的主题之一,袁宏道的书信更无比生动地表现出他对这一主题的兴趣。下面这段话说明了他对闲适安逸的生活方式的态度:

> 近日与诸舅尊作禅会,尤是乐事。有一分,乐一分;有一钱,乐一钱。不必预为福先。儿在此随分度日,亦自受用。若有一毫要还债,要润家,要买好服饰心事,岂能脱洒如此耶?田宅尤不必买,他年若得休致,但乞白门一亩闲地、茅屋三间,儿愿足矣。家中数亩,自留与妻子度日,我不管他,他亦照管不得我也。人生事如此而已矣,多忧复何为哉![1]

袁宏道的书信用语简明而直接,少有用典或古辞,古汉语修辞所带来的歧义被缩减至最低限度。他的书信有力而清晰,部分源于他对口语的掌控。上文所引的一些句子,像"有一分,乐一分;有一钱,乐一钱"和"我不管他,他亦照管不得我也",几乎与当时的口白毫无二致。就文辞而言,袁宏道书信的随意与口语化的风格,忠实地反映着他自己关于散文写作的理论。

1597年,袁宏道从吴县县令任上退下来,给黄兰芳(1592年进士)去信描述了自己的欢悦之情。他的用语不仅浅显,甚至俚俗:

---

[1] 袁宏道:《袁中郎全集·尺牍·家报》,第11页。

一病几作吴鬼,幸而得请,此天怜我也。……乍脱尘网,如巨鱼纵大壑……不惟悔当初无端出宰,且悔当日好好坐在家中,波波咤咤,觅什么鸟举人进士也。①

鸟这个字(读作"屌",意为男性生殖器)过于鄙俗,几乎从未在传统的古文写作中出现过。

朱东润在《中国文学批评史大纲》中写道,16 世纪中叶之后,谩骂渐成趋势,后来成为文学批评中的一股风尚。② 袁宏道的信明显反映了这一实践。在写给张献翼的信里,袁宏道痛斥那些没有自己的思想,一味剿窃古作的作家。

(剿窃古作如)粪里嚼渣,顺口接屁……记得几个烂熟故事,便曰博识;用得几个见成字眼,亦曰骚人。③

在袁宏道的信里,此类粗文并不鲜见。在一封写给管志宁的信里,他将自己与"世人"相对,断言与俗人毫无可比之处:

世人眼如豆,见如盲,一切是非议论如瓮中语日月,冢中语天,粪担上语中书堂里事。便胜得他,也只如胜得个促织;就输些便宜与他,也只当撒块骨头与蚁子而已。焉有堂堂丈夫,与之计较长短哉?④

---

① 袁宏道:《袁中郎全集·尺牍·黄绮石》,第 25 页。
② 参见朱东润:《中国文学批评史大纲》,台湾开明书店,1958 年,第 263 页。
③ 袁宏道:《袁中郎全集·尺牍·张幼于》,第 34 页。
④ 袁宏道:《袁中郎全集·尺牍·管东溟》,第 33 页。

视自己远胜他人不过是另一种讽刺方式。虽然这种自负之气在宏道的晚年收敛许多，但依旧可以从他的信中感受到其不平之意。

袁宏道书信中粗直的表达不仅反映了他的个性，也表明了他受到当时口语的影响之深。他在散文中对口语表达的运用比诗歌要成功许多。不过，他的所有书信并非都以这种散漫的文体写就，或是充满口语表达，也有文辞雅炼的书信，其中不乏典故、骈句或对仗。这些信往往是写给上司的。举例而言，在一封复督抚蹇达[①]的信里，袁宏道几乎全用四六骈体。但这绝非他的典型书信文体。

在《〈解脱集〉序二》中，江盈科提到对袁宏道书信的看法：

> 若夫尺牍，一言一字，皆心所欲言，信笔直尽，种种入妙。……盖其情真而境实，揭肺肝示人，人之见之，无不感动。中郎诸牍，多者数百言，少者数十言，总之自真情实境流出。[②]

江盈科认为，袁宏道的书信源自他的胆、识、才，没有这三种特质的作者，不宜模仿宏道的风格。这篇序文漂亮地总结了袁宏道书信的特点，以及他的书信风格与个性之间的关系。

袁宏道的书信确如其人。这些书信既非秦、汉之体，亦非唐、宋之风，唯是晚明格调。归根结底，它们是源自个体的作品：除

---

① 参见袁宏道：《袁中郎全集·尺牍·答蹇督抚》，第78—79页。
② 江盈科：《雪涛阁集》卷八《〈解脱集〉序二》。这是江盈科为《解脱集》所写的两篇序文之一。一个更为方便的来源是钱伯城笺校《袁宏道集笺校》（第1691页）。

了袁宏道，没有人能写出这些书信。

三、袁宏道的山水癖及其游记

在中国，徜徉山水始终被认为有净化自身之效。据说，这种旅行能够洗去人们在枯燥仕途中沾染的污秽。不过，净化与旅行的这一联系，到晚明才流行开来。渴求清白的文人纷纷以"山人"（清白而有雅趣之人）为尚。① 畅游不仅为晚明文人提供了交友访客的机会，更为他们提供了文学创作的灵感。由于这些象征性或出自实际考量，游山玩水对袁宏道而言遂成为不可忽略的愿望。

在游记中，袁宏道展现出对自然的热爱，以至于风景在他的文章中已经被视为有生命的活物，而非无生命的客体。袁宏道热爱自然，但并不敬畏自然。在《游惠山记》一文中，他清晰地表达了这一情感：

> 余性疏脱，不耐羁锁，不幸犯东坡（苏轼）、半山（王安石）之癖，每杜门一日，举身如坐热炉。以故虽霜天黑月，纷庞冗杂，意未尝一刻不在宾客山水。②

---

① 关于山人文学的研究，见阿英（钱杏邨）《明末的反山人文学》，载阿英著《夜航集》（上海良友图书印刷公司，1935，第 144—149 页）；《明末的反山人文学补》，载阿英著《海市集》（北新书局，1936，第 20—24 页）；铃木正：《明代山人考》，载清水博士追悼记念明代史论丛编纂委员会编《清水博士追悼记念明代史论丛》，大安株式会社，1962 年，第 357—388 页。

② 袁宏道：《袁中郎全集·游记·游惠山记》，第 11 页。

在一首给方子公的赠别诗中,袁宏道更为鲜明地表达了他对自然的爱好:

宁作西湖奴,不作吴宫主。
死亦当埋兹,粉香渍丘土。①

这首诗写于袁宏道刚刚离任吴县县令之时,"吴宫主"一语正是指这个职位。袁宏道将对自然的热爱作为区分"雅人"与"俗人"的关键特征。游览名山强化了他对自己确是一名雅人的信念。

袁宏道虽曾多次辞官,但事实上,他却对成为真正的山人,或者将自己完全隔绝于人类文明之外毫无兴趣。他希望既能从自然中获得乐趣,也能享受文明社会的生活便利。进山旅行正是对这一困境的解决之道。他曾为自己的这种矛盾辩解道:"善琴者不弦,善饮者不醉,善知山水者不岩栖而谷饮。"②

当无法同时享尽自然与文明之乐时,袁宏道便找到一条替代涉足山水的方法:插制瓶花。《瓶史》一书正是一部关于插花的小册子,在这本书的序言中,袁宏道将花竹与山水列为四种无需争名夺利便能获致的乐趣。他想起自己羁于政务官职时,虽有强烈的愿望,却无法跋山涉水。在这种状况下,他发现了"瓶花",并在这一消遣之中,找到克制对自然风光的渴念的方法。③ 如果说

① 袁宏道:《袁中郎全集·诗集·湖上别同方子公赋》,第19页。
② 袁宏道:《袁中郎全集·随笔·题陈山人山水卷》,第15—16页。
③ 本段的描述基于《瓶史》的小引,载袁宏道《袁中郎全集·随笔》(第18页)。

瓶花之乐能够代替山水之游,那么显然,对袁宏道而言,自然之美并非什么神秘而伟大的东西,相反,它不过是一种时时都可以获致的享受罢了。这基本上是一种享乐态度,它也渗透于袁宏道的游记中。① 这一态度最清楚地展现在袁宏道将自然风景比之于女性时。他说,"虎丘"正如"冶女艳妆"。② 这种譬喻在袁宏道的游记中随处可见,这意味着,自然景致带给袁宏道的不过是诱惑,而非惊叹。

袁宏道对自然的爱好,局限在或许可以称之为"精致的野性"的范围内。他最喜欢的景致要么是人迹已至的自然场所(如杭州西湖③、山间佛寺④),要么是精巧的景点(如虎丘——苏州边上的一座小丘⑤和满井⑥——京郊的一处景点)。袁宏道对真正的野地没有兴趣,在他的所有游记中,没有任何一篇文章写到峻岭、湍流,或是荒山野林。当然,这是因为袁宏道的大半生都在长江以南度过,那里在 16 世纪已经少有野地了。不过在 1609 年,当他不得不去主试陕西时,也曾多次游览嵩山和华山。但是,他在这一高原省份期间,几乎没有做过能被视为"冒险"或"危险"的旅行。袁宏道从未试图征服自然,而是想要与自然达成一种和谐。不用说,这是许多中国文人对自然的态度。只不过在袁宏道的旅

---

① 我的这一看法极大地受益于高友工教授 1982 年在普林斯顿组织的中国山水散文讨论班,以及 James J. Y. Liu, *Essentials of Chinese Literary Art* (North Scituate, Mass achusetts: Duxbury Press, 1979), pp. 39 - 44.

② 袁宏道:《袁中郎全集·游记·上方》,第 2 页。

③ 杭州的西湖是袁宏道最喜欢的景点之一,在他的《游记》中有九篇与之相关的文章。

④ 尽管袁宏道非常热衷于佛教,但访问寺庙对他的宗教信仰没什么影响。寺庙不过是他旅途中的客栈,仅仅是一个提供食宿的地方。

⑤ 参见袁宏道:《袁中郎全集·游记·虎丘》,第 1 页。

⑥ 袁宏道:《袁中郎全集·游记·满井游记》,第 29 页。

行所记中,这一态度特别染上了个人的、享乐的色彩。

虽然袁宏道对野地风光没有兴趣,但他也对田园景致无甚热情。他在游记中从未写过稻米成熟、老翁垂钓、牧童水牛之类的景色。他赞赏的是"无用之美",是对人类生活没有实际价值的景色。

袁宏道对自然的审美与享乐的兴趣,进一步显示在对园林的爱好中。他在许多游记中,记述了从阁楼、人工池塘和假山的精致排列中获得的乐趣。[①] 这些园林尽管美丽,却很难说是自然之物。

1600 年,袁宏道从京城辞官,回到故乡公安。他建造了一座占地三百亩的巨大园林,种上了万株杨柳。他将此地称为"柳浪"[②],并在这刻意营造的山水田园度过了人生之中最为惬意的六年,尽管最后他还是对隐居感到了厌倦。

由于袁宏道在旅行中首要关注的是追求享乐,因此,他的游记有时读来更像是对欢乐时光的记录,而非对自然风光的描摹。在一篇他最常被引用与翻译的文章《虎丘》里,袁宏道花了极少篇幅刻画这一景点,相反,他把焦点投向苏州的一场中秋音乐会,事无巨细地描写了会上的歌唱和其他事项。[③] 这些都市活动很少在游记中出现,却在袁宏道笔下被放到了首位。袁宏道扩展了游记的艺术对象,由此,这一文类不再为自然风光所独占。

袁宏道的许多游记更像是议论文,其中,自然风光显然不是

---

① 参见袁宏道:《袁中郎全集·游记》之《园亭纪略》《报瓮亭记》,第 10、29 页。

② "柳浪"被列为公安八景之一。见周承弼等纂修:《公安县志》卷一。

③ 参见袁宏道:《袁中郎全集·游记·虎丘》,第 1 页。

他描写的重点。他用这些游记表达对各种问题的观点。举例而言,《孤山》中没有一笔写这座山的位置或外貌,通篇都在表达袁宏道对婚姻的偏见:

> 孤山处士,妻梅子鹤,是世间第一种便宜人。我辈只为有了妻子,便惹许多闲事,撇之不得,傍之可厌,如衣败絮行荆棘中,步步牵挂。①

在这篇文章中,袁宏道提到了虞僧儒,其行为与孤山处士相类。袁氏对这二位大加赞赏,并总结全文道:"何代无奇人哉!"②

在袁宏道的游记里,一处相关地名,往往被用于月旦古人,品评史事。在《钓台》一文中,他又没有提地理信息,仅仅讨论了汉代隐士严光的行为与个性。③ 在一篇题为《灵岩》(一座据称有西施宫殿遗迹的小山)的文章中,袁宏道讨论了这位闻名古今的美女,指出一个朝代的衰亡与帝王对女子的喜爱无关,因此,西施不应被指责"为吴国之亡负责"。④ 在一篇游记中给出这样的结论,似乎多少有些不恰当,但这一类的离题在袁宏道的游记中既新颖又典型。

袁宏道的游记给予了特殊的地方物产以不成比例的篇幅。在一篇游龙井(当地以茶与春色闻名)的文章中,袁宏道竟全篇只

---

① 袁宏道:《袁中郎全集·游记·孤山》,第 13 页。文中的"孤山处士"林逋(字君复,967—1028),宋代主要诗人,又称"和靖先生"。
② 袁宏道:《袁中郎全集·游记·孤山》,第 13 页。
③ 参见袁宏道:《袁中郎全集·游记·钓台》,第 27 页。
④ 袁宏道:《袁中郎全集·游记·灵岩》,第 3 页。

谈四种茶叶,比较它们的色、香、味。① 在一篇题为《湘湖》的文章中,袁宏道彻底忽略了风景,全然着笔于如何种植与烹饪莼菜——一种可食用的水生植物。② 对食物的巨大兴趣不断呈现在袁宏道的游记中,并构成了他的享乐主义的一个方面。

随机地偏离设定的主题、缺乏客观的描摹,两者一起在袁宏道的游记中创造了一种内省的、主观的声调。袁氏游记中突出的,是"我"在观察风景,是"我"在记叙"我"的所见所思。有时候,这个"我"变得如此引人注目,以至于"我"的意见遮蔽了所观察的现实风景。在一篇题为《齐云》的文章中,袁宏道用一大半篇幅批评在风景如画之地的岩石树木上题字的做法:

> 齐云天门奇胜,岩下碑碣填塞,可厌耳。徽人好题,亦是一僻。仕其土者,熏习成风,朱书白榜,卷石皆遍,令人气短。余谓律中盗山伐矿,皆有常刑,俗士毁污山灵,而律不禁,何也? 佛说种种恶业,俱得恶报,此业当与杀盗同科,而佛不及,亦是缺典。青山白石,有何罪过? 无故黥其面,裂其肤? 吁,亦不仁矣哉! ③

全文不见齐云,只见袁宏道的盛怒。他的自我意识使得观察者与观察对象之间的区隔变得非常明显。一方面,这使得他的游记极具个人特色,时有抒情之致;而另一方面,他的主观视野使他无法达到一种天人合一的和谐境界。袁宏道强烈的自我意识使

---

① 袁宏道:《袁中郎全集·游记·龙井》,第 15 页。
② 袁宏道:《袁中郎全集·游记·湘湖》,第 19 页。
③ 袁宏道:《袁中郎全集·游记·齐云》,第 25 页。

他无法融入自然之中，他始终是自觉的观察者，却从未进入自然。

尽管在这些作品中，袁宏道常常跳出主题之外，不过，它们依旧是清晰通透的作品。袁宏道尤为擅长细叙一处特定景物或事件。无论文章题目多么宽泛普通，总会触及一种私人的感受与体验。对景物的私人感受的抒发常常侵蚀了对风景全貌的展现。在一篇题为《初至天目双清庄记》的短文中，他着笔于水流声：

> 数日阴雨，苦甚，至双清庄，天稍霁。庄在山脚，诸僧留宿庄中，僧房甚精。溪流激石作声，彻夜到枕上。（陶）石篑梦中误以为雨，愁极，遂不能寐。次早，山僧供茗糜，邀石篑起。石篑叹曰："暴雨如此，将安归乎？有卧游耳！"僧曰："天已晴，风日甚美，响者乃溪声，非雨声也。"石篑大笑，急披衣起，啜茗数碗，即同行。[1]

袁宏道常常在其游记中脱离题目，这是因为他选择在这一文类中借题发挥。上面的例子中，他便围绕着水声这一细节小题大做。在以上两例中，题目本身都与文章关系不大，两者之间的区隔表明有些题目是后来加上去的。袁宏道的许多游记，起初都是他在旅行中所作的粗糙的笔记，类似于文学日记。事实上，他的一些游记依旧保持着原初的日记体，读来更像是他为了帮助记忆而写下的潦草记录，而非对其旅途的完整描述。下面这篇短文正体现了这一特点：

---

[1] 袁宏道：《袁中郎全集·游记·初至天目双清庄记》，第 24 页。天目山在苏州城和太湖北岸之间。

石桥岩略似天门一带，而门稍阔，去齐云二十五里。游之日，天甚昏黑，各携雨具去。及归，竟不雨，同行半道归者，皆大悔懊。①

这段似乎是为了将来某篇更长的文章而准备的素材，但却被作为一篇完整的文章，先收入《解脱集》，后又收入《全集》之中。为进一步证明这一假设，还可以举出另外两组袁宏道的旅行日记——《场屋后记》②和《墨畦》③——的写作风格为证。这两组文章都很短，以日期开头，后附一段简短的景物或活动的描述。它们应被视为袁宏道为旅行日记打的草稿，而非完整的文章。这一格式的存在也解释了：为什么他的一些游记至为简短，而且与标题无关。

袁宏道在游记中常常用到对话。如《文漪堂记》④和《良乡三教寺记》⑤，除了几行叙述性的文字，这两篇文章都是由作者与其友人之间的对话构成的。这种对话体游记是袁宏道的首创。不过，这类文章缺乏整体的结构。对话的频繁使用造成一种闲散轻松的调子，但也因此导致了弊端。

袁宏道早年的游记描写了长江以南地区，包括江苏、浙江、湖南和湖北。1609 年，袁宏道去世的前一年，他被任命为陕西省的

① 袁宏道：《袁中郎全集·游记·石桥岩》，第 26 页。
② 《场屋后记》写于 1609 年，日记体，包括 65 个条目。这个简短的作品收入《袁中郎全集·游记》，第 45—50 页。在钟惺编《袁中郎全集》中，《场屋后记》在卷十一，紧接《游记》卷（卷八—卷十）之后。
③ 《墨畦》在《袁中郎全集·游记》中又题为《杂识》，第 50—54 页。关于《墨畦》的更多信息，见入矢义高《公安三袁著作表》。
④ 袁宏道：《袁中郎全集·游记·文漪堂记》，第 30 页。
⑤ 袁宏道：《袁中郎全集·游记·良乡三教寺记》，第 31 页。

主考官。这次旅途所留下的游记被收入《华嵩游草》。北方与长江流域之间的地貌差别,加上文学观的成熟,使袁宏道改变了自己的游记风格,由闲散的笔记转向文辞讲究的叙述性文体。他对地景、地貌的关注增多了,离题的情况则减少了。

袁宏道晚年的游记中最为明显的变化,是骈偶和四言句的使用增多了。这一注重规范的特征在他先前的作品中非常罕见。下面这段文章来自《华山别记》,证明了他日渐华丽的文风:

> 是日也,天无纤翳,青崖红树,夕阳佳月,各毕其能,以娱游客。夜深就枕,月光荡隙如雪。①

八句中有六句以四言出之,他在写作整齐、对仗的文章时的良苦用心是显而易见的。

与早先的游记不同,袁宏道的游记不含教训意味。举例而言,王安石(号半山,1021—1086)的《游褒禅山记》②和苏轼的《石钟山记》③这两篇著名的宋代游记,都给读者灌输了道德信息。王安石的文章告诉读者,只有那些能够历经登山之难者,才能饱览山顶的瑰丽风光。借由这一比喻,王安石总结:如果要完成重大的事业,人们必须具有毅力和决心。苏轼警告读者:在自己加以证实之前,不要轻易相信任何东西。这两位作者的态度都是道貌岸然、居高临下的。他们在有意识地说教,而非描述风景之胜。在这些文章中,我们看到的更多是"理"而非"情"。与之相反,袁宏道的

---

① 袁宏道:《袁中郎全集·游记·华山别记》,第40页。
② 王安石:《临川先生文集》卷八十三《游褒禅山记》。
③ 苏轼:《东坡全集》卷三十七《石钟山记》。

游记则不含教训意味。他偶尔会提到以史为鉴的重要性,但这种反应更多是个人化的、内省式的,而非教训、说教的。打动读者的,是其对自然的热爱,而非从观察自然中得出的思考结论。

袁宏道的密友江盈科赞扬他的游记:

> 近代文人纪游之作,无虑千数。大抵叙述山川、云水、亭榭、草木、古迹而已,若志乘然。中郎所叙佳山水,并其喜怒动静之性,无不描画如生。譬之写照,他人貌皮肤,君貌神情。①

阅读这一评论,让人想起徐弘祖(即徐霞客,1587—1641)——伟大的旅行家与作家,他的头二十四年正与袁宏道同世。徐霞客的游记以其对地理、地貌的细致描摹而闻名,现代地理学家已经证实了他的观察的准确性。② 这种写作与袁宏道的游记大异其趣。徐霞客游记是"客观—描述"的,而袁宏道的文章则是"主观—个人"的。正如李祁(Li Chi)所言,徐霞客的旅行,"更多出于对知识的探求,而非享乐的目的"③。换句话说,他的动机与享乐或审美相比,要更为功利。而对袁宏道而言,每一段旅程都不是为了追寻知识,而是一种自我表达的不同途径。袁宏道在游记中展现的风格,以融汇描述与反思为特点。通过他的游记,读者不仅读到一点他描述的风景,更为重要的是,还读到了袁宏道自己。

---

① 江盈科:《雪涛阁集》卷八《〈解脱集〉序二》;另见钱伯城笺校《袁宏道集笺校》(第 1691 页)。

② Li Chi, *The Travel Daries of Hsu Hsia-k'o* (Hong Kong, Chinese University of Hong Kong Press, 1974), p. 26.

③ Li Chi, *The Travel Daries of Hsu Hsia-k'o*, p. 20.

苏州胜景（选自《海内奇观》）

袁宏道辞官后作东南之游，并有《宿惠山》诗及《游惠山记》《虎丘》等文。

六桥烟柳

西湖美景之六桥烟柳（选自《海内奇观》）

袁宏道深爱西湖：不仅数次游湖，而且写下多篇游记，如《晚游六桥待月记》《雨后游六桥记》等。

西湖胜景之孤山放鹤（选自《海内奇观》）

袁宏道有《孤山》一文。

天目山（选自《海内奇观》）

袁宏道有《初至天目双清庄记》一文。

白岳（选自《白岳凝烟》）

齐云又名白岳。袁宏道曾访，并作《齐云》一文。

公安派与晚明思想

第五章 "诗本乎情"

——公安派兴起之前的文学界

一、晚明的文学批评

晚明，文学批评迎来前所未有的繁荣。在中国古代文学史上，从未有如此多的文人投身于文学理论的研究。在明朝的最后一百年，文学理论不再是理论家的专利，而已成为文人间的流行话题。作为作家自我表达的主要渠道，明代的文学批评几乎已经与哲学密不可分，且比以往任何一个时期的文艺批评都更切近于人们的公共体验与情感。

晚明文人自觉尝试将他们的理论付诸实践。尽管许多人的作品并未始终贯彻其理论，但实践自身信仰的热情与诚意却毋庸置疑。正是这种热情，使晚明的文学批评充满争议，以至于几乎所有关于文学的讨论，都染上怀疑与论辩的色彩。一派奠立的理论基础，转瞬即成另一派攻击的鹄的。晚明文学批评的特点也由此而生：它包含各种独异的文学观点，以及此起彼伏的文学运动。

明代文学批评的发展，伴随着古典诗文的衰落。这一衰落常被归咎于八股文在科举考试中的运用。[1] 黄宗羲（世称梨洲先生，1610—1695）批评：三百年人士之精神，专注于场屋之业，割其余为古文。[2] 如此背景下，古文自然而然衰落了。

吴乔，一位 17 世纪的批评家，为古诗在明代的衰落提出了一个类似阐释：

> 事之关系功名富贵者，人肯用心。唐世功名富贵在诗，故唐世人用心而有变……明代功名富贵在时文，全段精神俱在时文用尽，诗其暮气为之耳。[3]

这一衰落的真正原因或有可议，但学者普遍认同，明代诗文的水准与唐、宋诗文不可同日而语。[4] 因此，明代批评家的文学讨论与争辩，大都集中在古典诗文的复兴上。无论其方式看上去有多大差异，这些批评家都有一个共同目标：为诗文带去新的生机。16、17 世纪，各个文学派别的成员都相信，自家理论不仅能够赓续古典诗文的生命，更能为这两种传统文类注入新的精神。对明代的批评家而言，文学批评不只是一门专业，更是可以为之皓首一生的志业。从他们的写作中，我们可以清楚地看到这种使

---

① 关于八股文的英文研究，见 Tu Ching-i, "The Chinese Examination Essay: Some Literary Considerations," *Monumenta Serica*, no. 31 (1974-1975), pp. 393 - 406. 关于科举系统，见 Wolfgang Franke, *The Reform and Abolition of the Traditional Chinese Examination System* (Cambridge, Mass.: Harvard University, East Asian Research Center, 1963).

② 黄宗羲：《明文案序》，黄宗羲编《明文授读》，汲古书院，1973 年。

③ 吴乔：《答万季野诗问》，何文焕、丁福保编《历代诗话统编》第 4 册，北京图书馆出版社，2003 年。

④ 这一观点在刘大杰的《旧体文学的衰微》一文中得到了最好的表述，见《中国文学发展史》（第 845—848 页）。

命感,以及他们复兴文学,尤其是复兴诗文的愿景。

尽管明代文学批评的大宗集中于诗文,但明代的诗文批评者并未完全忽视小说与戏剧。16 世纪末至 17 世纪初尤其如此,当时的一大批读书人都投身于小说与戏剧的写作。在很短的一段时间内,出现了各种关于这些新兴文类的理论。① 相比传统文学观,晚明文学批评包含大量独特的诗文评论。

明代的最后一百年中,思想界的普遍趋势是儒、道、释的合流,每一位读书人都或多或少受此三家的影响。传统儒家伦理面临来自佛道两教的严峻挑战。读书人不仅切望在学术上探索新的路径,也想在日常生活中找到安身立命的道途。理学教条不再被认定为终极权威,"心""性""理""情"等基本哲学概念亦受到深刻检验,并以较近人情的方式被重新定义。人类的情感,特别是男女之情,不再被视为一种恶的本能,而是被当作应给予尊重的人性。享乐成为一部分晚明文人的生活态度。在这一独特的思想趋势下,文评家以前所未有的热情争论道,文学的作用不过是人类情感的展现。"情"成为晚明文学批评中的一个核心主题。② 文学应当为道德与功利服务的观念,不再是这一时期的主导观念。因此,晚明文学批评的主流是着重表现,而非实用。

---

① 举例而言,有何良俊的《曲论》、王世贞的《曲藻》、沈德符的《顾曲杂言》,见中国戏曲研究院编《中国古典戏曲论著集成(四)》(中国戏剧出版社,1959 年)。

② 关于这一问题的研究,见杨天石《晚明文学理论中的"情真"说》,载 1965 年 9 月 5 日《光明日报》;路侃《试论明代文艺理论中的"主情"说》,载中国人民大学中国语言文学系编《文学论集》第 7 期,1984 年;Hua-yuan Li Mowry, *Chinese Love Stories from Ch'ing-shih* (Hamden, Connecticut. : Shoe String Press, 1983), pp. 1 – 35.

二、复古派

晚明文学批评的发展,常被表述为复古派与性灵派之间的冲突。复古派的代表人物是"前后七子",而性灵派的代表则是湖北公安的袁氏三兄弟("三袁"),后来成为众所周知的公安派。

对复古派与公安派的历史评价,因时代不同而差异悬殊。有清一代,三袁被诋为异端,有人甚至声称他们应当为明代文学,尤其是诗歌的衰落负责。在清代批评家眼中,"三袁"着重自我表现的文学观是鄙俚而空疏的。① 只有当 20 世纪初的现代文学革命运动兴起之后,公安派的名誉才得到恢复。历经三个世纪的批评与忽视后,"三袁"在 1930 年代至 1940 年代成为文学英雄。那些为清代批评家所否定的特征,一转而变为 20 世纪学者赞扬的对象。② 而曾经主宰明代文坛的"前后七子",则反被斥为顽固的保守派与盲目的模拟者。

评价文学史人物时的这种转变,反映出清代与 20 世纪学者的偏好或成见。鲜有例外的是,这些批评家均挪用了"前后七子"与"三袁"的理念,对其加以扭曲,为当时的诸种需求服务。1930年代的学者尤其如此。无论对这些理念是褒是贬,1930 年代的批评家始终在试图利用明代文学人物,以达成其反对文言、支持

---

① 这类批评出现在《四库全书总目提要》的编者笔下,以及沈德潜的《明诗别裁》中。详见第三章。
② 其中最知名的人物以及主要作品有:周作人,《中国新文学的源流》(人文书店,1934 年)和其他一些文集;林语堂,《论语》(1932—1938 年,1946—1949年)、《人间世》(1934—1935 年)和《宇宙风》(1935—1947 年)三份流行杂志的主编;刘大杰,《中国文学发展史》(中华书局,1941 年)。

白话文运动的现代目的。除了这些文学目标,林语堂还致力于催生一种消闲的生活方式,在他看来,小品文——晚明的一种简短而非正式的散文——是这一方式的最佳表达。

1932年,周作人直接将公安派与现代文学运动联系在一起,并指出公安派是"中国新文学的源流"[①]。以此,他清晰地表明褒举公安派的目的。然而,他并未对这一派别给以公正的论断。换句话说,晚明文学现象多被现代学者当作一种工具,以支持或诋毁某些文学理论。现代批评家从未真正试图在历史语境中理解明代作家。

表面上看,1930年代的学术观点与清代的批评立场似乎针锋相对。但事实上,两造却有同一种看待晚明文学的方式。在清代与1930年代的论者眼中,复古派与公安派是壁垒分明的,"三袁"乃是彻底批判"七子"文论的激进改革者。为了遂行这一两分法并加深两派之间的鸿沟,清代与现代的学者或者忽视,或者刻意否认复古派理论中表现自我的因素,以及公安派的保守一面。正是这一两分法,使人相信"前后七子"与"三袁"之间存在黑白分明的差异,并忽视自16世纪以至17世纪,中国文学发展中的自我表现趋向。一旦摆脱这种对晚明文学的偏见,就不难发现,这两派的理论差异并不像想象中那么大;更进一步说,两派事实上有一些相同的理论观点。在此基础上,便可描绘出一幅与此前不同的公安派兴起的图景。自我表现的趋向并非由"三袁"首倡,

---

① 《中国新文学的源流》也是一本1934年在北京出版的书。这本书包括了几篇周作人1932年在辅仁大学的演讲稿。关于周作人文学理论的英语研究,见David E. Pollard, *A Chinese Look at Literature: The Literary Values of Chou Tso-jen in Relation to the Tradition* (Berkeley, California: University of California Press, 1973).

相反,它是明代文学批评传统中的一部分,"三袁"则是这一传统的继承者与发扬者。

在本节,我将考察复古派的三位主将——李梦阳(号空同子,1473—1530)、谢榛(1495—1575)和王世贞(1526—1590)的理论中那些倾向于自我表现的论述,我将用与之相称的篇幅,给予他们以迟到的学术关注。

复古派的文学理论,可以用李梦阳的两个观点来总结。第一,秦、汉文与盛唐诗是学习文学的唯一标准。① 第二,模拟古作是获得文学成就的必由之路。② 因其对待既往文学时的局限,以及模拟为主的文学创作方法,复古派的理论常被现代学者指摘为反个人、反自然、反独创的理论。诚然,他们的作品中确有许多古作的表达,有时甚至达到抄袭的地步。③ 但是,因此认定复古派公然提倡剽窃,也未见得公平。虽然这可能是其理论招致的刻板印象,但剽窃实非其本意。事实上,复古派甚为鄙视那些剿窃古作的作家。复古派领袖李梦阳认为:"善道者不剿说以袭名,善言者不附同以著见。"④说复古派的作品有盲目模拟的毛病,绝不等同于说他们提倡抄袭。在我看来,复古派的文学批评较诸其文学作品更具深远意义与独创性,他们的理论创获不应被作品缺陷所遮蔽。

---

① 李梦阳的官方传记,载张廷玉等编《明史》卷二百八十六《文苑二》(第7348 页)。

② 这一论点最强有力的论述,见李梦阳《空同先生集》卷六十一《驳何氏论文书》《再与何氏书》。

③ 王世贞批评了李梦阳的抄袭并给出了实例。见王世贞《艺苑卮言》卷四。

④ 李梦阳:《空同先生集》卷四十九《刻诸葛孔明文集序》。

在现代文学批评术语中，"模拟"显然不是一个好词。它常常等同于缺乏创造性，甚至与抄袭相联。然而，当李梦阳提到模拟时，意思是以古代佳作为典范，遵循某种基本书写原则。

"前七子"的另一位领袖何景明（1483—1521）曾批评李梦阳："子高处是古人影子耳，其下者已落近代之口。"[①]他还认为李氏的作品缺乏创造性，并讽刺："未见子自筑一堂奥，突开一户牖，而以何急于不朽？"[②]

李梦阳则辩护道，自己"尺尺而寸寸"地追随古作，正如木工以圆规与矩尺画圆画方。无论木工想要制作什么，都要用圆规与矩尺这些基本工具。借由这一譬喻，李梦阳表明，他相信写作为一种普遍法则所统御。他坚持认为，假若今人能知悉并遵循这种法则，就能获得古作中的精义。[③] 这一譬喻存在三重问题：写作果真有普遍法则吗？如果有，它们可以如圆规与矩尺那般清晰吗？诗文写作是和建筑房屋同类的活动吗？这三个问题的答案显然是偏向否定的。李梦阳的理论建立在一个未经证实的前提之上，他论述中的这一缺陷后来成了众矢之的。但是，在李梦阳的定义中，模拟绝非抄袭，而是今人重新观摩古人写作之道的方法。

无疑，李梦阳强调了文学样板与规矩的重要性，但这并不意味着他是反自我表现的。根据李梦阳的文学理论，遵循诗歌法则与表现作者情感并不矛盾。因此，在李梦阳看来，一个优秀诗人有能力在一首诗中融合情感与法则，而一首出色的诗作正是规矩

---

① 李梦阳：《空同先生集》卷六十一《驳何氏论文书》。
② 李梦阳：《空同先生集》卷六十一《驳何氏论文书》。
③ 李梦阳：《空同先生集》卷六十一《驳何氏论文书》。

与情感的和谐统一。事实上,李梦阳的作品并不缺乏性灵或表现的要素。他从不否认:诗歌是个人情感的反映。他曾引用《诗大序》的名言:"诗言志。"①这一表述被广泛认定为中国文学史中自我表现的源头。② 李梦阳又说:"诗者,人之鉴者也。"③基于这一认识,李梦阳赞扬民歌,并称之为"真诗"④。在为民歌《郭公谣》写的短跋中,他说:

> 世尝谓删后无诗,无者谓雅耳,风自谣口出,孰得而无之哉? 今录其民谣一篇,使人知真诗果在民间。⑤

在李梦阳的作品全集《空同先生集》中有两卷乐府,收入 72 首浅白如话的诗作。⑥ 这表明他对民歌的仰慕,在理论与实践上均有体现。

在为自己的一本诗集所写的序言中,李梦阳借与王叔武的对话,表达对文学性质更为全面的看法:

> 夫诗者,天地自然之音也。今途哕而巷讴,劳呻而康吟,

---

① 李梦阳:《空同先生集》卷五十《张生诗序》。
② 周作人将中国文学划分成两个范畴:(1)诗言志;(2)文以载道。他将"诗言志"作为中国文学表现主义的源头。参见周作人:《中国新文学的源流》第二讲《中国文学的变迁》,第 25—39 页。另见 James J. Y. Liu, *Chinese Theories of Literature* (Chicago and London: University of Chicago Press, 1975), pp. 63 - 87.
③ 李梦阳:《空同先生集》卷五十《林公诗序》。
④ 李梦阳:《空同先生集》卷六《郭公谣》。
⑤ 李梦阳:《空同先生集》卷六《郭公谣》。
⑥ 李梦阳的乐府诗见《空同先生集》卷六、卷七。

一唱而群和者，其真也，斯之谓风也。孔子曰："礼失而求之野。"①今真诗乃在民间。而文人学子，顾往往为韵言，谓之诗。……真者，音之发而情之原也，……非雅俗之辩也。②

这些观点从王叔武口中说出，而李梦阳对其表示高度的赞赏，并总结：

李子闻之惧且惭。曰：予之诗，非真也。王子所谓文人学子韵言耳，出之情寡而工之词多者也。然又弘治、正德间诗耳，故自题曰《弘德集》。每自欲改之以求其真，然今老矣！③

作为首个为复古派奠定理论基础的学者，李梦阳似乎并非一位不可理喻的保守派。他非常善于指出自家诗作的缺点。据《万历野获编》记载，李梦阳极其喜欢《锁南枝》《傍妆台》《山坡羊》之类的时尚小令。他甚至认为这些民谣可以直继《诗经》以降的国风传统。④ 这表明，李梦阳的文学理论赋予纯朴的情感以极高的价值，李梦阳相信，诗的作用正在于抒发这种情感。如此看来，李梦阳似乎与以往批评中的刻板印象大相径庭——他并非一个顽固的古典、正统派批评家，不是只对诗歌的形式感兴趣，也并不漠

---

① 这句被归在孔子名下的话出现在《汉书·艺文志》中，原文为"礼失而求诸野"，见《汉书》卷三十《艺文志》，中华书局，1973年，第1746页。
② 李梦阳：《空同先生集》卷五十《诗集自序》。
③ 李梦阳：《空同先生集》卷五十《诗集自序》。
④ 参见沈德符：《万历野获编》卷二十五《词曲·时尚小令》，第647页。

视诗歌的表现功能。李梦阳这些颇具表现因素的观点，与公安派的主张甚为相似，并在约一个世纪之后，进一步发展为更为充实的理论。

但是，复古派与性灵派的理论区别仍是真实而紧要的。最根本的区别，可从两派对待宋诗的不同态度中窥见一斑。李梦阳坚持认为没有必要研习宋诗，而三袁则认为宋诗价值巨大，不能忽略。这一分歧后来成为两派论辩的一个焦点。现代学者常常大肆批判李梦阳的"诗必盛唐"太刻板。但是，李氏却是出于述志的考量，而非复古的标准，才排除宋诗的。在《缶音集》的序文中，他批评宋诗道：

> 宋人主理作理语，于是薄风云月露，一切铲去不为，又作诗话教人，人不复知诗矣。诗何尝无理，若专作理语，何不作文，而诗诗为耶？……予观江海山泽之民，顾往往知诗，不作秀才语，如《缶音》是已。①

李梦阳坚信，诗与文的功能与风格各异，在他看来，宋诗过于散文化，过于理性，表现色彩不足。

对复古派的另一个误解是：以"复古"重振古文标格的理念是保守的。但正如朱东润所言，"复古"与"守旧"不同，后者是顽固的保守派。"守旧"意谓拒绝放弃旧有理念，坚守那些必然要被改变的。而"复古"则意味着对当下境况的不满，意图寻求改

---

① 李梦阳：《空同先生集》卷五十一《〈缶音〉序》。

变。① 在 15 世纪末与 16 世纪初的思想环境中，"前七子"鼓吹的"复古"理念与其说保守的，不如说是革新的。牟复礼（Frederick W. Mote）在一篇关于中国艺术中的复古观念的文章中，也给出了一个类似阐释，他的解释同样适用于文学理论。"复古，在很多人看来都是一种自欺欺人的盲从，但在另一些人眼中，它也可以是一种革命性的复古，对现实进行针锋相对的批判，并在一切人类活动中催生出创造性的方式。……它是一种联结人类经验的普遍性与个体内在经验独特性的方式。"②这一表述，很可能是李梦阳在提倡"复古"理念时的心中所想。

在明代的头一百年，文学界由高阶的学官把持。其中，杨士奇（1365—1444）、杨荣（1371—1440）和杨溥（1372—1446）这三位大学士最具影响力。"三杨"名动天下，其作品被称为"台阁体"。这一文体被 18 世纪的《四库全书总目提要》的编者视为"雍容"却"啴缓冗沓"。正是这种冗沓无神，促使李梦阳发动复兴古文的战役。③ 他对"复古"的推介绝非意在延续一种衰朽的诗体，而是引导文学发展的方向，使诗文都能更为健康与坚实。尽管这一运动的结果证明，"复古"并非救治明代诗文之病的良方，但李梦阳首倡文学改革的动机，殆无疑义。

<hr>

① 参见朱东润：《何景明批评论述评》，载朱东润等著《中国文学批评家与文学批评》第二卷，学生书局，1971 年，第 134—135 页。

② Frederick W. Mote, "The Arts and the 'Theorizing Mode' of the Civilization," in *Artists and Traditions*, ed. Christian F. Murck (Princeton: Princeton University Press, 1976), pp. 7-8.

③ 参见纪昀等编：《四库全书总目提要》卷一百七十一集部二十四别集类二十四《空同集》提要。

从"前七子"到"后七子",谢榛是一位关键人物。作为一位出色的诗人与文评家,谢榛是"后七子"中年事最长者,也是这一文学团体在成型阶段的领袖。他的诗文评著作《四溟诗话》,为复古运动第二阶段的发展奠定了理论基础。① 尽管谢榛的诗法在本质上属于模拟,但在模拟方式上,谢榛远比李梦阳要灵活多变。李梦阳认为写诗如习字,诗人也应和书法家一样,尽其所能地模拟样板。李氏坚持,如果今人的诗作能与古作相类,他就已有所成就。② 而谢榛认为,模拟再成功,充其量也只能算在诗歌创作中初有所成。诗人的终极目标是"入悟"③。一旦一位诗人得以入悟,就无需再模拟。虽然谢榛没为"入悟"下一明确定义,但他提出,要想入悟,诗人就得探索内心,模拟只是入悟的准备而已。

谢榛用两个比喻说明写诗过程。一个是:"作诗譬如江南诸郡造酒,皆以曲米为料……其美虽同,尝之各有甄别。"④谢榛以"曲米"喻诗人一生之遭际,以味道之别喻各个诗人的不同个性与境遇。另一个则把写诗比作蜜蜂酿蜜。谢榛说,虽然蜂蜜由各处花蕊中采来,但人却无法在蜂蜜中辨别出每朵花的味道。由此,他意指人应向古人学习,但应将每位古代诗人的"味"——个性特征——融入自己的作品中。⑤ 在这两个比喻里,谢榛都强调要将从古人处学到的东西内化。谢榛借造酒、酿蜜的比喻展现了这一

① 见钱谦益:《列朝诗集小传》丁集《谢山人榛》,古典文学出版社,1957年,第424页。

② 李梦阳在给何景明的两通书信中讨论了这些想法。见《空同先生集》卷六十一《驳何氏论文书》《再与何氏书》。

③ 谢榛:《四溟诗话》卷二第五四条,人民文学出版社,1961年,第46—47页。

④ 谢榛:《四溟诗话》卷三第二二条,第74页。

⑤ 谢榛:《四溟诗话》卷三第二二条,第74页。

内化过程的方式。当然,这两个比喻过于简化了写诗这种复杂的思想过程;将本质上绝不相同的两类活动进行比较,其不足也显而易见。然而,谢榛的目的不是句比字拟地引譬连类,而是指出创造个人风格的重要性,以及要避免为古所累。

在谢榛看来,诗歌的根本在于每位个体诗人的神气。"诗无神气",他说,"犹绘日月而无光彩"①。谢榛进一步指出,诗人赋诗要有"英雄气象",要"人不敢道,我则道之;人不肯为,我则为之"②。这相当强调个人特色,完全不能被归为盲目拟古。

谢榛激烈反对刻板模拟,因其既不能反映社会现实,也不能反映诗人个性。他尖锐地批评了同代人对杜甫的模拟:

> 今之学子美者,处富有而言穷愁,遇承平而言干戈,不老曰老,无病曰病,此摹拟太甚,殊非性情之真也。③

无须夸大其词,也能从上文中推断,谢榛的诗论强调诗人的性情,以及真实描写现实情状的重要性。对他而言,写诗不是对古代诗人的模拟,而是对自身经验与所处社会的反映。

在提高艺术表现力方面,谢榛一方面强调修缮诗作的重要性("诗不厌改"④),另一方面,他也意识到自然、随性在写作中的价值。他反对写作前的冥思苦想,认为灵感乃"平平道出,且无用工字面"。他以《古诗十九首》为例,指出诗作正"若秀才对朋友说家

---

① 谢榛:《四溟诗话》卷二第五一条,第46页。
② 谢榛:《四溟诗话》卷四第三四条,第107页。
③ 谢榛:《四溟诗话》卷二第五七条,第47页。
④ 谢榛:《四溟诗话》卷二第二八条,第40页。

常话,略不作意"①。基于这一论述,郭绍虞认为谢榛的文学理论是格调与性灵的结合。② 这一结合不仅预示着复古运动在 16 世纪的发展,也预示着王世贞文学理论中形式与表现的并重与兼容。

王世贞是"后七子"的代表,与李梦阳和谢榛相比,他在文学理论中更进一步地说明:复古与自我表现是可以并存的。论写作之"法",王世贞要比李梦阳更为直观、灵活。王世贞认为,"法"并非对写作自由的限制。意与法是相融的:

> 吾来自意而往之法,意至而法皆至,法就而意融乎其间矣。夫意无方而法有体也,意来甚难,而出之若易;法往甚易,而窥之若难,此所谓相为用也。③

在著名的文学批评论著《艺苑卮言》中,王世贞用一句话总结写作之"法":"法极无迹。"④李梦阳的法,如木工的规矩,尚属于一种客观事实,而王世贞的法已成为主观意识。写作之"法"存于作者心中:是作者驾驭写作之"法",而非写作之"法"支配作者。

到了晚年,王世贞反省道,自己曾过分强调模拟的重要性和古代作品的意义。据传,他曾在某个场合表示《艺苑卮言》——他

---

① 谢榛:《四溟诗话》卷三第三条,第 66—67 页。
② 参见郭绍虞:《中国文学批评史》下卷第三篇第三章,商务印书馆,1934年,第 200—206 页。
③ 王世贞:《五岳山房文稿序》卷六十七。
④ 王世贞:《艺苑卮言》卷一。

最主要的文学批评著作——完成于四十岁之前,而当时的想法尚未臻于成熟。他希望纠正其中的一些错误,以使此书不致将后人引入歧途。①

王世贞虽是"后七子"的领袖,却从不认为机械的模拟可以达到文学上的创造。"剽窃模拟"是"诗之大病"。② 他进一步推定,只有当诗人不再盲从古作时,他的诗作才能成为上品。③ 正因如此,王世贞痛诋李梦阳的某些模拟之作为"盗窃",令人"呕哕"。④ 王世贞对"后七子"领袖李攀龙(1514—1570)也有批评。他讽刺李氏模拟古乐府的作品"精美",然一旦与真正的古乐府并观,其弊病就显而易见了。⑤ 王世贞还注意到明诗的通病,他批评道:

> 夫诗道辟于弘(治)、正(德),而至隆(庆)、万(历)之际盛且极矣。然其高者以气格声响相高,而不根于情实。骤而咏之,若中宫商,阅之若备经纬已,徐而求之,而无有也。⑥

显然,王世贞对明诗的发展方向并不满意。

在文学样板方面,王世贞不再拘于秦、汉文与盛唐诗。他将宋代也揽为诗有所成,亦值得研习的时代之一。在《艺苑卮言》里,他将白居易、苏轼和陆游(1125—1210)目为三大诗人。⑦ 在他编的苏轼选集《苏长公外纪》序中,王世贞将苏轼与韩愈(世称

① 参见钱谦益:《列朝诗集小传》丁集《王尚书世贞》,第436—437页。
② 王世贞:《艺苑卮言》卷四。
③ 王世贞:《艺苑卮言》卷五。
④ 王世贞:《艺苑卮言》卷四。
⑤ 王世贞:《艺苑卮言》卷七。
⑥ 王世贞:《弇州山人续稿》卷四十二《陈子吉诗选序》。
⑦ 王世贞:《艺苑卮言》卷四。

韩昌黎,768—824)、柳宗元和欧阳修(号六一居士,1007—1072)
相比:

> 苏公才甚高,蓄甚博,而出之甚达而又甚易。三氏之奇,
> 盖尽于集,而苏公之奇,不尽于集。①

他对苏轼的赞赏溢于言表。从刘凤为王世贞的《弇州山人续
稿》所作序文中可知,行将去世时,王世贞还在阅读苏轼的作
品。② 李维桢也说王世贞"于唐好白乐天,于宋好苏子瞻"③。王
氏自陈,他对苏轼的看法经历了一次重大转变:

> 当吾之少壮时,与于鳞习为古文词,于四家殊不能相入,
> 晚而稍安之。毋论苏公文,即其诗最号为雅变杂糅者,虽不
> 能为吾式,而亦足为吾用。④

王世贞对白居易和苏轼的喜爱证明,秦、汉文与盛唐诗不再
能够满足这位头脑开明的"复古派"。这极大地偏离了李梦阳奠
定的复古派的主要原则之一:文必秦、汉,诗必盛唐。这一偏离
进一步缩小了复古派与公安派之间的鸿沟,并为日后为三袁倡导
的关于文学创造自由的理念铺平了道路。博取众家之长,以及对

---

① 王世贞:《〈苏长公外纪〉序》。
② 刘凤:《王凤洲先生弇州续集序》,王世贞《弇州山人续稿》卷一。这则逸
闻被收进了王世贞的官方传记中(见张廷玉等编:《明史》卷二百八十七《文苑
三》,第7381页),钱谦益的《列朝诗集小传》(第437页)亦记录此事。
③ 李维桢:《王凤洲先全集序》,王世贞《弇州山人续稿》卷一。
④ 王世贞:《〈苏长公外纪〉序》。

宋代作品价值的标举,后来都成为公安派文学理论中的重要组成。

现代日本学者松下忠甚至认为,王世贞的理论是袁宏道文学观的来源之一。松下指出,袁氏理论的一些基本文学概念在王世贞的作品中已经得到相当的发展:"性灵"这一公安派的标志,常现于王世贞笔端,并被赋予极高的价值。此外,正如松下所说,有很多表述与概念乃王世贞首创,并在后来为袁宏道所采用。① 王世贞文学观的变化,可谓晚明文学批评发展的转捩点。他实实在在地修正了由李梦阳和早期复古派所建立的文学准则,由此将复古运动导向终点;与此同时,他也为自我表现观的盛行埋下了种子。

文学批评由李梦阳始,中经谢榛,而至王世贞的发展,正是诗文格式日渐松动,文学表现性的意识不断增强的过程。这一变化预示了16世纪末与17世纪初文学发展的方向。此外,尽管三袁的影响常常被认为是导致复古派衰落的主要因素,但更为恰当的说法或许是,复古运动的衰落,是由其自身成员导致的自发过程,而非源自公安派发起的攻击。准此而言,公安派的文学理论便具有了新意义。公安派不再是如常所谓的激进异端,而是带来变革与刺激的新生力量。

三、公安派的前驱

李梦阳、谢榛和王世贞的文学理论表明,尽管复古派注重诗

---

① 松下忠:《袁宏道の性霊説の萌芽》,载《东方学》第19期,1959年11月。

文的形式,但"诗言志"的悠久传统并未中断。这一节,我将要检视另外三位批评家的理论。他们是唐顺之(1507—1560)、徐渭和李贽。这三位或以其文学观点直接影响了"三袁",或间接推动了公安派的形成。研究这些批评家,不仅能使我们辨明诗文中的自我表现趋向,也有助于理解"三袁"文学观之所自来。

唐顺之是"后七子"的同代人,他被称为中国古代文学史上"唐宋派"的建立者。李贽,一位持论苛刻且愤世嫉俗的批评家,曾将唐顺之描述为一位拥有高洁品行的清官。[①] 就文学成就而言,李贽将唐顺之的文章与司马迁(生于公元前145年或135年)和班固(32—92)这两位最伟大的汉代作家的创作相提并论,并将他的诗与李、杜诗作相较。[②] 李贽极少对同代人如此不吝赞美,这种对唐顺之的文学理念与作品的无节制的赞扬表明李贽对他的高度认同。李贽在推动自我表现的运动中,将唐氏引为同道。

唐顺之认为,秦、汉之作去今太远,不宜作为时人效仿的对象,这些作品所含之法幽微深妙,今人无法真正捕捉秦、汉的精神。在唐顺之看来,今人更容易触及唐、宋作家创作的奥义,由此,他鼓吹研习唐、宋作品,以为文学进阶之途。[③] 准此而言,尽管样板从秦、汉作品变成唐、宋作品,但在根本上,唐顺之的看法和复古派并无二致——两者均以模拟为道途。

四十岁时,唐顺之对诗文的关注点由形式转向内容表现。他意识到,文学创作并不来自模拟古作,而来自创造性个体的技艺。

---

① 李贽:《续藏书》卷二十二《金都御史唐公》,中华书局,1959年,第440—442页。
② 李贽:《续藏书》卷二十二《金都御史唐公》,第441页。
③ 此语基于唐顺之的《董中峰侍郎文集序》,参见《荆川先生文集》卷十。

基于这一认识,他提出"本色"这一批评概念,以此强调原创与坦率在写作中的重要性。在一封写给茅坤的信里,唐顺之比较了两种作家,为"本色"下了一个定义:

> 今有两人,其一人心地超然,所谓具千古只眼人也,即使未尝操纸笔呻吟,学为文章,但直据胸臆,信手写出,如写家书,虽或疏卤,然绝无烟火酸馅习气,便是宇宙间一样绝好文字;其一人犹然尘中人也,虽其专专学为文章,其于所谓绳墨布置,则尽是矣,然翻来覆去,不过是这几句婆子舌头语,索其所谓真精神与千古不可磨灭之见,绝无有也,则文虽工而不免为下格。此文章本色也。①

唐顺之以陶渊明(365/372/376—427)和沈约(441—513)为例,阐明"本色"的重要性。陶渊明未尝较声律,雕句文,但信手写出,便是宇宙间第一等好诗。这是因为陶氏富于本色。然而"自有诗以来,其较声律、雕句文、用心最苦而立说最严者,无如沈约,苦却一生精力,使人读其诗,只见其捆缚龌龊,满卷累牍,竟不曾道出一两句好话。何则?其本色卑也"②。在唐顺之的批评体系中,本色是评判作品的唯一标准。从唐顺之对陶渊明和沈约的评价看,本色是指写作的原创性与自由度的结合。因此,"本色"这一理念与"性灵"非常相近,后者则是公安派的文学批评准则。③

---

① 唐顺之:《荆川先生文集》卷七《答茅鹿门知县二》。
② 唐顺之:《荆川先生文集》卷七《答茅鹿门知县二》。
③ 有关"性灵"的讨论,详见第六章。

在另一封信里，唐顺之特地强调了自我表现的直接性，并再一次解释了本色的重要性：

　　近来觉得诗文一事，只是直写胸臆，如谚语所谓"开口见喉咙"者，使后人读之如真见其面目，瑜瑕俱不容掩，所谓本色。[1]

在上述引文中，本色一词似乎是用来描述作者思想特质的。准此，"开口见喉咙"则意味着，为表现本色，作家必须直白而无保留地表达。这种对直率的偏好，也为多年以后的"三袁"所选择。[2]

唐顺之卒于 1560 年，而袁宏道 1568 年才出生。显然，唐顺之对袁氏兄弟没有直接的个人影响。但是，唐顺之的"本色"理念基本上都为徐渭所继承。诗人徐渭最为袁宏道所推重。在这个意义上，唐顺之的文学批评理念，是公安派文学理论的重要先声。

徐渭天赋异禀，能诗，能文，能书，能画，且善写剧本，卒于袁宏道出生后二十五年。终其一生，徐渭都以作家、画家及军事谋士而闻名。他的身后名多有赖于袁宏道对其传记与作品的出版。钱谦益（1582—1664）有论："微中郎，世岂复知有文长？"[3]这一评论说明：在徐渭被推为独立的诗人与散文家的过程中，袁宏道功

---

　　① 唐顺之：《荆川先生文集》卷七《与洪方洲书二》。
　　② 关于唐顺之文学理论的进一步讨论，见 Tu Ching-i, "Neo-Confucianism and Literary Criticism in Ming China: The Case of T'ang Shun-chih (1507–1560)," *Tamkang Review* 15, nos. 1-4（Autumn 1984 - Summer 1985）, pp. 548 - 560.
　　③ 钱谦益：《列朝诗集小传》丁集《徐记室渭》，上海古籍出版社，1959 年，第 562 页。

不可没。

　　徐渭与唐顺之意气相投,尽管唐氏长他十三岁。两人初逢于1552年,徐渭三十二岁时。[①] 据陶望龄为徐渭所作传记,唐顺之极其钦佩徐渭的文学才华,对他评价甚高。[②] 徐渭也将唐顺之视为唯一的知己。唐顺之死后四十年,时年七十三岁的徐渭依旧对唐顺之的鼓励与帮助心怀感激。[③]

　　虞淳熙在《徐文长集》的序文中写道,当"后七子"全盛之时,徐渭和汤显祖(1550—1616)是唯有的两个没有与王世贞和李攀龙合作的作家。[④] 由此看来,徐渭应被视为复古派笼罩下的一位早期挑战者。

　　尽管徐渭与袁宏道共存于世二十六年,但在1597年(徐渭死后四年)以前,袁宏道从未听说过徐渭。这年春,袁宏道辞去吴县县令一职,于长江东南一带旅行三月。其间,他拜访了浙江绍兴的陶望龄,并在陶家意外发现了徐渭的作品。这一发现对袁宏道的作家与批评家生涯影响重大。

　　　　余一夕,坐陶太史楼,随意抽架上书,得《阙编》诗一帙。恶楮毛书,烟煤败黑,微有字形。稍就灯间读之,读未数首,不觉惊跃,急呼周望:"《阙编》何人作者? 今邪? 古邪?"周望曰:"此余乡徐文长先生书也。"……两人跃起,灯影下,读复

---

　　① 参见徐渭:《徐渭集》卷四《壬子武进唐先生过会稽论文舟中复偕诸公送至柯亭而别赋此》,中华书局,1983年,第66页。

　　② 参见陶望龄:《歇庵集》卷十二《徐文长传》。这篇传记亦收入《徐渭集》(第1339—1341页)。

　　③ 参见徐渭:《畸谱》,《徐渭集》,第1334页。

　　④ 参见虞淳熙:《徐文长集序》,《徐渭集》,第1353—1354页。

叫,叫复读,僮仆睡者皆惊起。盖不佞生三十年,而始知海内有文长先生。噫,是何相识之晚也。①

　　袁宏道发现徐渭作品后的兴奋溢之情于言表。同代人中,袁宏道与徐渭的共鸣之强可谓绝无仅有,他对徐渭的推崇在明代作家中也是首屈一指的。在一封写给友人的信中,袁宏道将徐渭称为当世李杜。②

　　《徐文长传》是袁宏道最为知名的一篇文章,后被收入《古文观止》③——这本编就于康熙朝(1662—1722)的文选成为几个世纪以来的流行课本。然而,正如梁容若所论证的,这篇传记在历史准确性上存在诸多问题。④ 袁宏道在给陶望龄的信中也承认:"《徐文长传》虽不甚核,然大足为文长吐气。"⑤不过,徐渭的生平从来不是袁宏道的关注重点。他为徐渭作传的目的,在于重新评估徐渭的文学成就,以此将徐渭打造成袁氏自身事业的支持者。因此,徐渭传记的重点落在诗人个性及诗作的超越传统上,而非其生平事件。袁宏道将徐渭描述成一个拥有"强心铁骨"之人,并称徐氏"诗文崛起,一扫近代芜秽之习"⑥。袁宏道在传记中以一

---

　　① 袁宏道:《袁中郎全集·文钞·徐文长传》,第1页。
　　② 参见袁宏道:《袁中郎全集·尺牍·孙司李》,第41页。
　　③ 袁宏道的《徐文长传》后被收入《古文观止》卷十二。
　　④ 参见梁容若:《袁宏道徐文长传正误》,载《文坛》第123期,1970年9月,后收入梁容若著《作家与作品》,东海大学出版社,1971年,第116—119页。关于徐渭的生平与作品的更为详尽的讨论,见Liang I-ch'eng, Hsu Wei (1521-1593): His Life and Literary Works (Ph. D. diss, Ohio State University, 1973);梁一成:《徐渭的文学与艺术》,艺文印书馆,1977年。
　　⑤ 袁宏道:《袁中郎全集·尺牍·答陶石篑》,第61页。
　　⑥ 袁宏道:《徐文长传》,徐渭《青藤书屋文集》。这个版本与《袁中郎全集》本有些微的差别。

"奇"字①总结徐渭，意谓独特、珍惜、令人惊喜。《徐文长传》饱含着对徐渭的同情与赞扬。袁宏道深悔自己没有早些认识徐渭，并迫切想将徐渭塑造为公安派的前驱："余自是或向人，或作书，皆首称文长先生。……一时名公巨匠，骎骎知向慕云。"②同时，袁宏道也从徐渭的作品中借取事例，以支撑自己的文学理念。

徐渭作品的发现极大增强了袁宏道在理论与实践上的自信。尽管袁宏道与徐渭不曾谋面，但徐氏作品的影响及其给予袁宏道的鼓舞却不可低估。1597 年，公安派尚在起步阶段，袁宏道甚少得到支持与鼓励。因此，他特别珍视徐渭这样伟大的诗人与自己持有相同看法这一事实。实际上，《四库全书总目提要》的编者也将徐渭视作公安派的一位重要先驱。③

徐渭文学观的核心思想是，情感是文学作品的本质，诗要以精炼的文字表达情感。他以如下方式阐明了这一观点：

> 古人之诗本乎情，非设以为之者也，是以有诗而无诗人。迫于后世，则有诗人矣，乞诗之目多至不可胜应，而诗之格亦多至不可胜品，然其于诗，类皆本无是情，而设情以为之。夫设情以为之者，其趋在于干诗之名；干诗之名，其势必至于袭诗之格而剿其华词。审如是，则诗之实亡矣。④

––––––––––

① 袁宏道：《徐文长传》，徐渭《青藤书屋文集》。
② 袁宏道：《徐文长传》，徐渭《青藤书屋文集》。
③ 纪昀等编：《四库全书总目提要》卷一百七十八集部三十一别集类存目五《徐文长集》。
④ 徐渭：《徐文长三集》卷十九《肖甫诗序》，《徐渭集》，第 534 页。

基于这种信念,徐渭为孔子所云的《诗经》四大功能——兴、观、群、怨①——提出一个新的阐释。他声称,如果一首诗能让读者感到"如冷水浇背,陡然一惊"②,这首诗便能"兴、观、群、怨"。换句话说,一首好诗必须新鲜、独特,这才能深入人心,在无意中给读者以惊心而深刻的触动。徐渭更关注反应强度,而非反应类型。只要为诗所唤起的情感足够强烈,无论愉悦还是不快,幸福或是伤悲,这种诗都是佳作。

　　在为《西厢记》所撰序文中,徐渭指出,文学既有"本色",也有"相色",模拟之作无异于以"相色"易"本色",终究不会成功。③在《叶子肃诗序》中,徐渭解释:

　　　　人有学为鸟言者,其音则鸟也,而性则人也;鸟有学为人言者,其音则人也,而性则鸟也。此可以定人与鸟之衡哉?今之为诗者,何以异于是?不出于己之所自得,而徒窃于人之所尝言,曰某篇是某体,某篇则否;某句似某人,某句则否。此虽极工逼肖,而已不免于鸟之为人言矣。④

　　他总结道,模拟他人之作是徒劳的。无论模拟得如何相似,都无法代替原作之本色。

　　为了保持"本色"的完整,徐渭反对在当代写作中使用古代表述。他尤其反对以八股文体写作戏曲。在《南词叙录》中,他声

----

① 孔子在《论语·阳货》提出了《诗经》的这四种用处。
② 徐渭:《徐文长三集》卷十六《答许口北》,《徐渭集》,第482页。
③ 徐渭:《西厢序》,《徐渭集》,第1089页。
④ 徐渭:《徐文长三集》卷十八《叶子肃诗序》,《徐渭集》,第519页。

言:"(八股文)以之为诗且不可,况此等(戏剧)耶?"徐渭总结:"与其文而晦,曷若俗而鄙之易晓也?"①徐渭是罕见的既通晓古典,又投身于戏曲写作的创作者。② 他对戏曲的评论因此尤为重要。考虑到他对文学的基本看法,徐渭对民歌的赞扬也就不足为奇了。徐渭还创作了相当数量的笑话、谜语和佛唱,收入《徐文长逸稿》。《四库全书总目提要》的编者批评这些作品"鄙俚猥杂"③。但是,这些作品恰恰证明了徐渭是以何等严肃的态度,将民众品位与口语引入文学创作。这一态度日后为袁氏兄弟所继承。

在《论中四》④一文,徐渭表达了自己最为重要的文学理念。这篇文章与袁宏道的《〈雪涛阁集〉序》⑤之相似令人震惊。事实上,两文中所用的多数例子都一样。后者写于 1598 年至 1600 年之间,紧接袁宏道发现徐渭的作品之后。因此,两文的相似性很可能不是偶然的。徐渭对袁宏道的影响之大,由此可见一斑。

徐渭的身后名多得益于袁宏道的推动,"三袁"的鹊起与成功也要归功于徐渭的影响。徐渭不仅在无意中成为公安派的理想样板,更在"三袁"尚未登上文学舞台之前,就在文学理论领域与复古派展开了激烈的论战。

---

① 徐渭:《南词叙录》,杨家骆主编《历代诗史长编》第二编,鼎文书局,1974年,第 243 页。
② 徐渭编写过数部戏曲,《四声猿》是最知名的一部。参见《徐渭集》,第 1175—1230 页。
③ 笑话、谜语和佛唱收入《徐文长逸稿》卷二十四,《徐渭集》(第 1054—1073 页)。相关批评,见纪昀等编:《四库全书总目提要》卷一百七十八集部三十一别集类存目五《徐文长逸稿》。
④ 徐渭:《徐文长文集》卷十八《论中四》,《徐渭集》,第 491—492 页。
⑤ 这篇文章收入《袁中郎全集·文钞》,第 6—7 页。

作为晚明最富争议性的读书人,李贽一方面被顾炎武、王夫之(1619—1692)等传统儒者视为异端,另一方面又被袁宏道、汤显祖等思想有异的学者当作英雄。[①] 在李贽看来,自己更多是哲学家与历史学家,而非诗人与文学理论家。然而,李贽对晚明文学,尤其对"三袁"的影响之大,尚无任何作家可与之相提并论。钱谦益认为,李贽为"三袁"扫清了障碍。

> 万历之季,海内皆诋訾王(世贞)、李(攀龙),以乐天(白居易)、子瞻(苏轼)为宗。其说倡于公安袁氏。而袁氏中郎(袁宏道)、小修(袁中道)皆李卓吾(李贽)之徒,其指实自卓吾发之。[②]

李贽的反传统哲学、他对"童心"[③]的赞美、对小说与戏曲的推重,以及以史衡文的方法,都预示、催生了更为个人主义与表现主义的文学写作风格。

无论在汉语、日语还是英语学界中,李贽的生平、思想及其与

---

① 顾炎武著,黄侃、张继校勘:《日知录》卷十八《李贽》,第540页。王夫之:《船山全集·读通鉴论·叙论三》。袁宏道对李贽的倾慕与赞赏在《袁中郎全集》中在在可见。袁宏道常常将李贽视为老子——先秦最伟大的哲学家之一。举例见《袁中郎全集·诗集》。见汤显祖:《〈李氏全书〉总序》,厦门大学历史系编《李贽研究参考资料》第二辑,福建人民出版社,1975年,第109—110页;汤显祖著,徐朔方笺校:《汤显祖诗文集》卷四十四《答管东溟》,上海古籍出版社,1982年,第1229页。

② 钱谦益:《牧斋初学集》卷三十一《陶仲璞通园集序》。

③ 在 K. C. Hsiao 的 Biography of Li Chih 中,"童心"被译作"infant's mind",见 L. Carrington Goodrich and Fang Chaoying (eds.), *Dictionary of Ming Biography* (1368-1644) (New York: Columbia University Press, 1976), p. 811.

袁氏兄弟的关系,都得到较广泛的研究。① 对此,我将不再赘述,仅论其文学观中对"三袁"有直接影响的部分。

李贽文学观的核心概念是"童心"。童心即"最初一念之本心",它反映了接受经验与书本知识之前的理想状态。李贽相信,只要能够保持这种自然的思想状态,每个人都有可能写出伟大的诗作、文章、戏曲甚至八股文。他进一步表示,虚伪的增长正因童心的失落。因此,童心代表的正是真诚。在李贽看来,所有伟大的文学作品都具备这一质朴的思想品质。②

在李贽笔下,童心之质,常易受到知识与经验的侵害。但这并不意味着李贽是反智的。"古之圣人,纵多读书,亦以护此童心而使之勿失焉耳。"③由此而言,书本知识有助于童心。有害的不是知识本身,而是知识对童心可能产生的改变。换句话说,如果知识只是用来护持童心的,它就有益。但若知识是用来遮蔽乃至取代童心的,它就有害。李贽相信文学创造首先是一种情感活动,而非知识活动。

论及写作过程的问题,李贽主张,除非作家感受到心中那种不可控的汹涌力量的催迫,否则他不应落笔。写作不应是冥思苦想的结果,而是一种突发的、剧烈的、对自身真实而诚挚的情感抒发。这一冲动是如此强烈,以至于一位"真"作家将会以生命为

----

① 关于李贽更为详尽的传记研究,见 William Theodore de Bary, "Individualism and Humanitarianism in Late Ming Thought," note 159, in *Self and Society in Ming Thought*, ed. William Theodore de Bary (New York: Columbia University Press, 1970), pp. 236 - 238. Hok-lam Chan (ed.), *Li Chih* (1527 - 1602) *in Comtemporary Chinese Historiography: New Light on His Life and Works* (White Plains, New York: M. E. Sharpe, 1980), pp. 183 - 207.

② 本段基于李贽的《童心说》,参见《焚书》卷三。

③ 李贽:《焚书》卷三《童心说》。

代价来写作。只有在这种情况下，才会产生真正伟大的作品。①"夫所谓作者，谓其兴于有感而志不容已，或情有所激而词不可缓之谓也。"②

由于写作过程的自发性，作者被情感淹没，写作也就成为情感迸发的出口。在这种情况下，作家几乎无法虑及技巧或形式。李贽认为，任何以丧失自发性为代价的审美成就，都应被视为一种缺失。他将那些为诗律所拘的人称作"诗奴"。③

"结构之密，偶对之切，皆所以语文，而皆不可以语于天下之至文也。"④终极的文学成就，被李贽称为"化工"，指向一种无法由技艺造就的作品。他以花卉生长为例，解释"化工"理念："今夫天之所生，地之所长，百卉具在，人见而爱之矣，至觅其工，了不可得。"这一比喻表明造化无工，真正的神品，不会让人发现技巧的痕迹。尽管如此，无法发现技巧绝不等于没有技巧。换句话说，李贽并不反对技巧，他反对的是以人为方式追求、利用技巧。任何作品，无论技巧如何圆熟，只要以昭然的方式去感动别人，都落于下乘。李贽把技巧的作用归于另一个词——画工。"化工"与"画工"发音相同，但"画工"的意思是"人为的"。⑤李贽对待文学技巧的态度对袁宏道影响很大，这一影响在袁氏作品的随性风格中历历可见，而随性正是公安文体最为典型的特征之一。

李贽关于文学发展的历史观念同样影响了袁氏兄弟。袁宏

① 李贽：《焚书》卷三《杂说》。
② 李贽：《藏书》卷四十《汉司马谈司马迁》。
③ 李贽：《焚书》卷三《读律肤说》。
④ 李贽：《焚书》卷三《杂说》。
⑤ 李贽：《焚书》卷三《杂说》。

道对写作中模拟一途的尖锐批评,在很大程度上是以李贽的进化的文学观为基础的。李贽在一篇为八股文集所写的后序里指出,古今的概念是相对的,而非绝对的:

> 然以今视古,古固非今;由后观今,今复为古。……故五言兴,则四言为古;唐律兴,则五言又为古。今之近体既以唐为古,则知万世而下当复以我为唐无疑也。①

基于这一假定,他质疑先秦文与盛唐诗的至尊地位:"诗何必古选,文何必先秦?"在《童心说》中他写道:

> 降而为六朝,变而为近体,又变而为传奇,变而为院本,为杂剧,为《西厢》,为《水浒传》,为今之举子业,大贤言圣人之道,皆古今至文,不可得而时势先后论也。②

这一初步的中国文学进化观在袁宏道的理论中得到进一步的发展,并成为公安派成员提倡的一个基本观念。

在童心说的基础上,李贽得以扩大文学的范围:戏曲和小说不再被排除在文学领域之外。事实上,李贽是第一位既博采经史,又公开赞扬戏曲与小说的学者。他将《西厢记》与《拜月亭》称为"化工"③,将"与天地相终始"④。他更声言戏曲具有与《诗经》

---

① 李贽:《焚书》卷三《时文后序》。
② 李贽:《焚书》卷三《童心说》。
③ 李贽:《焚书》卷三《杂说》。
④ 李贽:《焚书》卷三《拜月》。

同样的功能："孰谓传奇不可以兴,不可以观,不可以群,不可以怨乎?"①李贽试图以此将戏曲提升至与《诗经》相等的地位。

晚明的开明批评家通常偏好使用口语。李贽曾说自己"好察迩言",即"百姓日用之迩言"。②他认为,学者精炼却矫饰的文字不如普通人的文字吸引他,因为后者只去谈论所做所知。他不建议作者写任何并不真正了解或相信的事情:"作生意者但说生意,力田作者但说力田。"③李贽将这些平实的言论视为"有德之言"④。

李贽的童心说和他对写作自发性的强调,常常使人以为在文学观上,他注重自我表现。但是,当李贽评点《水浒传》时,他却完全只在小说的道德功能上立论。小说的文学价值不是他的关注对象。他注重的,是小说描绘的忠与义。⑤作者撰写《水浒传》的动机全在忠君:"施(耐庵)、罗(贯中)二公身在元,心在宋。"⑥李贽进而指出,《水浒传》包含重要的道德训诫,阅读这部小说会唤起忠义之情:

---

① 李贽:《焚书》卷三《红拂》。

② 李贽:《焚书》卷一《答邓明府》。

③ 李贽:《焚书》卷一《答耿司寇》。

④ 李贽:《焚书》卷一《答耿司寇》。

⑤ 胡适曾怀疑李贽对《水浒传》所作的评点和序文是否真实,他疑心这是伪作。见胡适:《百二十回本〈忠义水浒传〉序》,《胡适文存》第三集,远东图书公司,1968年,第421页。不过,有学者给出相反的证据。见王利器:《〈水浒〉李卓吾评本的真伪问题》,《文学评论丛刊》第2期,1979年2月。另见敏泽:《关于水浒传的评论和评点》,敏泽著《中国文学理论批评史》第2卷,人民文学出版社,1981年,第365—381页。关于李贽评点《水浒传》的更多材料,见 Hok-lam Chan, "Li Chih's Extant Writings", in *Li Chih* (*1527 - 1602*) *in Contemporary Chinese Historiography: New Light on His Life and Works*, pp. 180 - 181.

⑥ 李贽:《焚书》卷三《〈忠义水浒传〉序》。

故有国者不可以不读，一读此传，则忠义不在《水浒》而皆在于君侧矣。贤宰相不可以不读，一读此传，则忠义不在《水浒》，而皆在于朝廷矣。而部掌军国之枢，督府专阃外之寄，是又不可以不读也，苟一日而读此传，则忠义不在《水浒》，而皆为干城心腹之选矣。①

在李贽那里，小说的审美价值被全然忽视，而其社会政治价值却得到高度的肯定。

李贽对《水浒传》的评论或许可以被视为他将理论付诸实践的一例。在评论中，对政府的批判和对理学的讥讽不断出现。②最终，在李贽看来，小说只是一种达到特定社会目标的途径。

这种实践与李贽的注重自我表现的文学评论之间是否矛盾？我的答案是，意识到小说的社会政治功用，绝不等同于将文学仅仅视为推广儒学教训的工具。李贽虽然断言，阅读《水浒传》可以唤起忠义之情，但他却从未声称这是写作小说的唯一目的。在袁宏道对小说《金瓶梅》的评论中，也出现了这种实用主义与表现主义的理论混杂，我将在第六章中对其加以详细讨论。

以上所论的三位批评家中，李贽是唯一与"三袁"有师生之谊者。李贽不仅是公安派的先驱，更是袁氏兄弟的导师。在哲学与文学上，他都对袁氏兄弟的看法有深远而决定性的影响。公安派取得的成就，在某种程度上，也应记上李贽的功劳。

---

① 李贽：《焚书》卷三《〈忠义水浒传〉序》。
② 更为详尽的研究见敏泽《关于〈水浒传〉的评论和评点》。另见陈锦钊：《李贽之文论》，嘉新水泥公司文化基金会研究所，1974年，第74—102页。

第六章　"独抒性灵,不拘格套"

——"公安三袁"的文学理论

公安派得名于袁氏三兄弟的故乡湖北公安。这一流派的全盛期仅仅持续了六年,自袁宏道被委任为吴县县令的 1595 年,至袁宗道去世的 1600 年。吴县位于苏州境内,是长江流域的文化中心。令吴期间,袁宏道定居于此,两年后,他对仕途感到幻灭。然而,朝中的官职却使袁宏道有机会结识了不少诗文同道,进而壮大了公安派的声势。在这些朋友中,江盈科和陶望龄是他最为热心的支持者。

1598 年,袁宏道进京与兄弟团聚,并接受京兆教官一职。同年,由"三袁"领导的文学社团葡萄社成立于城西崇国寺。成员包括了京城一带的高级官员与知名学者。除了陶望龄和江盈科,黄辉(1555—1612)、谢肇淛(1567—1624)、潘士藻(1583 年进士)亦是这一社团的核心成员。① 葡萄社成立后,公安派的活动持续到 1600 年。虽然活跃时间很短,但公安派对晚明文学批评的发展产生了巨大影响。虽然从 16 世纪初起,文人就将自我表现作为文学目标,但直到"三袁"兴起之后,自我表现,连同一种个体

---

① 关于葡萄社的更为详尽的研究,见 Hung Ming-shui, "Yuan Hung-tao and the Late Ming Literary and Intellectual Movement" (Ph. D. diss, University of Wisconsin-Madison, 1974), pp. 148 – 152. 梁容若:《葡萄社与公安派》。

的声音,才成为晚明文学界的一个趋向。

"三袁"更多被视为一个团体,而非独立写作的三位作家,因为他们秉持许多相同的理念。但是,断言三兄弟的文学理论之间没有矛盾,也并不妥当。现代学者普遍认同"三袁"及其文学理念。这一认同导致的是,在整个 20 世纪,公安派都没有受到批判性的处理,袁氏三兄弟的意见分歧也多为现代批评家所忽略。因此,我将逐个分析袁氏三兄弟的文学理论,并重点检视其理论分歧。

一、袁宗道：公安派的建立者

袁宗道生于 1560 年,是"三袁"中的长兄。他于 1579 年中举,二十七岁时在会试中拔得头筹。在"三袁"中,他的仕宦之路最为顺利。通过会试之后,袁宗道立刻入选翰林院庶吉士。在人生的最后三年,他担任东宫教官,教授皇帝的长子朱长洛。[①] 无论在文学还是哲学上,两个弟弟宏道和中道,早期都甚受其影响。[②] 李贽曾形容宗道"稳实"[③]。钱谦益虽未给予袁宗道很高的评价,但将他作为公安派的建立者。在《列朝诗集小传》里,钱谦益评论："其（宗道）才或不逮二仲,而公安一派实自伯修发之。"[④]

公安文学运动常常被描述为一场诗歌运动,但袁宗道的兴趣更多在文而非诗。他最重要的两篇关于文学的文章题为《论文》。

① 关于袁宗道的生平背景,见袁中道《珂雪斋前集》卷十六《石浦先生传》。此传亦收入《珂雪斋近集》卷二。
② 袁中道：《珂雪斋前集》卷十六《石浦先生传》。
③ 袁中道：《珂雪斋前集》卷十七《吏部验封司郎中中郎先生行状》。
④ 钱谦益：《列朝诗集小传》丁集《袁庶子宗道》,第 566 页。

这两篇文章强调通达与学识在文学写作中的重要性。袁宗道认为，语言的首要作用是交流，因此，写作中最重要的品质是通达。任何词不达意的文章都不足为训。

袁宗道同时强调，语言随时变化。古文之所以难以理解，不是因为比今文奇奥，而是因为读者与作者相去久远。

袁宗道《论文》的第一部分指出，古文事实上包含了古代的口语：

> 口舌，代心者也；文章，又代口舌者也。展转隔碍，虽写得畅显，已恐不如口舌矣，况能如心之所存乎？故孔子论文曰："辞达而已。"达不达，文不文之辨也。唐、虞、三代（夏、商、周）之文，无不达者。今人读古书不即通晓，辄谓古文奇奥，今人下笔不宜平易。夫时有古今，语言亦有古今，今人所诧谓奇字奥句，安知非古之街谈巷语耶？①

在这篇文章中，袁宗道比较了《尚书》《左传》和《史记》中指代同一对象的不同词语，以此证明《尚书》（较古老的文本）中的语言不再为《左传》所用，《左传》的语言也不再为《史记》（较近的文本）所用。② 基于这一发现，他谴责了在当代写作中使用古代表述这一做法：

> 左氏（丘明）去古不远，然《传》中字句，未尝肖《书》也。司马（迁）去左亦不远，然《史记》句字，亦未尝肖《左》也。至

---

① 袁宗道：《白苏斋类集》卷二十《论文上》。孔子语见《论语·卫灵公》。
② 袁宗道：《白苏斋类集》卷二十《论文上》。

于今日，逆数前汉，不知几千年远矣。自司马不能同于左氏，而今日乃欲兼同左、（司）马，不亦谬乎？①

袁宗道指责模拟道："彼摘古字句入己著作者，是无异缀皮叶于衣袂之中，投毛血于肴核之内也。"②但他并不反对学习古代作品。在他看来，应当向古人学习的，是他们的创造精神与晓畅的语言，而非字句本身。

或曰：信如子言，古不必学耶？余曰：古文贵达，学达即所谓学古也。学其意，不必泥其字句也。……大抵古人之文，专期于达；而今人之文，专期于不达。以不达学达，是可谓学古者乎？③

只有知道学习什么以及如何学习时，"学古"才有价值。

据上述引文，读者或许会得出结论，认为公安派是反古代、反模拟的。然而，这样的归纳可能会使人觉得，公安派的追随者认为古作毫无价值，认为模拟对写作来说毫无作用。需要注意的是，"复古"与"模拟"不同：前者是一种对文学价值的判断，而后者是一种技巧。"复古"是目标，而模拟仅仅是达成这一目标的手段。袁氏兄弟虽然反复宣称作家应当使用当代语言创作，不应模拟前代之作，但并非不尊重古代作家。恰恰相反，他们反对模拟的原因正在于，古代作品珠玉在前，凭借模拟无法具备与之相匹

---

① 袁宗道：《白苏斋类集》卷二十《论文上》。
② 袁宗道：《白苏斋类集》卷二十《论文上》。
③ 袁宗道：《白苏斋类集》卷二十《论文上》。

的品质。

在"前后七子"看来，"古"是非常具体的，即秦、汉文与盛唐诗。"三袁"却认为，"古"不再代表某一特定历史时期的代表文体，而是文学的最高成就。他们常常用"古人"或"古"描述"完美的"作者或理想的文学作品。袁宗道主张，古代作者的目标是明白晓畅（"达"），而现代作者的目标却是生涩难懂（"不达"）。古人在他那里的崇高地位显而易见。

袁宏道的性格极其傲慢，他曾将同代人描述为"瓮中鸡"，同时又以"云外鹄"自况。① 然而，一旦将自己与古人相比，他却谦虚地说："余才力不逮古人，而妄意述作。"②他称赞古人"刊华而求质"③。由此，"古人"成了"今人"的榜样。

七子派与"三袁"在复古意义上的分歧，并不在于古代与古文的价值，而在于复古的可行性。对七子派而言，"古"不仅应复，而且能复——通过模拟的方法；对袁氏兄弟来说，"古"依旧应复，但却不能复，更不可能通过模拟的方法来复。袁宏道在为江盈科的《雪涛阁集》所撰序文中表明，他并不反对复古的想法，他反对的是这一想法带来的句比字拟的抄袭之法。④

公安派与七子派之间的分歧，不在于作家是否应当向他的前辈学习，而在于学习什么，如何学习，以及向谁学习。不过，在"三袁"的准则中也有例外。举例而言，他们绝不能接受诗人去模拟李白或杜甫，但如果效法白居易和苏轼，那就大可放行。在一封写给

---

① 袁宏道：《袁中郎全集·诗集·赠潘景升》，第 17 页。
② 袁宏道：《袁中郎全集·文钞·叙曾太史集》，第 11 页。
③ 袁宏道：《袁中郎全集·文钞·行素园存稿引》，第 16 页。
④ 参见袁宏道：《袁中郎全集·文钞·〈雪涛阁集〉序》，第 6—7 页。

陶石篑的信里,袁宗道清晰地表达了他判断模拟与否的暧昧标准:

> 闻其(王世贞)晚年撰造,颇不为诸词客所赏,词客不赏,安知不是我辈所深赏者乎?前范凝宇有抄本,弟借来看,乃知此老晚年全效坡公,然亦终不似也。①

袁宗道在王世贞效法苏轼一事上的模棱两可,在他混杂着赞赏与轻蔑的语气里彰显无遗。在袁宗道看来,王世贞效法苏轼是可以的,但遗憾的是他并没有模仿成功。显然,他在下这一评语的时候已经忘了,正是诗人与其前辈之间的不一致,才是诗人的独一无二之处。因此,在某种程度上,他对王世贞模仿苏轼而不似的评论,与他之前对模拟一事的看法有抵牾。

有清一代,"三袁"常被钱谦益和沈德潜这样的批评家视为反对正统的粗鄙之徒。② 对"三袁"文学理论的仔细研究却并不支持这一阐释。"三袁"从未否认向古代最优秀的作家学习的意义,对"前后七子"的态度也并非全然敌视。③ 这种态度在袁宗道对李梦阳的评论中尤为显著。在批评同代文学之余,袁宗道对这位"前七子"的领袖表现了强烈的尊重与同情:

> 空同不知,篇篇模拟,亦谓"反正"。后之文人,遂视为定

---

① 袁宗道:《白苏斋类集》卷十六《答陶石篑》。
② 参见钱谦益:《列朝诗集小传》丁集《袁庶子宗道》《袁稽勋宏道》《袁仪制中道》,第 567—568 页;沈德潜、周准合辑:《明诗别裁》卷十《袁宏道》,第 68 页。
③ 参见 Jonathan Chaves, "The Panoply of Images: A Reconsideration of the Literary Theory of the Kung-an School," in *Theories of the Arts in China*, eds. Susan Bush and Christian Murck (Princeton: Princeton University Press, 1983), pp. 341－364.

例，尊若令甲。凡有一语不肖古者，即大怒，骂为"野路恶道"。不知空同模拟，自一人创之，犹不甚可厌。迨其后以一传百，以讹益讹，愈趋愈下，不足观矣。且空同诸文，尚多己意，纪事述情，往往逼真，其尤可取者，地名官衔，俱用时制。今却嫌时制不文，取秦、汉名衔以文之，观者若不检《一统志》，几不识为何乡贯矣。[①]

袁宗道相信，写作必须反映当时的语言，这正是他赞扬李梦阳使用当时的官衔地名的原因。虽然他并不同意李梦阳在写作中的模拟之法，但他尊重后者是一位具有原创思想的独立作家这一事实。李梦阳不应为明诗的衰落负全责。引起袁宗道反感的是李氏的许多追随者，这些人所持的正是抄袭古人的态度。在很大程度上，袁宗道的两个弟弟与他站在同一立场。然而，究其根本，公安派与复古派之间的理论冲突，并没有许多文学史家所说的那样尖锐。[②]

《论文》的第一部分，表达了袁宗道对作文通达晓畅和使用今语的重视，以及他对使用古辞的态度。这些理念后来在袁宏道的理论中得到更为充分的发展。在很大程度上，正是这些理念使得公安派引起了现代作家的兴趣，"三袁"也一跃成为 20 世纪初白话文运动中的英雄人物。

《论文》第二部分强调学问对写作的重要性。袁宗道认为，只有那些真正有学问的作家，才能够创作出伟大的文学。他指出，

---

① 袁宗道：《白苏斋类集》卷二十《论文上》。
② 参见宋佩韦：《明文学史》，商务印书馆，1934 年，第 157—162 页；刘大杰：《中国文学发展史》，第 857—865 页。

当代作家的根本问题并非模仿本身，而是缺乏洞见与博识。他为模拟之"病"开出的处方是——"士先器识而后文艺"①。

袁宗道认为，如果一个人果真持有一种学问意见，那么他的言语和风格自然会从中酿出。就像人真的高兴或伤悲时，就会无法自持地或笑或哭。但是，那些戏场中人心中没有真情，在表演时只能强笑强哭，只能模拟真情。由此，袁宗道批评当代人——才疏学浅，却想写出流芳后世的文章。为实现这种不切实际的幻想，他们只能抄袭。"若使胸中的有所见，包塞于中，将墨不暇研，笔不暇挥，兔起鹘落，犹恐或逸；况有闲力暇晷，引用古人词句耶？""故学者诚能从学生理，从理生文，虽驱之使摹，不可得矣。"②

清代批评家常常指责"公安三袁"粗鄙无学。③"三袁"强调真情实感的自发表达，轻视研习秦、汉、盛唐之作的重要性，这些都被沈德潜视为晚明诗歌之所以变得鄙俚空疏的主要原因。④但若考察袁氏兄弟的写作就会发现，显然，学问与知识并未被他们所忽略，上述指责即便不是毫无根据，也是有所夸大的。

对白居易和苏轼的偏好是公安派的特点之一，这也是由袁宗道首倡的。李白和杜甫是复古派的理想样板，白居易和苏轼则是公安派的文学英雄。袁宗道不仅将其书斋命名为白苏斋，而且将其文集命名为《白苏斋类集》。⑤在一封写给弟弟袁中道的长信

①　袁宗道将这句话作为他一篇文章的标题，见《白苏斋类集》卷七《士先器识而后文艺》。
②　参见袁宗道：《白苏斋类集》卷二十《论文二》。
③　这类批评见于纪昀等编《四库全书总目提要》卷一百七十九《袁中郎集》条下："然七子犹根于学问，三袁则惟恃聪明。"
④　参见沈德潜、周准合辑：《明诗别裁》卷十《袁宏道》，第 68 页。
⑤　关于袁宗道对白居易和苏轼的偏爱，详见袁中道《珂雪斋前集》卷十一《白苏斋记》。

里，他将自己与白居易做了许多个人层面的比较。他谦称自己的成就无法同白居易相比，对白氏的高度认同是显而易见的。①袁宗道对白居易和苏轼的偏爱极大影响了两个弟弟，并成为公安派的一项传统。

在中国文学史上，白居易被视为一位忠诚的"社会—政治"诗人。他主张诗歌应当反映当时的政治与社会状况，传达大众倾向的看法。在一封致元稹（779—831）的著名信件《与元九书》中，白居易宣称："文章合为时而著，歌诗合为事而作。"②在为《新乐府》所撰序文中，这一理念得到更有力的表达："总而言之，为君、为臣、为民、为物、为事而作，不为文而作也。"③仅就这些看法而言，白居易与袁宗道之间少有相似之处。社会与政治事务很少成为公安派的主要议题。那么，袁宗道究竟在哪方面视自己为白居易呢？

白居易同样因在诗中频繁使用口语而闻名。最为人津津乐道的一个传说是，白居易每写完一首诗，都要读给一位文盲老妪听，看她能否理解诗意。如果她能懂，白居易就很高兴；而如果她不懂，白居易就会修改。④当然，我们不应过于机械地理解这个故事，也不宜将其视为白居易一贯的作诗之法。然而，它确实强调了白居易致力于写明白晓畅的诗这一追求。他断言："其（诗）辞质而径，欲见之者易谕也。"⑤袁宗道所赞赏的，正是白诗质朴晓畅的语言。

---

① 袁宗道：《白苏斋类集》卷十六《寄三弟》。
② 白居易：《白居易集》卷四十五《与元九书》，中华书局，1979 年，第962 页。
③ 白居易：《白居易集》卷三《新乐府序》，第 52 页。
④ 这一传说来源于彭乘《墨客挥犀》卷三。胡适《白话文学史》（第 386 页）引此。
⑤ 白居易：《白居易集》卷三《新乐府序》，第 52 页。

袁宗道对白居易的赞赏凸显了他对语言明晰性的坚持,对苏轼的尊崇则反映了他对写作自由乃至生活自由的向往。不过,对自由的向往和对苏轼的欣赏更常见诸袁宏道的笔端。在下节中,我将对此进行讨论。

尽管袁宗道并不将自己作为公安派文学运动起步阶段的文学理论家,他依旧为公安派日后的发展奠定了理论基础。作为建立者,袁宗道对公安派的主要贡献在于,他意识到语言随时而变。为了写出明白易懂的文章,作者必须考虑到语言的有机性质。换句话说,书面语言不可能完全脱离口语。从语言发展的角度来理解文学的取径,后来在公安派与复古派的论战中,成为最有效也最有力的论点。

三、袁宏道:公安派的领导者

公安派的领袖袁宏道小袁宗道八岁,但他对公安派发展的影响则远甚于其长兄。此外,在过去的三个世纪中,袁宏道的文学理论也远比他兄弟的理论更吸引批评家的关注。早在十六岁,他就已展现出领袖气质与文学才能。据《明史》记载,袁宏道在家乡组织了一个文学社团,所有三十岁以下的成员都服他。据说他小时就善写八股文。袁宏道在 1588 年成为举人,1592 年成为进士(时年二十四岁)。在传记作者看来,袁宏道是一位合格的官员,[1]但他

---

① 最常见引的袁宏道传记有:(1)袁中道:《珂雪斋前集》卷十七《吏部验封司郎中中郎先生行状》。这是最早的袁宏道传,后两篇传记对其多有参考。(2)张廷玉等编:《明史》卷二百八十八《文苑四》,第 7397—7398 页。(3)周承弼等纂修:《公安县志》卷六《袁宏道传》。

对政治没有表现出什么兴趣。他把大部分精力投入到提倡他的文学理念中去了。这些理念散见于他的诗文书信中，或许显得琐碎而不成系统。但我们若将所有碎片拼合在一起，也不难勾勒出袁宏道文学理论的框架与主题。

袁宗道的两篇《论文》可被视为公安派文学运动的宣言，但文中并未提出一套完备的文学理论。正是袁宏道的写作，为公安派文学运动提供了一套条理清晰、论述完备的文学理论。

袁宏道在公安派中的支配性地位无可置疑。他影响了这一派别的资深成员，甚至使其诗风有所转变。1598年冬天，袁中道在北京与两位兄长会合，黄辉也从四川来到首都。在一篇为黄辉的文集所撰后序中，袁中道记述了袁宏道的影响力：

> 时中郎（袁宏道）作诗，力破时人蹊径，多破胆险句。伯修（袁宗道）诗稳而清，慎轩（黄辉）诗奇而藻，两人皆为中郎意见所转，稍稍失其故步。[1]

黄辉年长袁宏道十四岁，与袁宗道一起建立了公安派。袁宏道1598年抵京后，不但激励了公安派的原有成员，而且将这一运动的致力方向从散文转向诗歌。

袁宏道对自己扮演的领袖角色非常清楚。1599年，在致李学元（1600年举人）的信中，袁宏道将自己称为纠正时弊的先驱："弟才虽绵薄，至于扫时诗之陋习，为末季之先驱，辨欧（阳修）、

---

① 袁中道：《珂雪斋前集》卷二十《书平方弟藏慎轩居士卷末》。

韩（愈）之极冤，捣钝贼之巢穴，自我而前，未见有先发者。"①当然，李贽和徐渭等人是公安派的重要前驱——尤其是李贽，他对袁宏道有巨大影响。然而，在袁宏道发展其文学理论之前，反古情绪尚未出现。

（一）历史的文学观

袁宏道文学理论的核心是历史的文学观。袁宏道认为文学随时发展，文学作品是作者所处时代的产物。因此，没有作家能够脱离其时代的影响。任何无视环境限制的企图都会遭遇失败，任何与环境相对立的文学作品都无法长存。一朝有一朝之环境，文学的形式与风格也无法保持不变。正是从这一立场出发，袁宏道发动了对复古派鼓吹的模拟一途的攻击。

李贽早已提出古今相对、各有优劣的观点，袁宏道的历史的文学观完善了李贽的理念，但他更强调一点——历史发展是无法逆转的。无论过去有多么辉煌，都无法重现；无论一位作家模拟古人有多么成功，他的作品也不过是一个假古董。袁宏道认为：

> 文之不能不古而今也，时使之也。妍媸之质，不逐目而逐时。……袭古人语言之迹而冒以为古，是处严冬而袭夏之葛者也。②

在写给江盈科的信中，袁宏道进一步论述了这一看法。他用

---

① 袁宏道：《袁中郎全集·尺牍·答李元善》，第 44 页。关于这封信的时间，见钱伯城笺校《袁宏道集笺校》卷二十三《答李元善》（第 764 页）。
② 袁宏道：《袁中郎全集·文钞·〈雪涛阁集〉序》，第 6 页。

"势"（意指一种自然的力量或趋势）取代了"时"，并将"势"当作文学不断发展的关键原因——"古之不能为今者也，势也。"①他意识到，现代人无法写得和古人一样，是因为语言发生了变化。

> 辟如《周书》《大诰》《多方》等篇，古之告示也，今尚可作告示不？《毛诗》《郑》《卫》等风，古之淫词媟语也，今人所唱《银柳丝》《挂针儿》之类，可一字相袭不？世道既变，文亦因之。今之不必摹古者也，亦势也。②

在复古派看来，文学的发展是一个不断退化的过程。文至秦、汉，诗至盛唐，都已达至顶峰，这两种文类的艺术水准自此不断下降。为重振诗文，必须树立起模拟的榜样，而这些榜样则不外秦、汉文与盛唐诗。为回应复古派诸子，袁宏道提出"历史的文学观"。复古派曾定下严苛规范，指明应当看齐的文学时期。但文学随时而变，文学之"古"也相应变化，没有什么样板能被视为是永恒的或绝对的。只有想明白这一点，人们才会理解，文学的品质好坏与它"古"之与否没有关系。去今愈远，未必愈佳；距今愈近，也未必愈糟。

袁宏道断言，文学的品质永远不会因模拟而得到提升。事实上，他将明代文学的衰落归因于以模拟为尚。在为袁中道的诗集所撰序文中，袁宏道痛斥这一弊病：

> 盖诗文至近代而卑极矣，文则必欲准于秦、汉，诗则必欲

---

① 袁宏道：《袁中郎全集·尺牍·江进之》，第 37 页。
② 袁宏道：《袁中郎全集·尺牍·江进之》，第 37 页。

准于盛唐,抄袭模拟,影响步趋,见人有一语不相肖者,则共指以为野狐外道。曾不知文准秦、汉矣,秦、汉人曷尝字字学六经欤?诗准盛唐矣,盛唐人曷尝字字学汉、魏欤?秦、汉而学六经,岂复有秦、汉之文?盛唐而学汉、魏,岂复有盛唐之诗?唯夫代有升降,而法不相沿,各极其变,各穷其趣,所以可贵,原不可以优劣论也。①

袁宏道主张,文学作品的质量应据其本身的内容加以判断,而不应据其与另一时代作品的相似程度来判断。"唐人妙处正在无法耳。"②正因唐代诗人无意模拟,唐诗才成为经典。

尽管如此,明代的复古派依旧相信模拟论,仍期望借由模仿获得文学成就,因此,复古派在不屑于模拟的唐代诗人身后亦步亦趋。③ 而这正是复古派无法获得唐诗真致的原因。袁宏道分析:

善为诗者,师森罗万象,不师先辈。法李唐者,岂谓其机格与字句哉?法其不为汉,不为魏,不为六朝之心而已,是真法者也。④

各代诗人之伟大,恰在与前辈的差异,而非相似:

---

① 袁宏道:《袁中郎全集·文钞·叙小修诗》,第5—6页。
② 袁宏道:《袁中郎全集·尺牍·答张东阿》,第43页。
③ Chaves 在 The Panoply of Images（pp. 351－352）中很好地论述了这一点。
④ 袁宏道:《袁中郎全集·文钞·叙〈竹林集〉》,第9页。

唐自有诗也,不必选体也;初、盛、中、晚自有诗也,不必初、盛也;李(白)、杜(甫)、王(维)、岑(参)、钱(起)、刘(长卿),下迨元(稹)、白(居易)、卢(仝)、郑(谷),各自有诗也,不必李、杜也。赵宋亦然,陈(师道)、欧(阳修)、苏(轼)、黄(庭坚)诸人,有一字袭唐者乎? 又有一字相袭者乎? 至其不能为唐,殆是气运使然,犹唐之不能为《选》,《选》之不能为汉、魏耳。①

　　为说明文学的历史发展观,袁宏道又提出"气运"说。基本上,在袁宏道的写作中,"时""势""气运"是同义词,都是指文学的时代特征。当然,这些内涵模糊的词在解释文学变化时显得过于宽泛。然而,这样的思考,说明袁宏道已经意识到文学发展无法脱离社会变化。袁宏道虽未点明社会变化对文学发展产生何种影响,但是,他至少能从更广阔、更贴近现实的角度观察中国文学历史。在他看来,文学的"古"只是一个相对概念:

　　今之君子,乃欲概天下而唐之,又且以不唐病宋。夫既以不唐病宋矣,何不以不《选》病唐,不汉、魏病《选》,不《三百篇》病汉,不结绳鸟迹病《三百篇》耶?②

　　这段反对诗文模拟的论述坚实而具有说服力。在衡量文学价值时,肖古从来不是袁宏道的主要考量因素。

　　① 袁宏道:《袁中郎全集·尺牍·丘长孺》,第19—20页。
　　② 袁宏道:《袁中郎全集·尺牍·丘长孺》,第20页。"结绳鸟迹"被认为是在文字发明之前的记事方法。参见许慎:《说文解字序》。

在袁氏兄弟看来，复古派定立的文学样板（秦、汉文与盛唐诗）实在太狭隘。公安派的批评家对晚唐与宋、元的作品均报以盛赞。为了抑制对复古派的文学样板的过分崇仰，袁宏道质疑汉文唐诗的优越性，并在一封致张献翼的信中唱起了反调：

> 世人喜唐，仆则曰唐无诗；世人喜秦、汉，仆则曰秦、汉无文；世人卑宋黜元，仆则曰诗文在宋、元诸大家。①

袁宏道有意以一种偏激的姿态矫正误说。上文章清楚地表现出他对独尊秦、汉文与盛唐诗这一态度的厌恶。

作为对抗诗尊盛唐的策略之一，袁宏道致力于提升宋诗的地位，并赞扬苏轼的伟大。在写给李贽的信中，袁宏道阐述了这一看法：

> 近日最得意，无如批点欧（阳修）、苏（轼）二公文集。欧公文之佳无论，其诗如倾江倒海，直欲伯仲少陵（杜甫）。宇宙间自有此一种奇观。但恨今人为先入恶诗所障难，不能虚心尽读耳。苏（轼）公诗高古不如老杜，而超脱变怪过之，有天地来，一人而已。仆尝谓六朝无诗，陶（渊明）公有诗趣，谢（灵运）公有诗料，余子碌碌，无足观者。至李（白）、杜（甫）而诗道始大；韩（愈）、柳（宗元）、元（稹）、白（居易）、欧（阳修），诗之圣也；苏（轼），诗之神也。彼谓宋不如唐者，观场之见耳，岂真知诗为何物哉？②

---

① 袁宏道：《袁中郎全集·尺牍·张幼于》，第 34 页。
② 袁宏道：《袁中郎全集·尺牍·与李龙湖》，第 42 页。

袁宏道不仅否认唐诗优于宋诗,更宣称杜甫的诗歌成就未必高于苏轼。事实上,他不止一次指出,苏轼才是唯一真正掌握诗艺者,无人能超越他。袁宏道曾比较苏轼与李白、杜甫:

苏公诗无一字不佳者,青莲(李白)能虚,工部(杜甫)能实。青莲唯一于虚,故目前每有遗景;工部唯一于实,故其诗能人而不能天,能大能化而不能神。苏公之诗,出世入世,粗言细言,总归玄奥,恍惚变怪,无非情实。盖其才力既高,而学问识见又迥出二公之上,故宜卓绝千古。①

袁宏道挑战李、杜崇高地位的真正动机,并非否认李、杜是伟大诗人这一事实,而是反抗 16 世纪复古派所定立的权威标准——根据这一标准,宋诗毫无价值。在一定程度上,关于唐、宋诗孰优孰劣的辩论,呈示了公安派与复古派的理论分歧。

但是,袁宏道并非盲目扬宋。在《〈雪涛阁集〉序》中,他客观评价了宋诗的优劣:

有宋欧(阳修)、苏(轼)辈出,大变晚习,于物无所不收,于法无所不有,于情无所不畅,于境无所不取,滔滔莽莽,有若江河。今之人徒见宋之不唐法,而不知宋因唐而有法者也。如淡非浓,而浓实因于淡。然其敝至以文为诗,流而为理学,流而为歌诀,流而为偈诵,诗之弊又有不可胜言者矣。②

① 袁宏道:《袁中郎全集·尺牍·答梅客生开府》,第 37—38 页。
② 袁宏道:《袁中郎全集·文钞·〈雪涛阁集〉序》,第 7 页。

袁宏道赞赏宋诗之处,在于其取材之广与内容之丰。但正因这些特质,诗文之间的界线也模糊了,袁宏道将这一事实视为宋诗衰落的信号。然而讽刺的是,袁宏道为宋诗抱憾之处,后来却成了他自己诗的特征。在介绍宏道之诗的章节中,我将进一步论及此点。①

袁宏道"历史的文学观"的关键词是"时"与"势"。这一理论建构的意义在于,它确认了当代文学的价值。不过,袁宏道有时过于极端,痴迷于文类之"新"。"不时则不隽,不穷新而极变,则不时。"②在这一信条下,他赞扬八股文是明代一项杰出的文学成就,并顽强地为这一饱受诟病的文类③辩护:

> 天地间,真文渐灭殆尽,独博士家言,犹有可取。其体无沿袭,其词必极才之所至,其调年变而月不同,手眼各出,机轴亦异。二百年来,上之所以取士,与士子之伸其独往者,仅有此文。而卑今之士,反以为文不类古,至摈斥之,不见齿于词林。嗟夫,彼不知有时也,安知有文?④

袁宏道认为,八股文是一种比诗更富有生机的文类。

> 今代为诗者,类出于制举之余,不则其才之不逮,逃于诗以自文其陋者,故其诗多不工。而时文乃童而习之,萃天下

---

① 见第三章。

② 袁宏道:《袁中郎全集·文钞·时文叙》,第 10 页。

③ Ch'en Shou-yi 评论八股文:"因其题目的形式化和修辞方式的僵化,八股文注定会走向陈言故套。……事实上,大多数中国文学史甚至都不愿屈尊提及八股文的起落。"见 Chinese Literature: A Historical Introduction (New York: Ronald Press, 1961), p. 508.

④ 袁宏道:《袁中郎全集·尺牍·与友人论时文》,第 14 页。

之精神注之一的，故文之变态，常百倍于诗。①

像袁宏道这样标举性灵、提倡文学自发性的开明理论家，居然如此衷心地赞扬八股，不免令人惊讶与困惑。在许多著名的明代学者——如顾炎武和黄宗羲——看来，八股文不啻为有史以来最僵化的文类，充满陈言故套。在顾炎武眼中，它甚至是明亡的主要原因之一。②

考虑到八股文写作的僵化规范，袁宏道或应对这一文类持批判态度，因为它似乎否定了袁氏提倡的自发性与不受限制的自我表达方式。但是，袁宏道却从未对这一文类表示过批评的意思。相反，他相当喜爱这一严格的儒家文类。袁宏道是"诗言志"一脉传统的提倡者，而八股文却是"文以载道"这一理念的典型样板。这一矛盾普遍为现代学者所忽略。在我看来，袁宏道热心支持八股文的唯一理由在于，它是真正属于明代的一种新文类。为挑战"贵古贱今"的根深蒂固的信条，袁宏道不得不声称"唯今为贵"。两种信条具有相同的弊端：都将评判文学作品的标准定为写作时间，而非写作内容或方式。

（二）一些基本的文学概念

1. 个人与自由

袁宏道最知名的一句口号是："独抒性灵，不拘格套。"③前半句指内容，强调个人的重要性与情感的真实性；后半句指形式，强

---

① 袁宏道：《袁中郎全集·文钞·郝公琰诗叙》，第 11—12 页。
② 顾炎武：《亭林文集》卷一《生员论》。另见黄宗羲：《明夷待访录·取士》中华书局，1985 年，第 9 页。
③ 袁宏道：《袁中郎全集·文钞·叙小修诗》，第 5 页。

调文体的自由。他相信，只有借助自由的表达，才能展现真情实感。公安派也被称作"性灵派"。事实上，"性灵"也成了袁宏道文学理论的标志。

既然性灵是公安派最显著的特征，我们有必要考察这一概念的起源与意义。早在 6 世纪，刘勰（约 523 年去世）便在其《文心雕龙》首篇《原道》中使用了这一术语，它的意思，据刘若愚（James J. Y. Liu）解释，是指"自然精神的力量"。① 由此看来，性灵似被视为文学的核心要素之一。在《宗经》中，刘勰用这个词表示了另一个不同的意思：

> 三极（天、地、人）彝训，其书曰《经》。……参物序，制人纪，洞性灵之奥区，极文章之骨髓者也。②

据施友忠（Vincent Shih）解释，这里的"性灵"意指"自然与神气"③，它不再具有《原道》中的形而上意味。在《情采》中，刘勰又用此词表达与"外文"相对的"内质"。④

在 6 世纪，"性情""情性"二词与"性灵"的意思非常接近。在钟嵘（活跃于 483 年—513 年）⑤的《诗品》序中，这些词都意指"个

---

① 刘勰著，王利器校笺：《文心雕龙校证》卷一《原道》，上海古籍出版社，1980 年，第 1 页。James J. Y. Liu, Chinese Theories of Literature, p. 22.

② 刘勰著，王利器校笺：《文心雕龙校证》卷三《宗经》，第 11 页。

③ Vincent Yu-Chung Shih（tr.）, *The Literary Mind and the Carving of Dragons*（New York: Columbia University Press, 1959）, p. 17.

④ 参见刘勰著，王利器校笺：《文心雕龙校证》卷七《情采》，第 205 页。

⑤ 此处生卒年取自 James J. Y. Liu, *Chinese Theories of Literature*. 不过，据 Ch'en Shou-yi 所言，钟嵘活跃于 504 年前后，见 *Chinese Literature: A Historical Introduction*, p. 191.

人性质"或"个人情感"。① 钟嵘又将"性情"定义为自发的个人表达，并写道："吟咏情性，亦何贵于用事？"②

到了 7 世纪，"性灵"的意思被确立为"个人性质"，这个词失去了原来的形而上意味。初唐史家姚思廉（557—637）将这个词放在如下语境："夫文者妙发性灵，独拔怀抱。"③至此或可以总结，在《文心雕龙》中，性灵包含两层意思：其一为形而上层面，意指"自然精神的力量"；其二意指"个人的性质与精神"。前者未被后世文学理论家所采用，而后者则发展成表现自我的一个关键主题。

有宋一代，"情性"与"性情"或"性灵"常常交替使用。譬如严羽（1180—1235）在《沧浪诗话》中写道："诗者，吟咏情性也。"④这里的"情性"，与"性情"或"性灵"是可以彼此替换的。

理学家对"性情"的阐释与文人不同。宋代大儒邵雍（1011—1077）为"性"与"情"分别下了定义，他声言："以物观物，性也；以我观物，情也。性公而明，情偏而暗。"⑤由此，性与情都被赋予了一定的道德意味。但是，这些道德意味在袁宏道的文学理论中全然消失了。在《叙小修诗》中，袁宏道写道：

　　　　弟小修诗，散逸者多矣，存者仅此耳。……大都独抒性灵，不拘格套，非从自己胸臆流出，不肯下笔。有时情与境

　① 钟嵘著，陈延杰注：《诗品注·序》，台湾开明书店，1958 年，第 1 页。
　② 钟嵘著，陈延杰注：《诗品注·序》，第 7 页。
　③ 《梁书》卷四十九《文学下》，中华书局，1973 年，第 727 页。
　④ 严羽著，郭绍虞校释：《沧浪诗话校释》，人民文学出版社，1961 年，第 26 页。
　⑤ 邵雍：《〈皇极经世书〉绪言》卷八《观物外篇下》。

会，顷刻千言，如水东注，令人夺魂。其间有佳处，亦有疵处，佳处自不必言，即疵处亦多本色独造语。然余则极喜其疵处，而所谓佳者，尚不能不以粉饰蹈袭为恨，以为未能尽脱近代文人气习故也。①

虽然袁宏道没有明确定义过"性灵"，我们依旧可以从这篇文章中做一些推论。性灵是根植于个体的特质。这一内在特质借由自发的外抒而非深思熟虑得以展现。性灵不仅综合了个人性与精气神，更融汇了感觉与感情。袁宏道崇扬了思想的原创性与文辞的明晰性。他认为，只要诗歌反映了个人的性灵，有稍许疏失也可以接受。对于文辞的提炼不应重于真正的原初性与创造性。

林语堂曾用白话为公安派的"性灵"下过一个定义：

　　三袁兄弟在十六世纪末叶，建立了所谓"性灵派"或是"公安派"，这学派就是一个自我表现的学派。"性"指一人之"个性"，"灵"指一人之"灵魂"或"精神"。②

在我看来，性灵的真正意义，在于其忠于一己的决心与个体的觉醒。基于此，我们便可以勾勒出袁宏道诗论的基本原则。

袁宏道相信，从一首好诗中可见诗人的个性与情感。正是诗中之"我"，使诗作独一无二。在袁宏道的理论中，诗与个人性须臾不可分离。他评述刘元定的诗："元定之诗，其人之注脚也。……不知元定者，观其诗；不知元定之诗者，观其人而已

① 袁宏道：《袁中郎全集·文钞·叙小修诗》，第5页。
② 林语堂：《语堂随笔·写作的艺术》，志文出版社，1966年，第78—79页。

矣。"①此论自是平常，但亦凸显了公安诗人的自我意识，即诗与人乃一体两面，个体不同，诗作亦殊。如果所有诗人都模仿同一古人，使用同一技法，那么诗歌便不具备诗人的个性，亦不复见诗人的性灵。因此，袁宏道绝不接受文学的模拟一途，也不同意对古人古作的亦步亦趋。在给李元善的信中，他明确拒绝了复古派的"陋习"。②

性灵的意义在忠于自我。如袁宏道所说，这会导向真诚与独特。在写给丘坦的信中，他写道："大抵物真则贵，真则我面不能同君面，而况古人之面貌乎？"③真诚自然会导致独特。我之为我，源于人我之间不可避免的差异。丧失独特性，也就意味着丧失自我。在《叙小修诗》中，袁宏道再次强调了这一点：

> 且夫天下之物，孤行则必不可无；必不可无，虽欲废焉而不能。雷同则可以不有；可以不有，则虽欲存焉而不能。④

在致张幼于的信中，袁宏道以老子、庄子、荀子为例阐发了这一理念：

> 昔老子欲死圣人，庄生讥毁孔子，然至今其书不废。荀卿言性恶，亦得与孟子同传。⑤何者？见从己出，不曾依傍

---

① 袁宏道：《袁中郎全集·文钞·刘元定诗序》，第12页。
② 袁宏道：《袁中郎全集·尺牍·答李元善》，第44页。
③ 袁宏道：《袁中郎全集·尺牍·丘长孺》，第19页。
④ 袁宏道：《袁中郎全集·文钞·叙小修诗》，第6页。
⑤ 出自《史记》卷七十四《孟子荀卿列传》（中华书局，1982年，第2343—2350页）。

半个古人，所以他顶天立地。今人虽讥讪得，却是废他不得。①

"见从己出，不曾依傍半个古人"，正是袁宏道文学理论的核心主题，独特性由此成为文学的本质。在《答李元善》一信中，袁宏道再次论述了这一主题：

> 文章新奇，无定格式，只要发人所不能发，句法、字法、调法，一一从自己胸中流出，此真新奇也。②

袁宏道将诗律韵则视为镣铐，因为他认为这些规则阻碍了诗人的自由表达。但是，规则确实存在，自发的言辞毕竟未必是诗。诗人如何跳脱出这一困境——既不失个人的独特性，又能合辙押韵——是袁宏道的主要考量对象。他的解决之道是，句法、字法、调法应"从自己胸中流出"。换句话说，法度并非固定而刻板，而是具有极大的弹性。最重要的是，诗人应当在法度之中找到个体自由，而非被其窒塞了一己精神之表达，哪怕这意味着要奋而超越法度的规范。

2. 质与文

文质之辩，上迄孔子，③至今未有定论。在这一论题上，袁宏道的看法相当偏激。他常将"文"贬称为造作或矫饰，而将"质"等

---

① 袁宏道：《袁中郎全集·尺牍·张幼于》，第 34 页。
② 袁宏道：《袁中郎全集·尺牍·答李元善》，第 57 页。
③ 见《论语·雍也》《论语·颜渊》。

同为朴实无华，与"文"相对立。在袁宏道看来，文学作品的伟大与不朽，源于其内容之重要，而非文辞之修饰。他认为，"文"不会与"质"相辅，相反，还将与"质"相害。

"质"，与"文以载道"的"道"不同。① 在"文以载道"中，"道"是指孔子的道德教诲。而在袁宏道的文学理论中，"质"是个体的真情与灼见，与孔子的教诲无甚关联。

袁宏道对文饰的反感，多少类似于老子的理念——"信言不美，美言不信。"②换句话说，文、质是相互对立的。袁宏道也持有同样的想法。他以妇女的妆容喻文饰："夫质犹面也，以为不华而饰之朱粉，妍者必减，媸者必增也。"③因此，为了存质，就必须弃绝文饰。袁宏道曰："物之传者必以质，文之不传，非曰不工，质不至也。"④

袁宏道非常想成为一个"真人"，写出"真诗"。⑤ 因此，他关于"质"的观点，便与"真"这一概念具有密切联系。在《陶孝若枕中呓引》中，袁宏道指出真情的重要性，并否定文学技巧与手法的意义：

> 古之为风者，多出于劳人思妇。夫非劳人思妇为藻于学士大夫，郁不至而文胜焉，故吐之者不诚，听之者不跃也。……要以情真而语直，故劳人思妇，有时愈于学士大夫。⑥

---

① "文以载道"一语见周敦颐《周濂溪集》卷六。
② 《老子》第八十一章。
③ 袁宏道：《袁中郎全集·文钞·行素园存稿引》，第16页。
④ 袁宏道：《袁中郎全集·文钞·行素园存稿引》，第16页。
⑤ 关于"真诗"的研究，见入矢义高《真诗》（载吉川教授退官记念事业会编《吉川博士退休记念中国文学论集》，筑摩书房，1968年，第673—681页）。
⑥ 袁宏道：《袁中郎全集·文钞·陶孝若枕中呓引》，第14页。

"情真而语直"是判断文学作品质量的首要标准：符合这一标准者便会流传，余者湮灭。基于这一信念，袁宏道预言："故吾谓今之诗文不传矣。其万一传者，或今间阎妇人孺子所唱《劈破玉》《打草竿》之类。"因为这些妇人孺子"无闻无识"。一般而言，"真人"之诗多有"真声"。"真人"表达自我时，因为能够"任性而发"，所以"尚能通于人之喜怒哀乐、嗜好情欲"。①

　　质，一方面反映了人的真情，另一方面也反映了人的知识水平。按李贽所言，"闻见之知"有害"童心"，而一流的文学作品也因此遭到抹杀。就这一点而言，袁宏道的看法是有别于李贽的。② 在袁宏道看来，从书本中汲取到的知识虽然不能直接有助于写作，但却有可能成为灵感的泉源。他这样描述这一过程：

> 　　博学而详说，吾已大其蓄矣，然犹未能会诸心也；久而胸中涣然若有所释焉，如醉之忽醒，而涨水之思决也。……机境偶触，文忽生焉。……曰：是质之至焉者矣。③

　　袁宏道意识到，仅仅抒发个人情感，无法产生出高质量的文学作品。换句话说，对他而言，上佳的诗意不仅出自情感，也出自思想。它是个性、情感与知识的融合。

　　公安派常被人批评为无知无识，袁宏道正是这一批评的鹄的。然而，如果我们仔细阅读他的作品就会发现，袁宏道从未忽略学识的重要性。他曾比较了古人之学与今人之学：

---

① 袁宏道：《袁中郎全集·文钞·叙小修诗》，第6页。
② 参见李贽：《焚书》卷三《童心说》。
③ 袁宏道：《袁中郎全集·文钞·行素园存稿引》，第16页。

臣窃叹昔之士以学为文,而今之士以文为学也。以学为文者,言出于所解而响传于所积,如云簇而雨注,泉涌而川浩,故昔之立言难而知言易也。以文为学者,拾余唾于他人,架空言于纸上,如贫儿之贷衣,假姬之染黛,故今之立言易而知言难也。[1]

上述引文表明了学问对写作的重要性。袁宏道认为,当今文学界有"三病":险、表、贷。三者皆是不学之过。他希望文人能注重学问,因为在他看来,这是唯一能够治疗"三病"的方法。[2]

袁氏文质观的问题,不在于对质与学的强调,而在于对文饰与技巧的忽视。袁宏道的审美标准建立在他对自然本色的偏好上。他声言,真正的美是朴实无华的,任何有意识的提炼与修饰不仅徒劳无功,还会破坏自然之美。无论人的艺术技巧有多高明,都无法与自然之工相比:"风值水而漪生,日薄山而岚出,虽有顾(恺之)、吴(道子),不能设色也。"[3]自然之美无法获致,且凌驾于任何言辞之上。然而,将这一标准定为终极目标,事实上带来一种悖论:艺术创作或多或少总是人工的。一旦着手绘画或写作,所谓纯粹的自然要素便不再能够保持完好。因此,在文学作品中坚持绝对的自然性,事实上是与写作行为本身相矛盾的。

诚然,任何艺术家都无法将"真正的"自然重现于纸上,但这

---

① 袁宏道:《袁中郎全集·文钞·〈陕西乡试录〉序》,第 26 页。
② 袁宏道:《袁中郎全集·文钞·叙四子稿》,第 8 页。
③ 袁宏道:《袁中郎全集·文钞·叙咼氏家绳集》,第 10 页。顾恺之和吴道子被认为是有史以来最伟大的两位中国艺术家。

并不意味着艺术要次于自然。在袁宏道的文学批评中,自然与艺术的界线模糊了,真与美的区别也消泯了。袁宏道将自然与艺术、真与美的概念相混,因此常常将感情本身当成了诗,却没有意识到,感情仅仅是诗料,而非诗本身。钱锺书《谈艺录》引王济语,正好说到误情为诗的弊端:"文生于情,然而情非文也;性情可以为诗,而非诗也。"①

无疑,质是文学作品的核心。但质文之间,不必互相排斥。事实上,任何伟大的作品,不仅源于内容的上乘,也源于语言的佳美。没有一定的文饰,文学便会枯燥无味。因此,技巧与文饰并不会妨碍文学创作,相反,它们有助于延续文学作品的生命力。正如刘勰所言,文与质相辅相成:

> 夫水性虚而沦漪结,木体实而花萼振,文附质也。虎豹无文则鞟同犬羊,犀兕有皮而色资丹漆,质待文也。②

文质二者,缺一不可。任何偏见,都将使作者与伟大的作品失之交臂。如果过分强调自然与真诚的重要性,就很难有持衡之论。即如袁宏道晚年也已经意识到,自己在这一论题上走得太远,因此他试图纠正早先的一些错误。但在那时,他那放任不羁的诗人声名已经深入人心,他的努力也因此很少为学者所关注。

3. 趣与韵

袁宏道虽轻视文饰与技巧的重要性,但却留意到文学中一个

---

① 钱锺书:《谈艺录》,开明书店,1948 年,第 48 页。
② 刘勰著,王利器校笺:《文心雕龙校证》卷七《情采》,第 205 页。

更为微妙的特质。他将这一特质命名为"趣",林语堂释为"兴致"①,刘若愚释为"热情"②,卜立德(David E. Pollard)释为"资质"③。在《叙陈正甫〈会心集〉》中,袁宏道将"趣"定义为"山上之色,水中之味,花中之光,女中之态"。它是如此微妙,以至于"虽善说者不能下一语,唯会心者知之"。在袁宏道看来,"趣"是一种为儿童所具有的特质,随年齿日长而逐渐消磨。此外,官职、品阶也是趣之桎梏。对"理"的研习无助于养趣,反而会阻碍趣的生发。袁宏道写道:"入理愈深,然其去趣愈远矣。"④在袁宏道对趣的定义中,似乎能嗅到一丝反智的味道,这与他对学问的重视形成矛盾。需要加以区分的,是学与理在袁宏道的文学理论中的不同。学指一般的学问与知识,而理则特指儒家理学。袁宏道并不反智,他只是反对将研习理学作为提升文学品质的方法。

如果说质是文学作品的内容,那么趣就是它的韵致。借助学习,也借助保持情感与表达的真诚,作者可以追求、培养文学的内质。但趣却是无法通过学习或培养而得到的。正如刘若愚所言,"趣"似乎既意味着个人品质(及其作品)中一种不可言说的气息与风韵,也意味着一种本能的愉悦,它常见于儿童身上,很少为成人所保留。⑤ 至此,我们或许应当追问:性灵与趣有何关系?在我理解,性灵是一种内在固有的品质,而趣则是这一品质的外在

---

① Lin Yu-tang, "On Zest in Life" in *The Importance of Understanding* (New York: World Publishing, 1960), p. 112.

② James J. Y. Liu, *Chinese Theories of Literature*, p. 81.

③ David E. Pollard, *A Chinese Look at Literature*, p. 80.

④ 这些说法引自袁宏道《袁中郎全集·文钞·叙陈正甫〈会心集〉》(第5页)。

⑤ James J. Y. Liu, *Chinese Theories of Literature*, p. 80.

流露。因此,性灵本身是无法被感知的,正是趣,使读者感受到性灵的存在。

在袁宏道的文学理论中,常常与"趣"交替使用的一个词是"韵"。他如此描述韵的作用:"山有色,岚是也;水有文,波是也;学道有致,韵是也。山无岚则枯,水无波则腐,学道无韵则老学究而已。"①趣与韵虽是无形的,却决定了一个人或一篇作品给别人留下的印象。在这篇文章中,袁宏道还指出,保持头脑的空闲是极其重要的。正是这种空闲使人变得敏感,从而有能力创作伟大的文学。袁宏道对于"趣""韵"的理念,受到李贽"童心说"的极大影响。

趣与韵并非难以察觉,但究竟应当在什么程度上为人所察呢?针对这一问题,袁宏道拈出一个"淡"字,以此作为理想的感知程度。如果趣与韵都是"味外味"②,那么淡就是"味无味"。袁宏道解释,淡之所以有价值,是因为它具有灵活性。淡以其"无味",故"不可造"。换言之,淡的价值正在于其特殊的"无味"性。在《叙咠氏家绳集》中,袁宏道描述了淡的性质:

> 苏子瞻(苏轼)酷嗜陶令(陶渊明)诗,贵其淡而适也。凡物酿之得甘,炙之得苦,唯淡也不可造;不可造,是文之真性灵也。③

---

① 袁宏道:《袁中郎全集·文钞·寿存斋张公七十序》,第33页。
② 这一概念来自司空图的《与李生论诗书》。郭绍虞节引了这封信,见氏著《中国文学批评史》上卷第五篇第三章(第295—296页)。
③ 袁宏道:《袁中郎全集·文钞·叙咠氏家绳集》,第10页。

淡的特质自然而来，无需造作。它无法经由刻意的努力而得来。

在袁宏道的文学理论中，"趣"与"韵"的提出或多或少平衡了他对"质"与"真"的强调。正是这种平衡，使得袁宏道的作品能够免于枯燥，乃至富有特殊的魅力。

4. 对小说的兴趣

小说的兴盛是晚明文学界最重要的事件之一。尽管小说的源头可以追溯到唐、宋乃至更早的时代，但直至晚明，这一新文类才吸引了文人学士的热切关注。这一潮流，由李贽导其先路，他之评点《水浒传》，实为中国文学史上创格之举。作为李贽的追慕者，袁宏道对小说的热情评赞也就不足为奇了。不过在我看来，袁宏道赞美小说的理由，与他表彰、采纳民歌语言的理由大不相同，尽管民歌与小说都被归为民间文学。

袁宏道赞扬民歌，是因其体式之自由与感情之真挚，这两者是他的诗歌批评中最重要的特征。此外，民歌还为他提供了新的灵感和语言："野语街谈随意取，懒将文字拟先秦。"①民歌与街谈事实上成为袁宏道写诗的素材。那么，他对小说的称赞是否基于同样的标准呢？仔细查考所搜集的有限材料后，我发现袁宏道标举小说的动机更多基于道德、享乐与好奇，而非基于对其文学价值的激赏。

袁宏道仅评论过两部小说：《金瓶梅》和《水浒传》。由于他对《水浒传》的评论极少，不足以支撑充分的讨论，在下文中，我

---

① 袁宏道：《袁中郎全集·诗集·斋中偶题》，第142页。

将仅就《金瓶梅》进行一些细致的分析。

袁宏道是第一位评点《金瓶梅》的学者。[①] 1596 年在吴县县令任上时，他给董其昌（1555—1636）写了封信，信中提到了这部小说：

> 《金瓶梅》从何得来？伏枕略观，云霞满纸，胜于枚生《七发》多矣。后段在何处？抄竟当于何处倒换？幸一的示。[②]

这封信的口吻很是随意。在读完《金瓶梅》的前半部分后，袁宏道发现这部小说非常有趣，他的好奇心被这个未完结的故事激起，急切地想得到小说的后半部分。这一反应并不奇怪。奇怪的倒是，他在信中将《金瓶梅》与枚乘（前 140 逝世）的《七发》相提并论。枚乘生活在汉景帝（前 157—前 141 年在位）与汉武帝朝，是当时最著名的辞赋家之一。《七发》写于公元前 2 世纪中叶，收入 6 世纪昭明太子（萧统，501—531）所编《文选》中。

《七发》与《金瓶梅》在文学上几无共通之处：不仅分属不同文类，也面向完全不同的读者。《七发》的对象是楚太子，或者一般的统治者；而《金瓶梅》则是写给大众的。赋的首要特征在其古奥的语言与华丽的辞藻，而小说则多用浅白的口语。此外，两部作品相去一千六百余年。因此，袁宏道对两者的比较，绝非基于

---

① 见 Patrick D. Hanan, "The Text of the *Chin P'ing Mei*," *Asia Major*, new series, 9, 1(April 1962)；魏子云：《袁中郎与〈金瓶梅〉》，载《书和人》第 224 期，1973 年 11 月。

② 袁宏道：《袁中郎全集·尺牍·董思白》，第 21 页。另一种可能是，"云霞"为"云雨"之误，是性事的一种委婉的说法。见宋玉《高唐赋》的序文，载萧统编《文选》卷十九。由于《金瓶梅》以其对性爱的生动描写而闻名，因此，将"云霞"读作"云雨"，并不夸张。

其形式、结构乃至文学成就。那么,袁宏道何以言"《金瓶梅》……胜于枚生《七发》多矣"呢?

答案藏在两部作品的主题之中。《七发》被学者视作典型的"讽谏赋"。① 作品一开头,就是楚太子与吴客之间的一段对话。太子有疾,吴客为之诊断并开出药方:

> 故曰:"纵耳目之欲,恣支体之安者,伤血脉之和。"且夫出舆入辇,命曰蹷痿之机;洞房清宫,命曰寒热之媒;皓齿蛾眉,命曰伐性之斧;甘脆肥脓,命曰腐肠之药。今太子肤色靡曼,四支委随,筋骨挺解,血脉淫濯,手足堕窳;越女侍前,齐姬奉后;往来游宴,纵恣于曲房隐间之中。此甘餐毒药,戏猛兽之爪牙也。所从来者至深远,淹滞永久而不废,虽令扁鹊治内,巫咸治外,尚何及哉! 今如太子之病者,独宜世之君子,博见强识,承间语事,变度易意,常无离侧,以为羽翼。②

随后,吴客敷陈了声色、饮食、车马、巡游、田猎、观涛等诸种享乐,楚太子一一因病推辞。最后,当听吴客讲述了孔、孟等先秦哲人之道中的"天下之精微"与"万物之是非"后,楚太子豁然开悟,并神奇地痊愈了。③ 全赋由此染上强烈的道德说教意味。

只有以这一道德说教主题为基础,袁宏道对《金瓶梅》与《七发》的比较才有意义。换句话说,袁宏道认为,《金瓶梅》不仅是一部诲淫之作,还包含了道德教训;在生动的情欲描绘背后,隐藏着

---

① 参见刘大杰:《中国文学发展史》,第132页。
② 枚乘:《七发》,萧统编《文选》卷三十四。
③ 枚乘:《七发》,萧统编《文选》卷三十四。

严肃的意义。

在一篇《金瓶梅》的序文中,东吴弄珠客解释了袁宏道褒扬此书的原因:

> 《金瓶梅》,秽书也。袁石公(宏道)亟称之,亦自寄其牢骚耳,非有取于《金瓶梅》也。然作者亦自有意,盖为世戒,非为世劝也。[1]

据此序而言,显然袁宏道对《金瓶梅》的称许是基于其文学品质之外的其他原因。在另一篇序文中,欣欣子重申了这一意见:"窃谓兰陵笑笑生作《金瓶梅传》,寄意于时俗,盖有谓也。"作者之意隐藏在"市井之常谈、闺房之碎语"背后。[2] 欣欣子更主张,此书有益于"世道风化"。这一看法亦为《〈金瓶梅〉跋》的作者廿公所主张:

> 《金瓶梅传》为世庙时[3]一巨公寓言,盖有所刺也。然曲尽人间丑态,其亦先师不删郑、卫之旨乎?[4] 中间处处埋伏因果,作者亦大慈悲矣。今后流行此书,功德无量矣。不知者竟目为淫书,不唯不知作者之旨,并亦冤却流行者之心矣![5]

---

① 这篇序文署 1617 年,收入《金瓶梅》(文学古籍刊行社,1957 年)之中。这个版本被孙楷第作《金瓶梅词话》,见孙楷第《中国通俗小说书目》(作家出版社,1957 年,第 116—117 页)。

② 这篇序文同样收入《金瓶梅词话》。

③ 1522—1566 年。

④ 《诗经》中的《郑风》和《卫风》被认为是淫诗。

⑤ 这篇跋文也收入《金瓶梅词话》。

尽管有人认为廿公是袁宏道的化名之一①,但证据终嫌不足,这一问题也超出了我此处的主旨。这篇跋文证明,在晚明,道德论似乎为文人提供了一个为正统之外的文本进行辩护的便利借口,许多开明的读书人也都意识到了小说的教化之用——小说只要用于正途,就能以潜移默化的方式暗含道德教训。相比儒学经典,小说的教化之功更为幽微,但未尝不更为有效。②

《三言》的编者——与袁宏道同代的冯梦龙③——正持有这一看法。他在《醒世恒言》的序文中表明,他编撰这些故事的本意不在文学创作,而在教育:

> 六经国史而外,凡著述皆小说也。而尚理或病于艰深,修词或伤于藻绘,则不足以触里耳而振恒心。此《醒世恒言》四十种,所以继《明言》《通言》而刻也。明者,取其可以导愚也;通者,取其可以适俗也;恒则习之而不厌,传之而可久。三刻殊名,其义一耳。④

---

① 见 Patrick D. Hanan, "The Text of the *Chin P'ing Mei*," p. 3.

② 关于晚明小说的教化作用,见 Patrick D. Hanan, "The Fiction of Moral Duty: The Vernacular Story in the 1640s," in Robert E. Hegel and Richard C. Hessney (eds.), *Expression of Self in Chinese Literature* (New York: Columbia University Press, 1985), pp. 189–213.

③ 关于冯梦龙的生平、作品与思想的研究,见容肇祖:《明冯梦龙的生平及其著述》,载《岭南学报》第 2 卷第 2 期,1931 年;《明冯梦龙的生平及其著述续考》,载《岭南学报》第 2 卷第 3 期,1932 年;Patrick D. Hanan, "Feng (Meng-lung)'s Life and Ideas" and "Feng's Vernacular Fiction," in *The Chinese Vernacular Story* (Cambridge, Mass.: Harvard University Press, 1981), pp. 75–119.

④ 冯梦龙编,顾学颉校注:《醒世恒言》,作家出版社,1956 年,第 863 页。这篇序言署 1627 年,陇西可一居士作。

在《警世通言》的序文中，冯梦龙阐明了小说如何有效地改变、影响人的思想与行为：

> 里中儿代庖而创其指，不呼痛，或怪之，曰："吾顷从玄妙观听说《三国志》来，关云长刮骨疗毒，且谈笑自若，我何痛为？"夫能使里中儿顿有刮骨疗毒之勇，推此说孝而孝，说忠而忠，说节义而节义。①

没有证据证明袁宏道与冯梦龙曾经结识或者互相影响。确知的是，两人都反对以模拟之法创作文学，都对民歌与小说有很高的评价。晚明文人普遍认为小说有教化之用。

1609 年，冯梦龙得见《金瓶梅》，并怂恿沈德符（1578—1642）付之刊刻，沈德符出于道德原因予以拒绝。他回复道：

> 此等书（《金瓶梅》）必遂有人版行，但一刻则家传户到，坏人心术，他日阎罗究诘始祸，何辞置对？吾岂以刀锥博泥犁哉！②

道德议题是一柄双刃剑：对沈德符这样的保守人士而言，阻止《金瓶梅》一类小说的出版，是基于保护传统伦理的原因；而对袁宏道和冯梦龙这样的开明人士而言，主张这部小说具有社会教化之功，也依旧是出于道德的考量。他们认为，淫书中的道德教

---

① 冯梦龙编，严敦易校注：《警世通言》，人民文学出版社，1956 年，第 1 页。
② 沈德符：《万历野获编》卷二十五《金瓶梅》，第 652 页。

训就像"枣肉里着橄榄"①。由此,两者的论点实际上正是一枚硬币的两面。他们的分歧并不在于文学是否应当充任道德教化的工具,而在于这部小说能否有效地达到这一目的。两者都以同样的理由来为自己辩护。至于小说应当有其独立的存在价值,不必作为道德或社会教化工具这一理念,则从未在他们脑中出现。

袁宏道的另一条关于《金瓶梅》的著名评论来自《觞政》一书,这是一本写于1607年的小册子。是书第十条"掌故"之下,袁宏道列出酒徒取乐时必不可少的几类书。这张书单以六经始,以"逸典"《水浒传》与《金瓶梅》终。袁宏道写道:"不熟此典者,保面瓮肠,非饮徒也。"②这条广为现代学者所征引,以证明袁宏道极大地提升了小说的地位:他将《水浒传》《金瓶梅》与六经和孔孟之作并举。③然而,在得出这一结论之前,必须首先回答两个问题。第一,袁宏道在作此评论时有多严肃?第二,这一评论值得现代学者如此重视吗?为回答这些问题,我们必须首先考察此文的写作背景。

在《觞政》的短序中,袁宏道解释了他写这本小书的原因:

> 余饮不能一蕉叶,每闻垆声,辄踊跃。遇酒客与留连,饮不竟夜不休。非久相狎者,不知余之无酒肠也。社中近饶饮徒,而觞容不习,大觉鲁莽。夫提衡糟丘,而酒宪不修,是亦令长之责也。今采古科之简正者,附以新条,名曰《觞政》。

① 这一表述在《肉蒲团》中出现了两次(卷一、卷七)。
② 袁宏道:《袁中郎全集·随笔·觞政》,第25页。
③ 参见刘大杰:《中国文学发展史》,第864页。

凡为饮客者,各收一帙,亦醉乡之甲令也。①

仅就此序而言,《觞政》似乎是一本关于酒桌规矩的小书。事实上,这是一本收集了关于酒质、酒杯历史及饮酒之乐等逸闻趣事的小册子。写《觞政》的目的非关文学,而是为饮酒提供一些有趣幽默的谈助。《觞政》的创作动机在娱乐,故书中提到的对《金瓶梅》的评论也不宜被视为袁宏道的学术论断。至多能说,阅读《金瓶梅》给予袁宏道许多欢乐,他相信,酒友读了这部小说,可以为聚饮助兴。由此观之,袁宏道在《觞政》中对《金瓶梅》主要关注点在于饮酒之艺,而非文学鉴赏。从上下文中也可以清楚地看出,《觞政》此条不能被视为关于一部当代小说的文学价值的严肃评断。

对小说价值的表彰在开明诗文作者中非常普遍。李贽、袁宏道、冯梦龙是个中的杰出代表。现代学者将这三人对白话小说的积极态度视为真知灼见,并认为这代表了明朝人在文学观念上的一次突破。然而,这些学者却忽视了这一赞扬背后的动机。三人表彰小说的理论基础是什么?

李贽与袁氏兄弟的"历史观"并未使他们意识到白话小说是晚明最为新颖独特的文学形式。他们对小说的赞扬,从未立论于文学之发展,而是基于小说的教化作用。他们没有意识到,这一论点在无意中使小说落入次一级的地位,变成经典的补充,仅仅用于迎合那些未经教育者的需求与趣味。

需要记住的是,道德论虽然可以作为出版《金瓶梅》这样的小

---

① 袁宏道:《袁中郎全集·随笔·觞政》,第23页。

说的借口，但是，它同样妨碍了这些小说被当作文学本身来看待。长远来看，道德论终将有害于文学，尤其是小说的发展。因此，当我们将袁宏道标举为提升小说地位的先驱时，也要想到，他的看法依旧含有理论局限。

三、袁中道：公安派的改革者

作为袁氏兄弟中年齿最幼者，袁中道比他的两位兄长都要长寿。袁中道卒于袁宏道逝后十七年的 1627 年，与宏道关系最密，也是宏道最为热心与忠实的拥护者。他目睹了公安派的衰落，以及对袁宏道理论的各种误读和滥用。袁中道的作品不仅为我们留下了最为可靠的袁氏家族史料，也代表了公安派在末一阶段的理论。

尽管袁中道的文学观基本上是在其兄长的理念基础上的修正，但我们也不应让其成就为袁宏道所遮蔽。在捍卫、阐释袁宏道的论点时，他事实上也建立起了自己的理论框架，尽管未必独到，但却要比袁宏道的更为均衡、折中。在公安派的发展过程中，袁中道不仅是袁氏兄弟中去世最晚者，也是公安派文学理论的改革者。他的文学观或许尚未得到应有的关注，但确系理解袁宏道文学理论缺陷之关键。

公安派在早期特别强调语言的通达晓畅。袁宗道引孔子语"辞达而已矣"，作为作家应遵循的终极信条。[1] 在袁宗道的《论文》中，清晰性被标举为判断文学品质的唯一标准。他独断地宣

---

[1]　袁宗道：《白苏斋类集》卷二十《论文上》。

称:"达不达,文不文之辨也。"①其后的袁宏道也同样强调表达的自发与直白的重要意义。在某种程度上袁宏道相信,表达愈直白,诗作愈出色。他在为袁中道诗集所作序文中写道:"而或者尤以太露病之,曾不知情随境变,字逐情生,但恐不达,何露之有?"②诚然,这一诗论可以有效地对抗复古派所鼓吹的模拟之道,使诗歌免于成为纯粹的炫学之途。但是,一旦这些理念走得太远,诗歌就会变得淡而无味。正是因为意识到了这一点,袁中道才提出了自己对文学的阐释。

1. 言外之意

袁中道看到了过度强调清晰与直白给文学写作带来的危险:文学"妙在含裹,不在披露"③。他主张好的文学不应穷尽其意,但需有无尽余味、内涵与启示。在《〈淡成集〉序》中,他进一步阐释了这一看法:

> 天下之文妙于言有尽而意无穷,其次则能言其意之所欲言。《左传》《檀弓》《史记》之文,一唱三叹,言外之旨蔼如也。④ 班孟坚(班固)辈,其披露亦渐甚矣。苏长公之才,实胜韩(愈)、柳(宗元)。而不及韩、柳者,发泄太尽故也。诗亦然。⑤

---

① 袁宗道:《白苏斋类集》卷二十《论文上》。
② 袁宏道:《袁中郎全集·文钞·叙小修诗》,第 6 页。
③ 袁中道:《新安集·宋元诗序》。
④ 这一表述源自《礼记·乐记》卷十一。
⑤ 袁中道:《珂雪斋前集》卷十《〈淡成集〉序》。

因此,袁中道眼中理想的文学作品,应当富有启示与意蕴,在字面意思之外,传达丰富的意旨。这一看法应和了严羽论诗的标准。严羽评盛唐诗曰:"如空中之音,相中之色,水中之月,镜中之象,言有尽而意无穷。"①袁中道正以其中"言有尽而意无穷"一句来描述高质量的文学。此外,"一唱三叹"一语亦见于《沧浪诗话》。可见,袁中道的"言外之意"观,显然来源于严羽。

郭绍虞等许多学者都曾指出,严羽的《沧浪诗话》是明代复古派的理论基础。②林理彰(Richard Lynn)在《正统与启蒙》(*Orthodoxy and Enlightenment*)中提到:"许多明清诗作都具有过重形式和盲目模拟的缺点,这个毛病最终可以上溯到严羽门下。"③复古派与严羽《沧浪诗话》的紧密关系是毫无疑问的。但令人惊讶的是,袁中道受《沧浪诗话》的影响也非常明显,却与复古派大异其趣。奇特之处正在于,同一部宋代文学批评作品,被晚明对立的两派同时用在了关于文学价值的辩论中。

"言外之意"的理念显然与袁宗道对文学写作的明晰性与直白性的强调彼此冲突。但是,袁中道文学观的这一变化,不应被视为对公安传统的偏离甚至反叛,而应被作为对公安体末期之衰落的救正。袁中道描述了这一衰落:

> 及其(袁宏道)后也,学之者稍入俚易,境无不收,情无不写,未免冲口而发,不复检括,而诗道又将病矣。……今之功

---

① 严羽著,郭绍虞校释:《沧浪诗话校释》,第 24 页。
② 参见郭绍虞:《中国文学批评史》下卷第二篇第二章,第 64—83 页。
③ Richard John Lynn, "Orthodoxy and Enlightenment: Wang Shih-chen's Theory of Poetry and Its Antecedents," in *The Unfolding of Neo-Confucianism*, ed. William Theodore De Bary (New York: Columbia University Press, 1975), p. 218.

中郎者，学其发抒性灵，而力塞后来俚易之习。①

上述引文解释了袁中道何以要说"言有尽而意无穷"是文学的最高标准。其意不在于使文学变得晦涩难懂，而在于挽救俚易无味之病。由此出发，袁中道对诗歌的态度益趋剪裁。他不断指出，作者必须区分哪些值得书写，哪些不值得书写。只有描写那些有价值的情感与景物，才能为诗作添彩。正是这一态度，使他与袁宏道区别开来。

2. 剪裁：对唐、宋诗的态度

袁宏道攻击复古派的策略之一，是通过褒举宋诗元曲来贬低唐诗与秦、汉文的地位。他曾直白地讲，"唐无诗"，"秦、汉无文"②。这种偏激的看法不可能出现在袁中道笔下。事实上，袁中道认识到了唐代在诗歌史上的优越地位，并且常常提到唐诗是诗作的至高榜样："舍唐人而别学诗，皆外道也。"③不过，他依旧认为宋、元文学亦有其优长。他在《宋元诗序》中写道：

> 诗莫盛于唐，一出唐人之手，则览之有色，叩之有声，而嗅之若有香。相去千余年之久，常如发硎之刃、新披之萼。后来宋、元诸君子，其才情之所独至，为词为曲，使唐人降格为之，未必能过，而至于诗，则不能无让。④

---

① 袁中道：《珂雪斋前集》卷十《阮集之诗序》。
② 袁宏道：《袁中郎全集·尺牍·张幼于》，第 34 页。
③ 袁中道：《珂雪斋前集》卷十《蔡不瑕诗序》。
④ 袁中道：《新安集·宋元诗序》。

在许多时候，袁中道的论述仅仅是对袁宏道理论的修正。但在唐诗的问题上，两人则有较大的分歧。袁宏道贬低唐诗的地位，是对当时复古派的压倒性影响的情绪化反应。他急切地想推翻"文必秦、汉，诗必盛唐"的权威，由此耽溺于个人情绪。而对袁中道来说，时间上的距离稀释了激烈的个人情绪，他得以冷静地重新思考袁宏道的立场，看它是否过于偏激。

在写诗方面，袁中道给他的侄子提供了一些经过深思熟虑的建议：

> 近侄子祈年、彭年，亦知学诗，予尝谓之曰：若辈当熟读汉、魏及三唐人诗，然后下笔，切莫率自矜臆，便谓不阡不陌，可以名世也。夫情无所不写，而亦有不必写之情；景无所不收，而亦有不必收之景。知此乃可以言诗矣。①

与袁宏道声言的"唐无诗"相比，袁中道的意见就不是对袁宏道的修正，而近乎彻底否定了。他不再建议写诗时必须闲适与自发，而重新开始强调选择、剪裁。可惜的是，袁中道没有在必写与不必写之间做出明确区分。不过，他的意思是清楚的：写诗者必须认真向唐代诗人学习，同时，有些法度也不能被忽视。这一建议表明：一方面，袁中道急于改变公安派的发展方向；而在另一方面，袁宏道的理论被滥用与误解程度之深，以至于他自己的孩子也不得不接受指导以走上正轨。他在致友人丘坦的信中给出了类似建议：

---

① 袁中道：《珂雪斋前集》卷十《蔡不瑕诗序》。

《度辽集》极有奇趣,但其中稍有二三率易语,须少汰,乃可入梓。然亦无多也。弟意欲于兄数十年全集内,选其精紧奇古,稍示人以难,而不示人以易者,刻为二册,以行于世。①

据袁中道所见,公安派晚期的真正问题在于其诗作缺乏剪裁。在袁宏道的理论中,剪裁从未被纳入考量范围,但对袁中道而言,它却成为了文学写作的主要问题。袁中道基本上依旧将诗歌视为自我表达的形式,但对所应表达的内容,他的态度比袁宏道更为严苛。真情不再是决定诗歌品质的唯一标准,情感的内容与基础变得同样重要。由此出发,袁中道批评宋诗:

（宋代诗人）终不肯雷同抄袭,拾他人残唾,死前人语下。于是乎情穷而遂无所不写,景穷而遂无所不收。无所不写,而至写不必写之情;无所不收,而至收不必收之景。甚且为迂为拙,为俚为狷,若倒困倾囊而出之,无暇拣择焉者。②

虽然袁中道批评的是宋诗,但公安派的缺陷与他在这里所批评的如出一辙。甚至可以说,袁中道是用宋诗在证明,一旦诗作缺乏剪裁与限制,将会导致如此恶果。

袁宏道成功地将宋诗置于唐诗之上,或者说至少使两代之作能平起平坐。袁中道则对唐诗的至尊地位少有质疑。两者对待唐、宋诗的不同态度,不仅反映了兄弟二人的不同观点,也证明公安派与复古派之间的鸿沟并非不可跨越。

---

① 袁中道:《珂雪斋前集》卷二十四《答丘长孺》。
② 袁中道:《新安集·宋元诗序》。

3. 对复古派诸子的态度

在评估明代文学时,相比袁宏道,袁中道对复古派诸子表现出更多的理解、同情乃至尊重。袁中道或许不同意复古派的看法,但认识到他们对明代文学的贡献及其作品的品质。在考察复古派理论的真正意义时,袁中道似乎比袁宏道显得更为开明。袁中道很少批评复古的理念,事实上,他认为这是一条重振明代诗歌生机的正道。他所反对的,是前七子的追随者鼓吹的盲目效仿前代作家的做法。在《解脱集》的序文中,他评论"前后七子"道:

> 唐、宋于今,代有宗匠。降及弘、嘉之间,有缙绅先生(指"前七子")倡言复古,用以救近代固陋繁芜之习,未为不可,而剿袭格套,遂成弊端。后有朝官(指"后七子")递为标榜,不求意味,惟仿字句,执议甚狭,立论多矜。后生寡识,互相效尤。①

虽然"前后七子"之间有许多基本的文学观点,而且常被中国现代文学史家视为同一集团,但是,袁中道却区别对待他们。在他看来,"前七子"的理念对明代文学确有贡献,因此他并不指责这一集团。他对"后七子"的态度要更为严厉。袁中道认为明代文学的衰落是由"后七子"造成的,因为他们对盛唐诗盲目而排他地赞赏。在《〈袁中郎先生全集〉序》,袁中道表彰"前七子":

---

① 袁中道:《珂雪斋前集》卷九《〈解脱集〉序》。

自宋、元以来，诗文芜烂，鄙俚杂沓。本朝诸君子出而矫之，文准秦、汉，诗则盛唐，人始知有古法。及其后也，剽窃雷同……①

袁中道进一步指出，学习盛唐诗并无不可，但是，对唐诗之外的作品加以排斥，仅以一二盛唐诗人唯尚，就不尽正确了。正是这种对唐诗的有限择取令袁中道不满。他因此批评"后七子"：

隆（庆）、万（历）七子辈亦效唐者也，然倡始者不效唐诸家，而效盛唐一二家……率以为必不可逾越。其后浸成格套，真可厌恶。②

袁氏兄弟常常被清代批评家描述为敌视"前后七子"的反叛者。这一不准确的说法使很多人误以为明代的这两派作家之间毫无共同之处。不过，袁氏兄弟，尤其是袁中道，事实上有能力摒弃作家的文学门户之见，做出独立的判断。

4. 对《金瓶梅》与《水浒传》的评论

袁宏道高度评价民间文学，尤其是《金瓶梅》和《水浒传》，并将两者视为伟大的作品。袁中道对这两部小说的态度更为审慎与冷静。他并不否认小说具有道德教化的潜力。但是，他

---

① 袁中道：《〈袁中郎先生全集〉序》。这篇序文并未收入《珂雪斋前集》和《珂雪斋近集》，它出现在《珂雪斋集选》（天启汪从教刊本）中。更方便的来源是钱伯城笺校《袁宏道集笺校》。

② 袁中道：《珂雪斋前集》卷十《蔡不瑕诗序》。

警告道，过分褒举这些小说，也会带来危险。在一则写于1614年的日记中，袁中道阐明了《水浒传》对人的影响之大。一位名叫常志的僧人曾为李贽抄写《水浒传》。常志常闻李贽夸赞小说中人乃英雄豪杰，因之非常赞赏他们的勇敢无畏。其后，他将自己想象为小说中的英雄，乃至几乎犯下谋杀与纵火之罪。李贽再也无法容忍他，将其赶走。对于这则故事，袁中道评论：

> 袁无涯来，以新刻卓吾批点《水浒传》见遗。……大都此等书，是天地间一种闲花野草，即不可无，然过为尊荣，可以不必。往晤董太史思白（董其昌），共说诸小说之佳者，思白曰："近有一小说，名《金瓶梅》，极佳。"予私识之。后从中郎（袁宏道）真州，见此书之半，大约模写儿女情态俱备，乃从《水浒传》潘金莲演出一支。所云"金"者，即金莲也；"瓶"者，李瓶儿也；"梅"者，春梅婢也。……追忆思白言及此书曰："决当焚之。"以今思之，不必焚，不必崇，听之而已。焚之亦自有存之者，非人力所能消除。但《水浒》，崇之则诲盗，此书诲淫，有名教之思者，何必务为新奇以惊愚而蠹俗乎？[1]

将上述言论与李贽的《〈忠义水浒传〉序》及袁宏道对《金瓶梅》的评论并置，不难发现其中的区别。尽管袁中道并未提及李

① 袁中道：《袁小修日记》第九七八条，第244—245页。这一日记原题《游居柿录》，载《珂雪斋外集》，初版于1618年。关于袁中道日记之历史的详尽讨论，见沈启无《〈珂雪斋外集〉〈游居柿录〉》。

贽和袁宏道,但是他对其师其兄的不满,也是显而易见的。

　　袁中道试图为公安派理论辩护,他折中、调和的回应促进了从公安派到竟陵派的转型。在下文中,我还将进一步讨论袁中道在这两派的转型中扮演的角色。

右側：

石公袁宏道中郎撰

麻城陳以聞無異閱

詩

顯靈宮集諸公以城市山林為韻

仙人傑閣俯王城　西山見雨北山晴　高雲直接

薰爐氣去宮百里　鈴齎古栢石幹青虹枝烟

絹千尺屋十楹東邊柰子結老友都憶往年梅

客生花晉陽

卷四

左側：

解脱集序

中郎還自武林示余解脱集

凡二卷皆諸體詩也余為之序

兩傳之無何君渡江僑寓真

州郵致後二卷示余則其浪

袁宏道撰《解脱集》
江盈科作序

袁宏道撰《瓶花斋集》
卷四《显灵宫集诸公以城市山林为韵》
组诗

右側：

予雖有四方之志而帝都尤仕者所必至則與
鶯公香火因緣結于異日未可知也鶯公本師
為予友楚當陽度門海公數數稱鶯公之
賢而予更嘉其浮雲富貴糠粃名利大非予輩
之所能及也故不辭而樂為之記

吏部驗封司郎中中郎先生行狀

萬曆庚戌九月初六日中郎先生卒于家得年
僅四十三親戚鄉黨如失所怙中外寒士哭失
聲者數十人弟中道少先生二歲少同塾長同

左側：

公安袁宗道著
弟　宏道
　　中道　恭校

雜說類

論文上

口舌代心者也文章又代口舌者也展轉隔礙離寫
淂暢頭已恐不如口舌矣況能如心之妙乎故孔
子論文曰辭達而已達不達文之辨也唐虞三
代之文無不達者今人讀古書不即通曉輒謂古文

袁宗道撰《白苏斋类集》
卷二十《论文上》

袁中道撰《珂雪斋前集》
卷十七《吏部验封司郎中中郎先生
行状》

晚明诗文的现代回响

第七章　公安派的遗绪

　　自 1595 年至 1610 年,公安派的全盛期持续了约十六年。在这短暂的时间里,晚明的表现论文学潮流达到了鼎盛,作家表达其性灵的能力被赋予了极高的文学评价。不过,这一潮流并未持续。1610 年袁宏道的去世,是晚明性灵派的重挫。1610 年之后,公安派的理论代言人变成了袁中道,他的看法较为折中,对兄长袁宏道也多少有所批评。不过,公安派的影响不仅在袁宏道逝后依旧存在,而且在明亡之后,也不断存续着。

　　公安派在 1610 年之后的影响,最显著地表现在竟陵派的兴起上。竟陵派常常被视为公安派的继任者,它的两位创立者钟惺(1574—1624)和谭元春(1586—1637)[1],也被认为是"三袁"的追随者。最直接的证据是,《明史》中钟惺和谭元春的传记,正附在袁宏道的传记之后,而非被编为独立的传记。[2] 诚然,在公安派衰落后,竟陵派一时领风气之先。但是,这并不意味着钟惺和谭元春继承或发展了袁氏兄弟的理念。

　　如果查看竟陵派的这两位创始人在写作中表达的对文学的评论,并且仔细考察他们对公安派的评论,我们就会发现,两人对公安派,尤其是对袁宏道,更多的是批判而非拥护。钟惺和谭元

---

　　[1]　钟惺和谭元春都是湖广竟陵(今湖北天门)人。
　　[2]　参见张廷玉等编:《明史》卷二百八十八《文苑四》,第 7397—7399 页。

春从未想要继承公安派余绪；相反，他们恰恰不满足于公安派的文学理论。在为自己的文集《隐秀轩集》所写的序中，钟惺评论："侧闻近时君子有教人反古者，又有笑人泥古者，皆不求诸己，而皆舍所学以从之。"①尽管钟惺没有提袁宏道，但他的批评所指，显然是公安派诸君。在一封写给王稚恭的信里，钟惺比较了公安派的影响和"后七子"的影响："学袁（宏道）、江（盈科）二公与学济南（李攀龙）诸君子何异？恐学袁、江二公，其弊反有甚于学济南诸君子也。"②钟惺对公安派在晚明文坛的影响斥责极重："眼见今日牛鬼蛇神，打油定铰，遍满世界。"③言语中尽显对公安派的厌恶。

在钟惺对复古派和"三袁"所作的比较里，很少见到他对公安派的同情。在他写给另一位竟陵派的重要成员蔡复一的信里，这一点尤为明显：

> 常愤嘉（靖）、隆（庆）间名人，自谓学古，徒取古人极肤极狭极套者，利其便于手口，遂以为得古人之精神。而近时聪明者矫之曰：何古之法？须自出眼光。④

钟惺评论这一新方法："不知其至处，又不过玉川、玉蟾之唾余耳。此何以服人？"⑤

---

① 钟惺：《隐秀轩集·昃集·序二》。
② 钟惺：《隐秀轩集·往集·书牍一·与王稚恭兄弟》。
③ 钟惺：《隐秀轩集·往集·书牍一·与王稚恭兄弟》。
④ 钟惺：《隐秀轩集·往集·书牍一·再报蔡敬夫》。
⑤ 钟惺：《隐秀轩集·往集·书牍一·再报蔡敬夫》。玉川、玉蟾二名不知指何人。

钟惺进一步指出，公安派不仅助长了晚明文学的鄙俚之风，更为那些不学无术之徒提供了获致声名的捷径。钟惺尤其不喜袁宏道闲散的文风，他从不认为自发性对文学创作会有什么好处。对钟惺而言，写作是一种更为审慎而非自发的活动。他不断告诫其追随者，写作前要深思熟虑，下笔要有所剪裁。在一封给谭元春的信里，钟惺慎重地建议友人："轻诋今人诗，不若细看古人诗；细看古人诗，便不暇诋今人也。"[1]事实上，这不仅是给谭元春的建议，也是对袁宏道的批评。

钟惺和谭元春最重要的作品之一是他们合编的集子《诗归》，其中收入经两人挑选的自黄帝时至唐代的诗歌。[2] 两人给每首诗写了评语，并试图点出诗中关键所在，指明其真义。他们相信，这些点评可以作为诗歌研习者的导引。在《〈诗归〉序》里，钟惺表达了对古代作品的态度：

> 选古人诗而命曰《诗归》，非谓古人之诗以吾所选为归，庶几见吾所选者以古人为归也。[3]

钟惺虽未说明他选诗的标准，但他相信自己采用的标准来自古人。[4] 这种思路与袁宏道针锋相对，袁宏道坚持认为，当代文

---

① 钟惺：《隐秀轩集·往集·书牍一·与谭友夏书》。

② 《诗归》包括两个部分：唐以前诗被辑入《古诗归》名下，唐诗被辑入《唐诗归》名下。

③ 钟惺：《〈诗归〉序》，载 1617 年本《诗归》。该序另收入《钟伯敬合集》（上海杂志公司，1936 年，第 176 页）。

④ 在一首给蔡敬夫的诗中，钟惺也提及了类似的理念，其中他强调了以古为法来读诗的重要性。他写道："要以古人眼，深看今日诗。"（《选蔡敬夫诗讫寄示三律》，《钟伯敬合集》，第 92 页。）

学未必低于古代作品，当代作家应当自信，要以自己的尺度衡量文学作品的质量。这种独立的精神在《诗归》中并无踪迹。《诗归》收入了三十六卷唐诗，唐以前的作品却只有十五卷。显然，唐诗构成了《诗归》的大宗，并被钟惺和谭元春当作明代诗人的取法之源与效仿样板。钟、谭二人完全忽略了宋、元诗作。

通过编辑、出版《诗归》，钟惺和谭元春试图扭转晚明性灵派的颓势，并将诗风从口语化转向古典。谭元春曾指出，明诗之衰是由于诗人过度沉溺于当代作品，缺乏写作"古体"诗的热忱。[①]尽管谭元春没有解释"古体"的意思，但他对公安派首倡的时风的不满，是显而易见的。

正如第六章中提到的，对袁宏道来说，"趣"是他判断文学品质的最为重要的标准之一。由于"趣"是一个相当微妙而不可捉摸的词，作家很容易利用它来为自己琐碎而易逝的作品辩护。在为一部苏轼文选所作的序里，钟惺指出，"趣"的重要性被公安派过分强调乃至滥用了：

> 今之选东坡文者多矣。不察其本末，漫然以趣之一字尽之。……以李温陵（李贽）心眼，未免此累，况其下此者乎？[②]

由于李贽和袁宏道都曾编选、评论过苏轼的作品，这里的"其下此者"显然指袁宏道。[③]

---

① 谭元春：《序操缦草》，《谭友夏合集》，上海杂志公司，1935，第143页。
② 钟惺：《隐秀轩集·昃集·序一·东坡文选序》。
③ 参见苏洵、苏轼、苏辙著，杨慎辑，袁宏道评释：《三苏文范》（明天启本）；苏轼著，李贽选：《坡仙集》（1600年）。

钟惺见证了复古派和公安派的衰落,看见了这两派的理论缺陷。他意在为文学批评建立新的理论基础——既能避免流于抄袭,又能杜绝鄙俗空疏。因此,一方面,他强调个人性灵的意义,另一方面,他也不否认"厚"的重要性。在一封致高孩之的信里,钟惺解释了这两个核心概念之间的关系:"诗至于厚而无余事矣。然从古未有无灵心而能为诗。至厚出于灵,而灵者不即能厚。"①在钟惺看来,公安派正是有灵无厚。

据钟惺的文学理论,追求灵与厚之间的平衡,是诗歌的终极目标。不过,他自己的作品从未达到这一平衡。钟惺极怕被人批评为空疏无学,因此避免在诗中使用任何口语表达。同时他意识到,仅仅采用复古的表达无法使作品变厚。面对这一困境,钟惺试图通过使用奇僻的字词和古怪的句型来达到其文学理想。他曾说:"宁生而奇,勿熟而庸。"②这一评语最典型地说明了钟惺对写作的态度。不过,实践的结果却是,钟惺的诗文极端奇绝险怪,既未能灵,又失其厚。正如钱谦益在《列朝诗集小传》所言,钟惺和谭元春的诗结合了古奥与鄙俗,他们矫正复古派和公安派之病的努力,不过是加速明诗的衰亡罢了。③钱谦益对竟陵派的批评要比对公安派严苛得多,对两者的态度截然不同。

在为袁中道撰写的传记中,钱谦益记录了他与袁中道的对话。这些对话不仅表明了钱谦益对待公安派与竟陵派的不同态度,更清楚地道出了袁中道对钟惺与谭元春的看法。对话以袁中

---

① 钟惺:《隐秀轩集·往集·书牍一·与高孩之观察》。
② 钟惺:《钟伯敬集余集二·题跋二·跋林和靖秦淮海毛泽民李端叔范文穆姜白石王济之释参寥诸帖》。
③ 参见钱谦益:《列朝诗集小传》丁集《钟提学惺》《谭解元元春》,第570—574页。

道对钟惺和谭元春选编唐诗的批评开始。袁中道对钱谦益说：

> 杜（甫）之《秋兴》、白（居易）之《长恨歌》、元（稹）之《连昌
> 宫词》，皆千古绝调，文章之元气也。楚（湖北）人何知，妄加
> 评窜，吾与子当昌言击排，点出手眼，无令后生堕彼云雾。①

在上文中，"楚人"指的是钟惺和谭元春，袁中道的矛头所指，即此二人所编的《唐诗归》。

在袁中道传末尾，钱谦益讥评竟陵派道："今之持论者，夷公安于竟陵，等而排之，不亦过乎！"②显然，在钱谦益看来，公安与竟陵是两个截然不同的派别，前者远较后者更值得重视。此外，作为公安殿军，袁中道对钟惺和谭元春的批评不以为然，也不愿将竟陵派视为公安派的继承者。

当竟陵派兴起之时，钟惺和谭元春确曾将自己视为袁氏兄弟的同道，袁中道与钟惺之间，似乎也一度保持着密切关系。③然而，当竟陵派羽翼渐丰，钟惺与谭元春便对保持与公安派之间的关系意兴阑珊了，两派之间的距离也越来越大。

尽管钱谦益批评袁宏道——导致明代诗风的鄙俗空疏，他依旧赞赏公安派的独立精神，表彰在阻止诗歌模拟之道的盛行时所做的贡献。④而对钟惺和谭元春，钱谦益认为他们一无是处。他

---

① 钱谦益：《列朝诗集小传》丁集《袁仪制中道》，第 569 页。
② 钱谦益：《列朝诗集小传》丁集《袁仪制中道》，第 569 页。
③ 袁中道和钟惺的友谊被记录在袁中道的《花雪赋引》中，载《珂雪斋近集》卷三。
④ 参见钱谦益：《列朝诗集小传》丁集《袁稽勋宏道》，第 567—568 页。

甚至将两人称为"诗妖",说他们的作品中满是"鬼趣""兵象"。①正如郭绍虞所指出的,钱谦益的批评并不公平,因为他以钟惺和谭元春的作品之弊来攻讦两人的理论成就。② 而钟惺和谭元春的文学批评事实上比创作成就要高。不过,考虑到文学的发展,竟陵派的兴起却是晚明性灵派前行过程中的一次重挫。在钟惺和谭元春的文学批评与作品中,自由与自发的精神荡然无存。他们致力于寻找古诗中的"精神",而忘了更重要的是在诗作中注入诗人自己的灵魂。袁宏道对文学理论的主要贡献之一,就是将诗人的情感强调为文学写作的第一要务。钟惺和谭元春的批评不再给予诗人的情感以任何地位。在上文所论的基础上,竟陵派的兴起或许更应被视为对公安派的反动,而非性灵派在晚明诗歌中的延续。

有清一代,古典文学大行其道,以至于晚明的性灵派被全然掩盖了。此外,清政府绞尽脑汁试图减小公安派的影响:袁氏三兄弟的作品被列入《清代禁毁书目四种》③,公安派的成就也在《四库全书总目提要》中遭到否定和贬低。④ 因此,在清代,诸多因素加在一起,遏制了自我表现趋势的发展。连袁氏三兄弟的名字,也很少出现在清代作家的笔下。即如金圣叹(1608—1661)⑤

---

① 钱谦益:《列朝诗集小传》丁集《钟提学惺》《谭解元元春》,第570—574页。

② 参见郭绍虞:《中国文学批评史》下卷第三篇第四章,第283—284页。

③ 在姚觐元辑《清代禁毁书目四种》(抱经堂书局,1931年)中,袁氏三兄弟的著作罗列如下:袁宗道,《白苏斋集》,五卷,全毁(卷一);袁宏道,《袁中郎集》,十一卷,全毁(卷三);袁中道,《珂雪斋集》,十二卷,全毁;《珂雪斋近集》四卷,抽毁(卷二)。

④ 见本书第46页注①。

⑤ 关于金圣叹的详细研究,见 John Ching-yu Wang, *Chin Sheng-t'an* (New York: Twayne, 1972).

和袁枚（1716—1798）①这样多秉持公安派理念的作家，也不曾将自己列为袁氏兄弟的同道。而且，在清代，文学的表现论仅为一些散兵游勇所阐发，这些理念从未发展成有影响力的门派或文学趋势。

乍看之下，在清代，公安派的理论已经彻底为尊崇古典的论调所遮蔽。然而事实上，公安传统的影响从未消失。在清朝后半叶，《袁宏道全集》曾两次出版发行，一次在 1829 年②，一次在 1869 年③。正如袁照在《袁石公遗事录》（1869 年版《袁宏道全集》的附录）的序文中所说，袁宏道的著作在 19 世纪中叶依旧有广泛的需求。④ 不过，直至中国文学史上最为重要的变革——白话文运动——发生的前夜，公安派才开始再度为人所知。

对公安派理念最为积极的回应，来自袁宏道死后三百年。⑤事实上，周作人相信，20 世纪初的白话文运动正源自公安传统，白话文运动领袖胡适（1891—1962）的文学理念，亦仅是袁宏道理论的现代版本。在《中国新文学的源流》中，周作人这样评说公安派的理论：

---

① 关于袁枚文学理论的详细研究，见顾远芗《随园诗说的研究》（商务印书馆，1936 年）；Arthur Waley, *Yuan Mei* (Stanford: Stanford University Press, 1956), pp. 165 - 204.

② 这个版本的《袁宏道全集》是由袁宪健刊行的。见入矢义高《公安三袁著作表》。

③ 1896 年本的《袁宏道全集》由袁照刊行。这个版本未见于入矢义高的《公安三袁著作表》。

④ 袁照：《袁石公遗事录》序。

⑤ 胡适的《文学改良刍议》发表于 1917 年，袁宏道死后 307 年。这篇文章被视为白话文运动的宣言。

他们的主张很简单，可以说和胡适之先生的主张差不多。所不同的，那时是十六世纪，利玛窦还没有来中国，所以缺乏西洋思想。假如从现代胡适之先生的主张里面减去他所受到的西洋的影响，科学、哲学、文学以及思想各方面的，那便是公安派的思想和主张了。①

在全书中，周作人反复申明："今次的文学运动，其根本方向和明末的文学运动完全相同。"②不过，周作人并未进一步解释，在他看来，胡适理论中的哪一部分来自西方影响，以及这些运动的"根本方向"究竟为何。因此，他的论断很容易使人误解，以至于使人认为晚明文学运动是一次白话文运动，胡适的理论是直接由公安派所引起的。

这一误解应当从两个方面加以纠正。第一，无论袁氏兄弟的理论与胡适的理论多么相似，晚明文学运动也绝不是一场白话文运动。虽然袁氏兄弟确实指出，在一定程度上，文学写作需要口语，但他们无论如何也无意于完全废弃古文。公安派的文学运动基本上是以诗为中心的文学运动。袁氏兄弟的目标，在于重振已经被模拟古作所窒息的古诗之生机。他们相信，通过一种更为重视个人和自我表现的方式，能够在不触及语言形式的根本改变的前提下，完成这一复兴。诗学变革同样是现代文学运动在起步阶段的关注点，但胡适从未想要延长古诗的生命。他不断声明：古典语言已经死亡，古诗也已走入穷途；白话不仅可以用来作文，同

---

① 周作人：《中国新文学的源流》，第 43 页。
② 周作人：《中国新文学的源流》，第 92、104 页。

样也可以用来写诗。① 胡适在 1915 年的日记里提出,"作诗如作文"的理念是文学革命的第一步。② 在胡适的理论及其作品中,诗文之间的用词差别被消除殆尽。而公安派的理论从未到如此地步。

第二,袁氏兄弟的理论与胡适之间的相似性不应使我们得出结论说,胡适的理念是直接受"三袁"启发而来的。在胡适 1935 年以前的作品中,袁宏道的名字只出现过一次:在胡适 1916 年的日记里,他从曾毅的《中国文学史》中摘引了两首被归到袁宏道名下的伪作,并表达了对这两首诗的赞赏。③ 十九年以后的 1935 年,胡适在《中国新文学大系》导言中自陈,1917 年之前他从未读过"三袁"的作品。④ 我们没有理由怀疑胡适的这一陈述,因为在文学革命的起步阶段,胡适正急于找寻可以支持其论点的文学证据。而且,胡适非常愿意看到有先于他且与他相似的文学观。⑤ 如果他早就知道公安派文学理论的存在,似乎没有理由隐瞒这一事实。或许可以这么说,如果胡适确曾受到公安派的影响,那么这一影响似乎是间接来自袁枚,一位 18 世纪的著名文学批评家。胡适还在美国留学时,曾在日记中花了很多篇幅讨论袁枚的文学

---

① 这些看法在胡适的很多文章中都有体现,其中最重要的几篇是:(1)《文学改良刍议》;(2)《历史的文学观念论》;(3)《建设的文学革命论》。这三篇文章收入《胡适文存》第一集。

② 胡适:《胡适留学日记》卷十一《依韵和叔永戏赠诗》,商务印书馆,1947年,第 790 页。

③ 参见胡适:《胡适留学日记》卷十四《王阳明之白话诗》,第 1024—1025 页。引录的两首诗是《西湖》和《偶见白发》。这两首伪作在第三章中已经有过讨论。

④ 参见胡适:《导言》,赵家璧主编《中国新文学大系》卷十《建设理论集》,上海良友图书印刷公司,1935 年,第 19 页。

⑤ 参见胡适:《胡适留学日记》卷十三《记袁随园论文学》,第 945—951 页;另见 1922 年 7 月 10 日的日记,载《新文学史料》第 5 期,1979 年 11 月。

理论。① 在许多其他场合中,胡适也提到,在 1914 年到 1915 年之间,他只对与朋友论诗有兴趣。那时,他从未想过这种讨论将在中国触发一场前所未有的文学运动。胡适用"逼上梁山"一语说明自己是如何在无意中开始了这场运动。②

基于我目前找到的证据,袁宏道与胡适在理论上的相似性只能被视为是一种历史巧合,并非刻意模仿的结果。

公安派和胡适的文学理论有一个共同主题,即强调中国文学的不断进化。他们坚持认为文学是时代的反映,因此,文学形式和风格也必然因时而变。1922 年,胡适将自己的文学理论总结为一句话:"胡适对文学的态度,始终只是一个历史进化的态度。"③这一观念源自他"不摹仿古人"的信条,即 1917 年白话文运动的宣言《文学改良刍议》所述八点建议之一。④ 这一理念后来发展为一篇题为《历史的文学观念论》的文章。文中他简洁明了地断言:"一时代有一时代之文学。"⑤

胡适对他的"历史的文学观念"极为自信,并将其作为与古典正统派的论战中最为有力的论点。他将之喻为"一副新的眼镜",并解释道:"新的文学史观"将"使他们忽然看见那平日看不见的琼楼玉宇、奇葩瑶草"。⑥ 胡适甚至将他发现白话文传统一事比

---

① 参见胡适:《胡适留学日记》卷十三《记袁随园论文学》,第 945—951 页。

② 胡适:《四十自述》附录《逼上梁山》,第 101—123 页。关于胡适发起白话文运动的动机的更多信息,见胡适《提倡白话文的起因》(《胡适讲演集》卷二,台北胡适纪念馆,1970 年,第 434—443 页)。

③ 胡适:《胡适文存》第二集《五十年来中国之文学》,第 247 页。

④ 胡适:《胡适文存》第一集《文学改良刍议》,第 5 页。

⑤ 胡适:《胡适文存》第一集《历史的文学观念论》,第 33 页。

⑥ 胡适:《导言》,赵家璧主编《中国新文学大系》卷十《建设理论集》,第 21 页。

199

作哥白尼（Nicolaus Copernicus，1473—1543）提出日心说，后者使"天地易位"。

1935年，胡适将其进化文学观归功于达尔文进化论的影响。① 不过，正如我在讨论袁宏道的文学理论时所指出的，历史地看，这一观念是源于传统的。

袁宏道文学理论的真正意义，正在于他与胡适观点之间巧合般的相似，正是由于这种历史的巧合才使我相信，在过去的四个世纪，源自公安派的自我表现的趋势从未停止。这股潜流穿过清代古典主义的荒漠，在20世纪初喷涌而出。历史由此证明，在某种程度上，由袁宏道所领导的晚明文学运动，正预示了中国文学发展的方向。

---

① 胡适：《导言》，赵家璧主编《中国新文学大系》卷十《建设理论集》，第21—22页。

第八章 现代文学的晚明泉源

——胡适与袁宏道文学理论的比较

论到中国新文学运动的兴起，西方文学理论的影响往往被视为主要原因之一。由于过分强调西方的影响，中国现代文学史就成了一个与传统文学脱节的现象。在这一章里，我希望透过袁宏道与胡适文学理论的比较，为新文学运动与中国传统文学建立起一些联系。

袁宏道是晚明的一位名士型文人。他放浪不羁，鄙弃礼法，喜好山水，狎近女色，其思想与行为在某些方面与魏晋名士极为近似。胡适是民国初年白话文运动的领袖、西方文化的介绍者。"大胆假设，小心求证""有几分证据，说几分话"，很可以说明他有"历史癖"与"考据癖"的为学方法与做人态度。把这样两个在时间上相距三百年，在个性上全不相同的人放在一起，乍看有些不伦。但是，纯粹就两人的文学理论而言，却有许多不容忽视的巧合。

胡适可传的事业不止一端，他对哲学、史学、考证学，乃至于对整个中国的现代化都有不可磨灭的功绩。在他众多的贡献之中，当以白话文的推行，对中国的影响最为深远，而胡适也必因此在中国现代文学史上有其千古的地位。

从 1917 年胡适在《新青年》上发表《文学改良刍议》①到 1928 年完成《白话文学史》，十年间，他为中国的白话文学做了一番探源的工作：把白话文学的发展上溯到汉朝，使 20 世纪初的白话文学运动有了一个历史的联系。然而，他却没有为自己的文学理论做过类似的探源工作。

晚近学者论到胡适的文学主张，往往过分重视他所受的西洋理论的影响，而忽略了他理论的本土性。如方志彤（Achilles Fang）在《从意象主义到惠特曼主义的中国新诗：新诗试验的失败》②中指出：

> 总而言之，（胡适的）八点文学主张是受到了意象主义的启示，这是不容轻易否认的事实。庞德（Ezra Pound，1885—1972）是 1917 年文学革命的教父，而罗维尔（Amy Lowell，1874—1925）则是教母。③

读了这样的议论后，极容易产生一种错觉：胡适的《文学改良刍议》原来只是个舶来品，并非中国货。王润华在《从"新潮"的内涵看中国新诗革命的起源》一文中，对方志彤的文章大加称许，

---

① 《文学改良刍议》最初发表在 1917 年 1 月号的《新青年》，载《胡适文存》第一集（第 5—17 页）。

② From Imagism to Whitmanism in Recent Chinese Poetry: A Search for Poetics that Failed.

③ Achilles Fang, "From Imagism to Whitmanism in Recent Chinese Poetry: A Search for Poetics that Failed," in *Indiana University Conference on Oriental-Western Literary Relation*, Horst Franz and G. L. Anderson eds. (Chapel Hill: University of North Carolina Press, 1955), pp. 180 - 181. All in all, it would not be easy to deny that the eight-point program was inspired by Imagism. Ezra Pound was the god-father, and Amy Lowell the god-mother, of the Chinese literary revolution of 1917.

并指出所谓"新潮",主要是指意象主义。[①] 罗青在《各取所需论影响——胡适与意象派》一文中,也多少有类似暗示。[②]

将胡适的文学理论依附到欧美"意象主义"上去,这一方面低估了胡适出国之前在中国文史中十余年的浸淫,以及中国文学批评给他的影响;另一方面,也忽略了自孔子以来即已深植人心的"辞达而已矣"的朴实传统。当然,我这样说,并不是否认胡适的文学理论曾受过西洋的影响,而设法为他加上一个"国产"的标记;我所不能同意的是:将庞德与罗维尔说成中国文学革命的"教父""教母"。似乎没有这两位美国诗人,中国的文学革命就要流产,至少也要延缓,而胡适的文学理论也将大为改观。这样的说法,未免过分夸大了西洋文学理论对胡适的影响。

胡适在《文学改良刍议》中所提出的"八事",除了"须讲求文法"一点以外,其余七点,在中国文学批评史上,并非空前的见解,从汉朝的王充(27—约97)到清末的黄遵宪(1848—1905),历代都有人提出类似看法,只是这些议论散见各处,未经整理,没有形成一股主流。晚明的"公安派"曾将这些零星的意见综合过一次,在文学史上也发生过相当的影响,但以规模太小,为时过短,而终究未成主流,只是偏锋。但这股偏锋,却也强劲有力,历数百年而不稍衰。

有清一代,在重重的文网高压下,无论在经史、诸子、文学哪

---

① 王润华:《从"新潮"的内涵看中国新诗革命的起源——中国新文学史中一个被遗漏的脚注》,载王润华《中西文学关系研究》,东大图书公司,1978,第227—245页。此文初稿以英文写成,发表在《南洋大学学报》第 7 期,1973。Wang Jun-hua（Y. W. Wong）"The 'New Tide' that came from America," *Nan-yang ta-hsueh hsueh-pao*, 7(1973).

② 罗青:《各取所需论影响——胡适与意象派》,载《中外文学》第8卷第7期,1979 年。

方面,都成了一个古典的复兴时代①;然而从晚明公安派所沿袭下来的一点浪漫自由的气息却并没有因此而受到窒息。从清初的金圣叹、李渔(号笠翁,1661—1680)到乾隆朝的袁枚,可以清楚地看出,他们代表在复古主流之外的一股偏锋。这股偏锋在几经摧残之后,依旧勃发不已,向着正统的庙堂文学,做些散兵游勇似的袭击;这些零星的力量,到了清末的"诗界革命",终于又在康有为(1858—1927)、梁启超(1873—1929)、谭嗣同(1865—1898)、黄遵宪等人的努力下,汇成一股小小的势力,多少为胡适的文学革命做了一点先驱的工作。从这个历史的角度来看胡适的文学理论,我们就不难发现,胡适承继了相当的祖宗遗产,他的综合之力是大于创始之功的。

将胡适的文学理论完全依附到欧美的"意象派"上,就如同将他的小说考证完全视为杜威(John Dewey,1859—1952)的"实验主义"与赫胥黎(Thomas Henry Huxley,1825—1895)的"科学精神"在中国的重现,一样的不合适。② 无论胡适在小说考证中用了多少"实验主义",反映了多少"科学精神",他的考证依旧只是一门"国学",而非"西学";是乾嘉之学在 20 世纪的变相复兴,而非杜、赫两氏之渡海东来。同样的,胡适在文学理论上,无论受到多少欧美意象主义的影响,骨子里也依旧是中国人的观点,处处透露出一种本土气息。为胡适文学理论探源,必须抓住这个关键。

《文学改良刍议》是文学革命的第一篇宣言,在这篇文章里,

---

① 参见梁启超:《清代学术概论》,商务印书馆,1921 年,第 6 页。他说:"'清代思潮'果何物耶? 简单言之:则对于宋、明理学之一大反动,而以'复古'为其职志者也。"

② 胡适在《介绍我自己的思想》一文中说:"我的思想受两个人的影响最大:一个是赫胥黎,一个是杜威先生。"(《胡适文存》第四集,第 608 页。)

胡适提出了著名的八点建议：

一曰须言之有物。

二曰不摹仿古人。

三曰须讲求文法。

四曰不作无病之呻吟。

五曰务去滥调套语。

六曰不用典。

七曰不讲对仗。

八曰不避俗字俗语。①

这八点就是胡适文学革命的理论基础，日后容或有修正，但大方向是不变的。这八点主张经常被用来与"意象派"的"六项原则"作比较。为讨论方便起见，我将这"六项原则"摘要节译：

一、以日常用语（来写诗），但必须用极为确切的字，而不是用一些模棱两可或只是装饰的字。

二、创造新的格律……我们相信自由体的诗（free verse）比传统的诗更能表现诗人的个性。

三、选择主题时要有绝对的自由。

四、诗须体现确切的意象。

五、作"硬"（hard）而"清"（clear）的诗，而不是模糊不确切的诗。

---

① 胡适：《胡适文存》第一集《文学改良刍议》，第 5 页。

六、"凝炼"（concentration）是诗的要素。①

　　胡适自己也说："此派主张，与我所主张多相似之处。"②然而，"八点"与"六项"有一个基本的不同："六项"主要是讨论诗格与用字的问题，对整个文学的发展并没有全面的看法；胡适的"八点"也讲风格，也讲用字，但他的理论基础是由"不模仿古人"这一点而衍生出来的"历史的文学观念"③。这个观念是胡适之文学理论的中心，也是他文学革命的主要武器；至于"务去滥调套语""不避俗语俗字"等与"六项"类似的几点，都只是胡适文学理论中的枝微末节。不从"历史的文学观念"上来讨论胡适的文学主张，而但从遣词用字的几点上着眼，就不仅是避重就轻，而且是本末倒置。

　　在《五十年来中国之文学》一文中，胡适对自己的文学主张作了最简单、最有力的说明："胡适对文学的态度，始终只是一个历史进化的态度。"④他相信文学是随时代而变迁的，一时代有一时代之文学："周、秦有周、秦之文学，汉、魏有汉、魏之文学，唐、宋、元、明有唐、宋、元、明之文学。"⑤在这个基础上，胡适进一步指出：古人之文学不必优于今人；而今人之文学也不必劣于古人。1935 年，胡适写《中国新文学大系·建设理论集》的导言时，曾将这个主张部分归功于达尔文之进化论⑥；其实，这种文学代变，古

　　①　这六项原则原收录在《胡适留学日记》（第 1072—1073 页）卷十五《印象派诗人的六条原理》。
　　②　胡适：《胡适留学日记》卷十五《印象派诗人的六条原理》，第 1073 页。
　　③　胡适：《胡适文存》第一集《历史的文学观念论》，第 33—36 页。
　　④　胡适：《胡适文存》第二集《五十年来中国之文学》，第 247 页。
　　⑤　胡适：《胡适文存》第一集《文学改良刍议》，第 7 页。
　　⑥　胡适：《导言》，载赵家璧主编《中国新文学大系》卷十《建设理论集》，第 19 页。

不必优于今的观念,在中国文学批评史上也不时有人提出,并非胡适创见。

晚明公安派的领袖袁宏道在 16 世纪末期,曾与以"前后七子"为首的复古派有过一段争论,对文学的发展提出了不少进步的看法,与胡适"历史的文学观念"有许多不谋而合的地方。在《〈雪涛阁集〉序》中,袁宏道以"时"字来说明文学之必变:

> 文之不能不古而今也,时使之也。……夫古有古之时,今有今之时。袭古人语言之迹而冒以为古,是处严冬而袭夏之葛者也。①

这样的主张就是胡适所说"历史的态度"。胡适提倡的白话文运动中最基本的理论就是文学随时代而必变。既然如此,今人不必为不能作古文而难过;相反的,应该欣然承认那些过时的文体是该淘汰的。当务之急并不是如何挽住这个必变的趋势,企图作二三千年以前的文章,而是应该以一个合乎时代的文体来取代"古文",超越"古文"。唯有在不断的求新、求变之中,文学才有新发展、新生命。

袁宏道在一封写给江盈科的信里也很明白地表示了这个意见:

> 古之不能为今者也,势也。……安用聱牙之语、艰深之辞?譬如《周书》《大诰》《多方》等篇,古之告示也,今尚可作告示否?……世道既变,文亦因之。今之不必摹古者也,亦

---

① 袁宏道:《袁中郎全集·文钞·〈雪涛阁集〉序》,第 6 页。

势也。……古不可优，后不可劣，若使今日执笔，机轴尤为不同。何也？事人物态，有时而更；乡语方言，有时而易；事今日之事，则亦文今日之文而已矣。[①]

"事今日之事，则亦文今日之文"，这不就是胡适在《建设的文学革命论》中所说"是什么时代的人，说什么时代的话"[②]吗？

主张以白话完全取代文言，胡适是第一人，但是在他之前，却已有不少人理解：书写的文字必须在一定程度上反映当时的口语；文字与口语之完全隔离，即意味着文字的死亡。言文合一是一个几千年来为许多读书人所接受的共同信仰。汉朝王充在《论衡·自纪篇》中已经有这样的主张了：

夫文由语也，或浅露分别，或深迂优雅，孰为辩者？故口言以明志。言恐灭遗，故著之文字。文字与言同趋，何为犹当隐闭指意？[③]

这虽是一千九百多年前王充所说的话，但已颇明确地指出语文合一的基本主张了。

这种语文合一的思想到了 16 世纪有更进一步的发展。"公安三袁"中的袁宗道对这个问题有极独到的见解，他指出：古书之所以难懂是因为古今语言不同，今人认为极深奥的作品，很可能正是当时的口语。这是一个很大胆的假设：

---

① 袁宏道：《袁中郎全集·尺牍·江进之》，第 37 页。
② 胡适：《胡适文存》第一集《建设的文学革命论》，第 55 页。
③ 王充：《论衡》卷三十《自纪篇》。

口舌,代心者也;文章,又代口舌者也。辗转隔碍,虽写得畅显,已恐不如口舌矣,况能如心之所存乎? 故孔子论文曰:"辞达而已。"达不达,文不文之辨也。唐、虞、三代之文,无不达者。今人读古书不即通晓,辄谓古文奇奥,今人下笔不宜平易。夫时有古今,语言亦有古今,今人所诧谓奇字奥句,安知非古之街谈巷语耶?①

"文章代口舌",这不是跟胡适所常提到的清末黄遵宪"我手写吾口"②意思相同吗?

袁宗道也反对以艰深文浅易,以古语代今语。他要求"达","达"就是"通达",也就是"明白晓畅",这与袁宏道在《陶孝若枕中呓引》中所说的"语直"是相通的③。

胡适在《五十年来中国之文学》中,说作诗与作文最起码的条件是一个"通"字④。这个"通"字,也就是袁宗道所说的"达"字。而胡适所主张的"有什么话,说什么话;话怎么说,就怎么说"⑤,也无非是袁宏道"语直"观的"现代化"。至于"白话"两字的涵意,实在也不出"文章代口舌"的范围。

口语是文学作品活力之所自来,此一事实,早为晚明文评家所认知。袁宏道常说自己不避俚俗,向间巷之间、歌儿舞女口中

①　袁宗道:《白苏斋类集》卷二十《论文上》。
②　"我手写吾口"原出黄遵宪《杂感》,见黄遵宪著、钱萼孙笺注《人境庐诗草笺注》卷一(台湾商务印书馆,1965 年)。胡适在《五十年来中国之文学》一文中,曾引用这句话(《胡适文存》第二集,第 209 页),并对黄遵宪大加称扬。
③　袁宏道:《袁中郎全集·文钞·陶孝若枕中呓引》,第 14 页。全句是:"要以情真而语直,故劳人思妇,有时愈于学士大夫;而呻吟之所得,往往快于平时。"
④　胡适:《胡适文存》第二集《五十年来中国之文学》,第 213 页。
⑤　胡适:《胡适文存》第一集《建设的文学革命论》,第 56 页。

去找寻写作素材。所谓"野语街谈随意取，懒将文字拟先秦"①，就是这种态度的最佳说明。他在答钱云门的信中说："不肖诗文质率，如田父老语农桑，土音而已。"②又在《答李子髯》的诗中，很感慨地说："当代无文字，闾巷有真诗。"③在在都显示出：袁宏道了解到作品是不能与当时的口语完全脱节的。

袁宏道特别推崇宋、元两代的文学，他曾很极端地说过："世人喜唐，仆则曰唐无诗；世人喜秦、汉，仆则曰秦、汉无文；世人卑宋黜元，仆则曰诗文在宋、元诸大家。"④至于宋诗，在袁宏道看来，"实有起秦、汉而绝盛唐者"⑤，"彼谓宋不如唐者，观场之见耳，岂真知诗为何物哉？"⑥然而，他始终说不出一个具体的评判标准，究竟是在什么基础上，说宋诗高于唐诗，说元代的文学有极高的价值。三百多年后，胡适也是一个宋、元文学的爱好者，他指出了宋诗的特点：

> 我认定了中国诗史上的趋势，由唐诗变到宋诗，无甚玄妙，只是作诗更近于作文，更近于说话。近世诗人欢喜做宋诗，其实他们不曾明白宋诗的长处在那儿。宋朝的大诗人的绝大贡献，只在打破了六朝以来的声律的束缚，努力造成一种近于说话的诗体。⑦

① 袁宏道：《袁中郎全集·诗集·斋中偶题》，第 142 页。
② 袁宏道：《袁中郎全集·尺牍·答钱云门邑侯》，第 75 页。
③ 袁宏道：《袁中郎全集·诗集·答李子髯》，第 40 页。
④ 袁宏道：《袁中郎全集·尺牍·张幼于》，第 34 页。
⑤ 袁宏道：《袁中郎全集·尺牍·答陶石篑》，第 40 页。
⑥ 袁宏道：《袁中郎全集·尺牍·与李龙湖》，第 42 页。
⑦ 胡适：《四十自述》附录《逼上梁山》，第 107 页。

胡适又以同样的标准来论元代文学，他说："以今世眼光观之，则中国文学当以元代为最盛；可传世不朽之作，当以元代为最多：此可无疑也。当是时，中国之文学最近言文合一；白话几成文学的语言矣。"① 袁宏道虽有意提高宋、元文学的地位，却说不出一个所以然来；胡适为宋、元文学的价值提出一个理论基础。在胡适看来，诗体的解放或散文化，自唐代以来，即为中国韵文发展之大方向。由诗到词是一种解放，由词到曲是更进一步地打破格律。② 袁宏道对这个发展只是隐约有些概念，但始终不曾清楚地说出发展的方向。胡适在三百多年之后，由于时间的距离加大，对整个大势能有一个较为清楚的鸟瞰，因此，在立论上也就更为明晰肯定。

将胡适的文学理论与晚明公安派袁氏兄弟的主张大略比较后，就不难看出：虽然相距三百多年，但是他们的精神是相通的。这说明从 16 世纪以来，语、文合流不但是中国文学发展之大势，也是一部分文评家的愿望。明清两朝，所有古典的文体都步入衰运；即或不然，也是将死之前的回光返照。唯独白话小说应运而生，形成一枝独秀的局面，这其间当然有社会、经济等多方面的因素，但纯就小说语言而论，白话小说之兴起，正是语、文合流的最佳证明。

王润华及罗青都在文章中表示：胡适有意隐藏他所受西方"意象主义"理论的影响，而企图以一种"本土"的面目示诸国人。③ 可是，我所得的印象并非如此，胡适不但在留学日记中剪录了"意象主义"的六项主张，并保留了大量当时朋辈间责难、反

　① 胡适：《胡适文存》第一集《文学改良刍议》，第 16 页。
　② 参见胡适：《胡适文存》第一集《谈新诗》，第 170—171 页；第三集《元人的曲子》，第 651—652 页。
　③ 参见 203 页注①②。

对他提倡新诗的文字；在《逼上梁山》及《〈尝试集〉自序》等长文中，他更是不止一次地引用了梅光迪（1890—1945）、任鸿隽（字叔永，1886—1961）等人以其拾"意象主义"唾余而相讥的信件。胡适若真有意将"意象派"所给予他的影响隐藏起来，他又何须将这些文献公诸于世呢？这岂不是不打自招吗？因此，我认为胡适在《〈尝试集〉自序》中所说的"我主张的文学革命，只是就中国今日文学的现状立论，和欧美的文学新潮流并没有关系"①这段话是可信的，并非有意否认他所受"意象派"的影响。

梅光迪不但指责过胡适的主张是"剽窃"欧美的"新潮流以哄国人"②，而且说过胡适的主张是 19 世纪功利主义（Utilitarianism）与托尔斯泰（Tolstoi）的余绪③。胡适听了这样的批评后，表示：

> 余闻之大笑不已。夫吾之论中国文学，全从中国一方面着想，初不管欧西批评家发何议论。④

夏志清先生在《新文学初期作家陈衡哲及其作品选录》一文中也指出：胡适早年的文学理论与当时英美诗界的革新运动并无关系。我将这段文字抄录于下："方志彤（Achilles Fang）以还，好多学者（连我自己在内）认为胡适提倡白话诗，是直接受了'意象派'诗人 Imagist poets 的影响。其实他'文学革命'的主张建立于他对中国以及欧西诸国文学演变史的了解，与当时英美诗界的

① 胡适：《胡适文存》第一集《〈尝试集〉自序》，第 196 页。
② 这封信收入《胡适留学日记》卷十四《一首白话诗引起的风波》（第 981 页）。
③ 胡适：《胡适留学日记》卷十四《觐庄对余新文学主张之非难》，第 956 页。
④ 胡适：《胡适留学日记》卷十四《觐庄对余新文学主张之非难》，第 956 页。

革新运动是无关的。他于 1916 年底或 1917 年初在《留学日记》里抄录了《印象派诗人的六条原则》录自《纽约时报书评周刊》，自己加批：'此派所主张，与我所主张多相似之处。'表示他还是初次看到此派主张，而他自己的文学主张到那时候早已形成了。胡适留美期间，很可能从未读过洛埃耳（Amy Lowell）、庞德诸人的诗，也没有翻看过他们编印的小型诗刊。要看当代诗，他看的即是格普生（Wilfrid Wilson Gibson）之类的 Georgian Poets。因为即在美国学院里面，欧战期间还是 Georgian Poets 比较受欢迎，'意象派'新诗并无多少读者。"①

当然，胡适留美七年，在文学理论上，难免受当时欧美学派的影响，但这外来的影响至多只是一个表象；只要稍向核心探索，就不难看出：胡适的文学理论是深具中国色彩的。如果把胡适早年写给陈独秀等人讨论文学革命的信，以及《文学改良刍议》与《历史的文学观念论》等文与袁宏道写给江盈科、丘长孺等人的尺牍，以及《〈雪涛阁集〉序》《序小修诗》等篇对看，将会惊讶地发现：这两个相距三世纪的人，在诗文理论上竟有如此近似的主张。有时甚至连遣词造句、语气和所举的例都差不多。如袁宏道在一封致张幼于的信中骂当时一班模拟抄袭的诗人，有如下句子：

> 记得几个烂熟故事，便曰博识；用得几个现成字眼，亦曰骚人。②

胡适在《文学改良刍议》中，论到"务去滥调套语"，他说：

---

①　载《现代文学》复刊第 6 期，1979 年 1 月。
②　袁宏道：《袁中郎全集·尺牍·张幼于》，第 34 页。

今之学者，胸中记得几个文学的套语，便称诗人。其所为诗文，处处是陈言滥调。①

其实，这种相似的谰论，也不独胡适与袁宏道为然；试看清朝袁枚的《随园诗话》及尺牍，一样可以发现胡适有许多与袁枚诗文理论互通声气的地方。这些相似处绝非来自抄袭，而是反映了自晚明以来为许多文评家所共同接受的看法。从这个角度来看，胡适的文学理论毋宁说是很传统的。

既然胡适的文学理论与袁宏道有这许多相似的地方，那么胡适是否直接受了袁宏道的影响，才提出他的主张呢？这却又不然。原因有二：

第一，胡适对他提倡白话文的经过，在《留学日记》《四十自述》《胡适讲演集》及与朋友往来的书信中，都有极详尽明白的交代。文学革命只是起因于几个同学划船作诗，互相辩难讨论。胡适自己形容这种情形为"逼上梁山"②。他又在《提倡白话文的起因》一文中，将起因归纳为五个"偶然"③。换句话说：在当时，如果没有这许多"偶然"会合在一起，这个划时代的文学革命很可能就会延后；胡适最初和同学往复辩论的时候，并无意要造成一个运动。在这样的情形下，与其说胡适新文学理论的提出是受了某人的影响，倒不如说是起于偶然的触发与时势之运会。

第二，1935 年以前，胡适除在《留学日记》中简略地提到过一

---

① 胡适：《胡适文存》第一集《文学改良刍议》，第 9 页。
② 参看胡适：《四十自述》附录《逼上梁山》，第 101—135 页。
③ 胡适：《胡适讲演集》卷二《提倡白话文的起因》，第 434—443 页。

次袁宏道以外①,就不曾再说到过明末这位与自己主张极为近似的文学家。以当时的情形而论,胡适恨不得能多找几个历史上的证人,来支持自己的论点。如果他看过袁氏兄弟的集子,似乎没有秘而不宣的理由;胡适在《新文学大系》的导言中,承认在1920年前后,自己并未读过袁宏道的集子。②

基于以上两点,我们至多说胡适间接从清朝袁枚等人的著作里得到了一些启示。③ 也正因为这种不谋而合的情形,才更足以说明:语、文合流,的确是自明末以来中国文学发展的方向,而胡适的文学理论及白话文运动的成功,正是这个大方向的总体现。

晚明袁宏道所领导的新文学运动,像沙漠中的一条伏流。在清代近三百年的时间里,这条伏流虽然也曾在金圣叹、袁枚等人的文章里涌出几次,但那毕竟只是浩浩沙漠中的几点,在桐城古文的烈焰下,转瞬就消失了。一直到民国初年,这条伏流经过三世纪的蕴蓄汇合,再度涌出地面,奔腾澎湃,气象万千。表面上,它已经改头换面,汇合了许多“西方”的新流。但是,如果追溯其源头,就不难发现:它与“公安”那条古老的河流,原是一脉相承的。

1932年,周作人在辅仁大学讲“中国新文学的源流”,首次将胡

---

① 胡适在1916年9月5日的日记中,从曾毅的《中国新文学史》转引了袁宏道的《西湖》《偶见白发》两诗。后经证实,这两首诗并非袁宏道所作。参见梁容若:《论依托的袁宏道作品》,第120—125页。Chou Chih-p'ing, "The Poetry and Poetic Theory of Yuan Hung-tao (1568-1610)," *Tsing Hua Journal of Chinese Studies,* New Series 15 no. 1 and 2 (December, 1983), pp. 115 - 118.

② 参见胡适:《导言》,赵家璧主编《中国新文学大系》卷十《建设理论集》,第19页。“我当时不曾读袁中郎弟兄的集子,但很爱读《随园集》中讨论诗的变迁的文章。”

③ 参见注①;《胡适留学日记》卷十三《记袁随园论文学》,第945—951页。

适领导的白话文运动与晚明公安派作了直接联系。在他的演讲里，胡适不过是一个 20 世纪的袁宏道。周作人一再强调：这两个在时间上相距三百余年的文学运动，"其根本方向是相同的"①。

理论上的相似是否即表示"根本方向是相同的"呢？这却又未必。无论袁宏道与胡适在文学理论上有多少相似处，公安派所领导的文学运动绝不是一个白话文运动。

过去的研究多过分强调这两个文学运动的"同"，而忽略了基本上的"异"。这样的结果是不当地夸大了公安派的成就，而无意之中也就贬损了胡适在中国文学史上千古的贡献。

这两个文学运动虽然在表面上的相似处很多，但是骨子里一个是"改良派"，而一个是"革命党"。袁氏兄弟对口语的兴趣仅止于在文言作品中加进一些较通俗的字，完全无意以白话取代文言。说得更具体一点，他们并不想用《金瓶梅》或《三言》《二拍》之类的文字来写传记、序跋或尺牍，也无意认真来创作冯梦龙所辑《山歌》中的诗词。袁宏道即使偶一为之，也不过是游戏之作，绝不能代表他作品的风格即如此。

袁氏兄弟真正有兴趣的，还是那些五七言。绝句也罢，律诗也罢，依旧是在千余年的老套中打滚，不仅在形式上少有改变，即使连表达的感情也绝少有新意。晚明的公安派是想借口语的活力来延续文言的生命，而不是取代文言；而白话文运动则是彻底地以白话取代文言。正因此，胡适才说公安派是"扭扭捏捏的小家数"②。

---

① 周作人在《中国新文学的源流》中两次提到这句话，见该书第 92、104 页。
② 胡适：《导言》，赵家璧主编《中国新文学大系》卷十《建设理论集》，第 21 页。

袁宏道对文学的发展虽有一个历史的看法，但这个观点并不能使他了解：五七言的绝句或律诗到了 16 世纪，已经是穷途末路了，也就是到了王国维在《人间词话》所说"豪杰之士，亦难于其中自出新意"①的地步。袁宏道一方面强调"时"与"势"对文体盛衰的重要性，一方面却又违抗潮流，努力作他的五七言。这是他理论与实践上的矛盾和局限。

胡适发前人之所未发的，并不是文学与时俱变的这个笼统概念，而是他把一向不为文人所重视的白话传统从"草野田间"提到一个"正宗"的地位②。他在《文学改良刍议》中已经提出："以今世历史进化的眼光观之，则白话文学之为中国文学之正宗，又为将来文学必用之利器，可断言也。"③在《白话文学史》中，这个以白话为正宗的主张就成了全书的中心。胡适在《引子》中，很明白地说道：

> 我要大家都知道白话文学史就是中国文学史的中心部分。中国文学史若去掉了白话文学的进化史，就不成中国文学史了，只可叫做"古文传统史"罢了。④

从这个角度来写中国文学的发展史，胡适是第一人。他也颇以此自豪，曾以哥白尼的天文革命来比喻其历史的文学观。这个观念使"天地易位，宇宙变色"，使文言的正统在一夜之间成了

---

① 王国维：《人间词话》卷上，开明书店，1953 年，第 37 页。
② "草野田间"四字，见胡适《胡适文存》第二集《〈中古文学概论〉序》（第496 页），原句作："……公认的正统文学也往往是从草野田间爬上来的。"
③ 胡适：《胡适文存》第一集《文学改良刍议》，第 17 页。
④ 胡适：《白话文学史》上卷《引子》，台北胡适纪念馆，1969 年，第 2—3 页。

"妖孽、谬种";而白话的传统则成了正宗。① 这样明明白白地宣告文言的死亡,将白话捧上了正宗的宝座,当然不是晚明文人所能梦见的。这是袁宏道与胡适文学理论同中有异的第一点。

公安派最有名的口号是"独抒性灵,不拘格套"②,因此又称作"性灵派"。据林语堂解释,所谓"性灵派",也就是一个"自我表现"的学派③。胡适在寄陈独秀的信中说:"不摹仿古人,语语须有个我在。"④乍看也颇似以"自我"为中心;然则,胡适之"有我"与袁宏道之"性灵"并不尽同。大体言之,胡适之所谓"有我",是指有我的意见或主张;而袁宏道之"性灵",则是指一个人的性情与癖好。胡适是理性的,而袁宏道是感性的。因此,无论胡适如何重视"自我",依旧不能称他为"性灵派"。

胡适在提出"有我"之后,又提出"有人",认为这是文学的两个要素⑤。所谓"有人",就是作品"要与一般的人发生交涉"⑥。他在《留学日记》中有一段话,可以作为这个观点的注脚:

> 吾以为文学在今日不当为少数文人之私产,而当以能普及最大多数之国人为一大能事。吾又以为文学不当与人事全无关系。凡世界有永久价值之文学,皆尝有大影响于世道人心者也。⑦

---

① 参见胡适:《导言》,赵家璧主编《中国新文学大系》卷十《建设理论集》,第 21—22 页。
② 这八个字出自袁宏道《袁中郎全集·文钞·叙小修诗》(第 5 页)。
③ 参见林语堂:《语堂随笔·写作的艺术》,第 78 页。
④ 胡适:《胡适文存》第一集《寄陈独秀》,第 3 页。
⑤ 胡适:《胡适文存》第二集《五十年来中国之文学》,第 228 页。
⑥ 胡适:《胡适文存》第二集《五十年来中国之文学》,第 228 页。
⑦ 胡适:《胡适留学日记》卷十四《觐庄对余新文学主张之非难》,第 956 页。

文学，在胡适看来，绝不只是作者个人感情之抒发；同时，也必须有社会的功能。他之所以特别称道白居易的诗，不仅因为白诗"老妪能解"，更重要的是白居易"文章合为时而著，歌诗合为事而作"的写作态度。[1] 如果用周作人的二分法，将中国文学分为"载道"与"言志"两类[2]，无疑的，胡适的主张较近于"载道"，而袁氏兄弟则偏于"言志"。当然，胡适的"道"并不是狭义的"孔孟之道"，而是广义的"社会教育"。他早年深信文学创作必须有"启迪民智"的作用。十五岁那年（1906），他在《竞业旬报》上作章回小说《真如岛》，用意是"破除迷信，开通民智"。[3] 这是对文学实用论的实践。九年以后（1915），在留学日记中，胡适对自己少年时代的主张有所批评，认为"知其一，不知其二"[4]；太重实用而不重美感。因此，他对文学的定义稍有修正，将文学大略分为"有所为而为"与"无所为而为"两类；在"济用"之外，亦兼及"美感"，渐渐成了一个文学实用论的调和主义者了。[5]

胡适回国以后写了一篇短文《什么是文学》，其中，他给文学的定义是：

　　语言文字都是人类达意表情的工具；达意达的好，表情

---

① 有关胡适对白居易的态度，参见胡适：《胡适留学日记》卷十《读白居易与元九书》与《读香山诗琐记》，第721—729页；《白话文学史》第十五章《大历长庆间的诗文》，第363—407页。

② 参见周作人：《中国新文学的源流》，第33—53页。

③ 胡适：《四十自述》序幕《在上海（二）》，第69页。

④ 胡适：《胡适留学日记》卷十一《论"文学"》，第740—741页。

⑤ 胡适：《胡适留学日记》卷十一《论"文学"》，第740—741页。

219

表的妙，便是文学。①

接着他又说："文学有三个要件：第一要明白清楚，第二要有力、能动人，第三要美。"②这样的文学定义是相当重视表现技巧了，与他早年的社会实用论相比也是颇有距离了。在《留学日记》中，胡适所注重的是文学的内容与功用；回国以后则渐渐转向文学的语言与形式。这个转变并没有使胡适的文学理论更近于"性灵派"；相反的，因为过分注重达意表情的"好"和"妙"，就必须在造句遣词和剪裁上大下工夫。1936年，胡适写《谈谈"胡适之体"的诗》，将"剪裁"列为三大"戒约"之一③，这就可以想见他对这方面的重视了。袁宏道是不重写作技巧的，在他看来，剪裁是某种程度的"失真"。因此，他强调"信腕信口，皆成律度"④。这是袁宏道与胡适文学理论同中有异的第二点。

袁宏道提倡的既非白话文，而胡适主张的又非"性灵派"，然则他们共同的基础又何所在呢？那就是对语言与文字相关性的共同认知。当然，此认知容或有程度上的差异，但两人对这个问题的理解却是一致的，亦即文字必须在一定程度上反映当时的口语。唯有在此基础上，我们才能从作品中感受到时代的脉动；也唯有在此基础上，我们才能找到胡适文学理论的源头。

---

① 这个对文学的定义初见于胡适《建设的文学革命论》，又见于《什么是文学》(《胡适文存》第一集，第58、215页)。

② 胡适：《胡适文存》第一集《什么是文学》，第215页。

③ 胡适：《谈谈"胡适之体"的诗》，载《胡适之先生诗歌手迹》，台湾商务印书馆，1975年，第73—79页。后收入《尝试后集》，台北胡适纪念馆，1971年，第69—79页。

④ 参见袁宏道：《袁中郎全集·文钞·〈雪涛阁集〉序》，第6页。

第九章　个人表现与文白互通

——林语堂对小品文的提倡

　　1932 年，周作人在《中国新文学的源流》中，将中国文学的发展视为"载道"和"言志"两股潮流的互相消长。就大处言，这个二分法是可以概括一个时代文学的精神和内涵的。如果将这个二分法移用到自晚清至 20 世纪 30 年代文学的发展，"载道"显然是这五六十年中文学发展的主流和基本方向。

　　从清末反映政治黑幕的谴责小说，到白话文运动的兴起，以至于 20 世纪 30 年代左派作家创作的大量小说和诗歌，在此期间，文人作家大多有强烈的社会责任感，而自认为是为社会探病处方的医师。换言之，他们很少只甘于当一个作家，他们都要兼为社会改革者。

　　从刘鹗（1857—1909）的《老残游记》到梁启超的《论小说与群治之关系》，到胡适的《文学改良刍议》，再到鲁迅的《呐喊》《彷徨》，以至于巴金（原名李尧棠，1904—2005）的《家》、茅盾（原名沈德鸿，1896—1981）的《子夜》，我们可以清楚地看出：读书人大多将文学视为一种达到另一目的的工具。此时所谓的目的，固然已不是传统儒学的伦理或道统，但文学为另一目的服务的基本态度，却是十足的"载道"。

　　这时文学所载的"道"，可能是"启蒙"，可能是"救亡"，也可能是"工农兵"。鲁迅在《呐喊》自序中就清楚地指出,他之所以由医学改学文学,是希望用文学来唤醒沉睡中的中国人。[1] 他的每篇小说都是中国社会的病状诊断书。

与这股"载道"潮流相激荡的则是"国故"与"旧学"的复兴,这个复兴,是通过"整理国故""疑古"和"古史辨"这三个阶段来进行的。这三个运动的基本精神,虽然都是对古典的批判,或对旧传统的"重新估定一切价值"[2],但"批判"也好,"重新估定一切价值"也好,都必须回到故纸堆中去做一番钻研。

随着胡适 1919 年《中国哲学史大纲》卷上的完成和 1921 年《红楼梦考证》的出版,[3]孔子与老子先后的争论和明清小说的考证,一时都成为"显学"。连胡适自己也不得不承认:"现在一班少年人跟着我们向故纸堆去乱钻,这是最可悲叹的现状。"[4]这一复古现象绝非当时新文化运动领袖的有意提倡,他们只想借对旧学的研究展现科学的治学方法。结果"科学"成了"有意栽花花不发",而"复古"和"考证"却是"无心插柳柳成荫"了。

从 1917 年胡适发表《文学改良刍议》,到 1926 年《古史辨》第一册的结集出版,可以视为新文学或新文化运动的头十年。在这十年之中,固然充满着新气象、新思想。但骨子里,就文学的发展而言,是"载道"的;就学术研究而言,则有严重的"复古"倾向。

作家文人的使命感和救亡图存的迫切,随着 1931 年"九一八"的发生而达到另一个高峰。在不知不觉之间,读书人心甘情

---

① 鲁迅:《鲁迅全集》第 1 册《呐喊》自序,第 415—420 页。
② 这句话见胡适《新思潮的意义》(载《胡适文存》第一集,第 728 页)。
③ 胡适:《胡适文存》第一集《红楼梦考证》,第 575—620 页。
④ 胡适:《胡适文存》第三集《治学的方法与材料》,第 121 页。

愿地将文学变成了政治的宣传。

在这样的潮流下，作家个人的哀乐、嗜好、癖性都受到了相当的忽略，甚至于被压抑和卑视。一种纯粹表现个人感情或个性的文字，很有被视为"无病呻吟"的危险。

然而，人终究不能整天板着脸，只讲救亡图存的国家大事，一个人也需要吐露一些情思悲喜，说些身边琐事。林语堂正是有见于此，才拈出"性灵"二字①，来提倡写幽默趣味的小品文。

林语堂也是在社会主义思潮席卷中国，无数的学者作家都为了一个悬想的乌托邦而乐为之所用的1930年代，提倡个人自由，并追求一种富有情趣韵味的悠闲生活。

我们很容易把这样的作为解释为"逃避"或"脱离现实"，其实不然，从思想史的角度来看，这何尝不是一种特立独行的叛逆。随着"五四"而来的"打倒孔家店"，到了1930年代，在"孝道"和"贞节"这两点上确是有了较新的诠释，但那种"忧国忧民""天下兴亡，匹夫有责"的使命感，却依然是十足的孔记标志。倒是林语堂纯粹的个人风格，在反孔的众多意见中独树一帜。他要提倡的是"浴乎沂，风乎舞雩"的曾点作风，而不是"得君行道"的孔门正传。② 他在《有不为斋丛书序》中有如下一段话，很可以体现这个思想：

> 东家是个普罗，西家是个法西，洒家则看不上这些玩意

---

① "性灵"二字，林语堂借自袁宏道在《叙小修诗》中的"独抒性灵，不拘格套"，参见《袁中郎全集·文钞》(第5页)。有关晚明公安派的文学理论，参见拙著《公安派的文学批评及其发展》(台湾商务印书馆，1986年，第3—79页)。

② 林语堂：《有不为斋随笔·有不为斋丛书序》，金兰文化出版社，1986年，第3页。

儿，一定要说什么主义，咱只会说是想做人罢。①

在林语堂看来，"做人"比"救国"重要，"做人"也比"作文"重要。在做不成人的情形下，"救国""作文"都成了妄想空谈。

林语堂对动辄以"救国"自命的人，有一种特别的嫌恶。他将这种集道学与虚伪于一身的习气，呼之为"方巾气"，在他的文集中，嘲讽"方巾气"的文字是不少见的。如他在《方巾气之研究》一文中，尖锐地指出"救国"泛滥的弊病：

> 在我创办《论语》时，我就认定方巾气、道学气是幽狱之魔敌。……今天有人虽写白话，实则在潜意识上中道学之毒甚深，动辄任何小事，必以"救国""亡国"挂在头上，于是用国货牙刷也是救国，卖香水也是救国，弄得人家一举一动打一个嚏也不得安闲。②

在《今文八弊》中，又列"方巾作祟，猪肉熏人"为"八弊"之首，林语堂痛切地指出：

> 中国文章最常见"救国"字样，而中国国事比任何国糊涂；中国政客最关心民瘼，而中国国民创伤比任何国剧痛。③

这两段引文也许会使人觉得林语堂是没有"方巾气"，是不讲

---

① 林语堂：《有不为斋随笔·有不为斋丛书序》，第2页。
② 林语堂：《鲁迅之死·方巾气之研究》，德华出版社，1976年，第130页。
③ 林语堂：《一夕话·今文八弊》，德华出版社，1976年，第78页。

"救国"的。其实未必尽然,林语堂坦承自己的"方巾气"正是要大家减少一点"方巾气",而他的"救国"正是要大家少谈一点"救国"。①

作这样的反面文章,林语堂所要争取的是他心目中的言论自由。他所一再强调、一再表明的是:即使国难当前,我有不谈救国的自由;即使国难当前,我还要有做我自己的自由。

这种态度体现了"民主"的最高境界,也是个人主义的典型,他不仅要向一个政权争取言论自由,他也要向舆论争取言论自由。他敢于说自己确信但不合时宜的话,他也敢于说自己确信但不得体的话。

用美国时下流行的话来说:林语堂是不顾"政治上的正确"的(Political Correctness)。我但说我要说的话,至于政治上正确不正确,非我所计也。

所谓"政治上的正确"正是借着舆论的力量来压迫言论自由,这种压迫虽是无形的,但却往往比政治上或法律上的压迫更无所不在,更让人不敢轻犯其锋。

林语堂在当时是冒着"有闲阶级""高级华人""布尔乔亚""恋古怀旧""不知民间疾苦"等种种恶名来提倡幽默和小品的。

国且将亡,谈的竟是明季山人雅士的生活和山水小品,这绝非当务之急。然而,林语堂所要表明的是:是否为当务之急,我自定。国若不亡,则不因我之谈小品而亡;国若将亡,也绝不因我之不谈小品而亡。

向舆论争言论自由,往往比向政权争言论自由更需要一些胆

---

① 林语堂:《鲁迅之死·方巾气之研究》,第133页。

识。向政权争言论自由，一般来说，是可以得到群众同情和支持的，甚至是哗众的。但向舆论争自由，却是犯众怒的，是成不了英雄的。

从这一点来论林语堂提倡幽默和小品之用心，也许有些"过誉"林语堂，他若地下有知，说不定还会来一句："提倡幽默和小品，只是洒家兴趣所在，不关争言论自由鸟事。"说他争言论自由不免又犯了"冷猪肉"和"方巾气"袭人的大忌。然则，若说当时他完全没有受到舆论的压力，也是未得事理之平。

即使退一步说，争言论自由并不是林语堂提倡幽默和小品的动机，但其结果确是发挥了这样的作用。

就大处言，林语堂提倡幽默和小品，起了争言论自由的作用；就小处言，他要求保有一片自己的小天地。在这片小天地里，他要有"做我自己的自由和敢做我自己的胆量"[1]。他可以尽情追求自己的理想生活。这种生活有一部分体现在《浮生六记》之中，有一部分描画在李清照《〈金石录〉后序》中，更有一部分则表现在晚明文人的山水小品和尺牍之中。

林语堂提倡的小品文是"以自我为中心"的，这一点，在他看来，正是"个人笔调及性灵文学之命脉"所在[2]。而他所强调的乃在一"真"字。这样的文章，直写性情，而不为浮词滥调。也就是袁中郎所说的"大抵物真则贵，真则我面不能同君面，而况古人之面貌乎?"[3]

---

① 林语堂：《鲁迅之死·言志篇》，第 227 页。
② 林语堂：《讽颂集·说自我》，志文出版社，1966 年，第 220 页。
③ 袁宏道：《袁中郎全集·尺牍·丘长孺》，第 19 页。

"诗文不贵无病"①,但处处需有个"我"在。这样的文章"宁使见者、闻者切齿咬牙,欲杀欲割,而终不忍藏于名山,投之水火"②。这样的作品也就是周作人所说"即兴的文学",而非"赋得的文学";是"言志的文学",而非"载道的文学"③。这种作品除了为作者自己的信念服务以外,是没有任何其他服务对象的。

这就是林语堂提倡小品文的精神所在。

林语堂在 20 世纪 30 年代提倡小品文,就文学史的角度来看,反映了他对当时白话文形式单调和内容贫乏的不满。他要求内容的多样化,所谓"宇宙之大,苍蝇之微",无不可以入文;至于形式上,他要求进一步的解放。他提出以晚明袁中郎"独抒性灵,不拘格套"的口号作为小品文写作的原则。"独抒性灵"正是就内容言,而"不拘格套"则是就形式言。胡适的"八不"④,在林语堂看来,就不免是"画地自限"了。

在语言上,林语堂主张,白话应该吸收中国文言传统,将"中国文字传统中锻炼出来之成语"融入白话,这不但可以提高文字的"洁净"度,也可以增进"达意"的功能。⑤

林语堂曾不止一次表示:他"深恶白话之'文',而好文言之'白'"⑥。这句话乍看似乎有些故弄玄虚,但仔细推敲,却很有深

---

① 袁中道:《珂雪斋近集》卷三《江进之传》。
② 李贽:《焚书》卷三《杂说》。
③ 周作人:《新文学的源流》,第 72—73 页。
④ 胡适:《胡适文存》第一集《文学改良刍议》,第 5—17 页。
⑤ 林语堂:《金圣叹之生理学·怎样洗炼白话入文》,德华出版社,1981 年,第 296 页。
⑥ 林语堂:《金圣叹之生理学·怎样洗炼白话入文》,第 294 页。

意。"白话之文"指的是"文言的白话";而"文言之白"则是"白话的文言"。

"文言的白话"是一种看似口语,而实际上系恶性西化的书面文字,既不上口,也不容易听懂。写的虽是方块字,但结构却是英文的。林语堂给的例子是:"一颗受了重创而残破的心灵是永久的蕴藏在他的怀抱。"[1]我相信,许多人看了这个句子都会有会心的微笑。

"白话的文言"则是浅近的书面文字,明白晓畅,不冗沓,不噜嗦,没有排比,没有典故,但却典雅灵动,达到了雅中见俗而俗中带雅的境界。我且举袁中郎尺牍中的一段文字为例,相信去林语堂理想中"白话的文言"不远:

> 有一分,乐一分;有一钱,乐一钱。不必预为福先。儿在此随分度日,亦自受用。若有一毫要还债,要润家,要买好服饰心事,岂能脱洒如此耶?田宅尤不必买,他年若得休致,但乞白门一亩闲地、茅屋三间,儿愿足矣。家中数亩,自留与妻子度日,我不管他,他亦照管不得我也。人生事如此而已矣,多忧复何为哉![2]

套用袁中郎的长兄袁宗道在《论文》中的一句话:白话的文言是"期于达";而文言的白话则是"期于不达"[3]。"达"与"不达"是"三袁"论文优劣的标准。林语堂的文论多少受了袁氏兄弟的

---

① 林语堂:《金圣叹之生理学·怎样洗炼白话入文》,第 294 页。
② 袁宏道:《袁中郎全集·尺牍·家报》,第 11 页。
③ 袁宗道:《白苏斋类集》卷二十《论文上》。

影响。

林语堂能就"白话的文言"这一点来论文字之"达",是他已不斤斤于白话必须反映口语,而看到了白话文的发展必须突破口语局限的这个事实。有些民初学者将白话文严格界定在"口语"的范围之内,使白话流于冗沓,不简洁,这正是林语堂想极力避免的。

许多人对白话文都有一个误解,以为表达越用口语越清楚,其实不然,口语用到一定的程度反而就不清楚了。有些白话小说用了过多的方言俚语,使读者难于辨读,这就是口语未必就能达意的最好说明。

林语堂有见于此,提倡"语录体",主张"洗炼白话入文"。从一方面看,林氏的文体拉远了书面语和口语的距离,造成了一种不文不白的文体;但就另一方面来说,拉大书面语和口语的距离,对我们这个多方言的国家而言,正可扩大书面文字的可读性和可懂性。这是符合胡适"国语的文学,文学的国语"[①]这个口号的,是属于白话的正格。倒是极力提倡写语体白话的人,表面上看来,拥护白话,但在不知不觉之间却容易误入"方言"的窄路。

中国方块字是一种表意文字,它与拼音文字最大的不同就在:表意文字无法忠实而全面地反映口语。换言之,在中国语文中,"有音无字"的可能远远大过英文。因此,中文书面语和口语的距离与方块字的表意内涵有着不可分割的关系。而这一距离的存在,既是不可避免的,也是必要的。林语堂提倡"语录体",是符合方块字的这个内涵的。

传统文言文的问题,是书面语和口语的距离过大,使书面文

---

① 胡适:《胡适文存》第一集《建设的文学革命论》,第55—73页。

字失掉了口语的滋养,因而成了胡适笔下的"死文字";但赵元任细分"吗""嘛""啦""喽"的白话,①以及企图用方块字来反映方言的地方报纸,或在台湾到处可见的"俗俗卖""呷免惊"之类的广告文字,却又无视方块字为表意文字的这个事实。

林语堂提倡写"白话的文言",很可能让人误以为他反对白话,不主张将口语入文。其实不然,他曾一再称赞《红楼梦》文字之佳,把第三十回中凤姐向宝玉、黛玉说的一段话引为文章正则。但他同时指出:"吾理想中之白话文,乃是多加入最好京语的色彩之普通话也。"②并特别拈出李笠翁曲话中"少用方言"一条引为作家戒约。

今日我们重读林语堂当年的议论,依然有其时代意义。白话文脱离普通话是画地自限,自愿缩小其听众和读者。这样的文字对大多数以普通话为交流工具的中国人而言,一样是"死文字"。

文字的死活,不当以时间先后论,更不当以文白分。文字的死活体现在"达"与"不达"上。"达"的文字即使再古、再文,依旧是活的;而"不达"的文字即使再新、再白,依旧是死的。因此,"辗转反侧""投桃报李"是活的,"床前明月光,疑是地上霜"是活的,宋、明语录是活的,《水浒传》《红楼梦》是活的。

然而,"在狂暴森冷的夜雨中,一颗沉重、忧郁、破碎、饱经世故而又热切的心,正在快速地堕向那地狱边缘,不可知的深渊"③。却是死的。

---

① 参见 Yuen Ren Chao, *Mandarin Primer* (Cambridge, Mass.: Harvard University Press, 1948).
② 林语堂:《金圣叹之生理学·怎样洗炼白话入文》,第303页。
③ 这个例子是我杜撰的。

前者不以其古、其文，而碍其为"活"；后者却又不以其新、其白、其洋，而免于不"死"。前者是林语堂所说"白话的文言"，而后者则是"文言的白话"。

林语堂在《怎样洗炼白话入文》中，对文白之辨有极独到的说明：

> 文白之争，要点不在之与乎了吗，而在文中是今语抑是陈言。文中是今语，借之乎也者以穿插之，亦不碍事。文中是陈言，虽借了吗呢吧以穿插之，亦是鬼话。此其中所不同者，一真切，一浮泛耳。故吾谓宁可写白话的文言，不可写文言的白话。①

从语言的角度来说，"白话的文言"来自口语，而又能超越口语；而"文言的白话"则是未经脱胎换骨的西化结构，或是看似口语，而实际上忸怩造作的书面文字。因此，相形之下，"白话的文言"离口语反比"文言的白话"近。

胡适虽然提出了"文学的国语，国语的文学"这个口号，但有时因提倡口语的心太切，不免说些言不由衷的话。1925 年，他写《〈吴歌甲集〉序》，提及《阿 Q 正传》：

> 假如鲁迅先生的《阿 Q 正传》是用绍兴土语作的，那篇小说要增添多少生气呵！②

---

① 林语堂：《金圣叹之生理学·怎样洗炼白话入文》，第 305 页。
② 胡适：《胡适文存》第三集《〈吴歌甲集〉序》，第 660 页。

我认为这是胡适一时失言,有误导白话文发展走上方言一路的危险。《阿Q正传》之所以能成为白话小说的经典,并受到广大中国人民的喜爱,正因为鲁迅用的不是绍兴土话,而是普通话。如果鲁迅真以绍兴土话写阿Q,那他绝成不了日后之"文学宗匠"。

　　同样的,沈从文(原名沈岳焕,1902—1988)之所以成为重要的现代文学作家,也正因为他是以普通话写湘西景物、湘西人事。如他径用湘西土语来写《边城》,怕沈从文早已"身与名俱灭"了。

　　老舍(原名舒庆春,1899—1966)以在作品中善用方言词著称,但老舍的"乡音"正是普通话据以为准的"京调"啊,与其说他用的是方言,不如说他用的是"京调"的普通话。

　　徐志摩(1896—1931)当年曾试着用硖石(隶属浙江海宁,徐志摩的家乡)土话写过几首新诗,试问而今还有几人记得?

　　口语入文与方言入文是两回事。将普通话的口语写入文中,若是高手,则能得本色灵动之美,所谓"雅中见俗,俗中带雅",正是口语入文的最高境界。但若勉强将有声无字的方言"汉字化"则不免是走上了不通的路。

　　当然,"京调的普通话"也是一种方言,但"京调的普通话"之不同于吴语、粤语、闽语也是显而易见而不容争执的。闽人林语堂能发如此议论,视今日斤斤于"汉字台语化"之台湾作家,其相去为何如也!

　　林语堂提出写白话的文言,为许多乡音不是"京调"的作家开了无数方便法门。如果白话文真是"怎么说,就怎么写",那么许多乡音不是京调的南方佬,岂不一辈子无缘成为全国性的作家了吗?

　　然而,放眼看看中国近代史上影响一时的重要白话作家,从"笔锋常带感情"的梁启超,到"文学革命的急先锋"胡适,以

232

至于周氏兄弟、林语堂、巴金、茅盾、丁玲（原名蒋冰之，1904—1986）、沈从文，哪一个不是"南蛮鴂舌"。"南人"而能为"白话"，而"白话"又能为广大中国人民所接受，这还不足以说明好的白话不反映方言这一事实吗？

"乡土""乡音"诚然都是很值得珍惜的祖宗遗产，但如乡土和乡音只能透过"干伊娘"或"阮去迫迌"之类表现，那是乡土文学的末路、绝路和死路。"乡土"不但不会因此以传，反而会因此而自绝于国人。文学发展要走的是死路还是活路，端看此刻了。

细看从晚清到民初白话文的发展，不得不说：在这二三十年之中，是白话文"文"化的过程，是白话文脱离俗话、口语而走向书面的过程，也是白话文渐渐脱离"引车卖浆者流"，而走向"小资产阶级"的过程。只要一读晚清的白话报和民初的《新青年》，就能明白。

明清的白话报如陈独秀主编的《安徽俗话报》和胡适主编的《竞业旬报》，其办报宗旨大多是"教育大众"，因此，在文字上力求其"浅"、其"白"、其"俗"。结果，历史证明：这种过分浅俗的文字并不"大众"，倒是后来赵元任认为不够"白"的"白话文"①在短短几年之内取代了文言文。换言之，取代文言文的不是《安徽俗话报》或《竞业旬报》上的"俗话"或"口语"，而是《新青年》上的"书面文字"——用林语堂的话来说，也就是"白话的文言"。

在清楚这一段白话文的发展史之后，再来看林语堂所提倡的"语录体"或"白话的文言"，就更能看出这一主张的精义和独具只眼处。他所主张的白话，减少了文言与白话的断层，加深了白

---

①　赵元任常对胡适说："适之呀，你的白话文不够白。"参见《胡适讲演集》卷二《提倡白话文的起因》，第442页。

话文的历史纵深和与文言的联系。也正因为如此,白话文才能来自方言,而又超越方言,并维持了它的"普遍性"和"可懂性"。从这一点来看林语堂在 1930 年代所提倡的小品文,才能看出其中的历史意义。

第十章　晚明小说中的情色与贞淫

　　在晚明的短篇小说中，少有所谓"柏拉图式的爱情"，也就是没有肉体基础的纯精神恋爱。这是中国民间作家在面对男女问题时极诚实的态度。"精神""肉体"这两个词是晚近才兴起的，在旧小说中，相当的两个字是"情"与"色"。今人谈精神、肉体，往往将灵肉打成两橛，似乎灵归灵，而肉自肉，两者互不相干。在明人小说中，"情"多半因"色"而起，因"色"而生。虽然有"无情之色"，但无"无色之情"。所谓"多情者必好色，而好色者未必多情"，意即在此。这种情色一体的看法是对人性一种"同情之理解"，是很有一些"现代性"的。倒是"柏拉图式的爱情"是个舶来品，中国人并不推崇这种虚幻、"病态"的两性关系。

　　"无情之色"近淫，重在一"欲"字，不为任何作家所推重；但"无色之情"则成了虚幻，而不知其所言为何物了。所谓"相思病"或"单相思"，约略近于"柏拉图式爱情"，将这样一种感情视为"病态"，是极有见地的。"少男少女，情色相当"是明人小说中常见的一句话，这是何等的通达，又是何等的写实！"情"以"色"为基础，实一物之两面，无高下之别，而今"色情"一词，却成了有"色"无"情"，这是词汇发展变化中的一个趣例。

明末冯梦龙编写的《三言》①，是中国传统短篇小说集大成之作，这些历经数百年流传下来的文学作品，反映了许多中国传统的风俗、信仰及当时的社会结构，不但是优秀的文学作品，也是了解晚明社会必不可少的材料。其中脍炙人口的名篇像《卖油郎独占花魁》《杜十娘怒沉百宝箱》《蒋兴哥重会珍珠衫》等，都属言情之作。故事中的男主角在见到女主角之后，大多为其美色所颠倒，而必欲"成其好事"。除此以外，少有所谓崇高的动机。

　　卖油郎初见花魁娘子，惊艳之余，心中暗想："人生一世，草生一秋。若得这等美人，搂抱了睡一夜，死也甘心。"花魁名妓，开价一宿十两，岂是小小卖油郎所能企及？但卖油郎立定志向，"从明日开始……一日积得一分，一年也有三两六钱之数。只消三年，这事便成。若一日积得二分，只消年半"。一个数百年来家喻户晓的爱情故事中，男主角的动机无非如此，这在今天看来，不但谈不上高尚，简直恶俗不堪。但这样一个"恶俗"的动机，却丝毫无碍其为中国言情之名篇。

　　在《蒋兴哥重会珍珠衫》中，陈大郎偶见三巧儿之后，"一片精魂，早被妇人眼光摄上去了"，肚里想道："若得谋他一宿，就消花这些本钱，也不枉为人在世。"陈大郎与卖油郎在初见美色之后的反应何其类似。小说作家在处理这一情节时，"秉笔直书"，丝毫不忸怩作态，不为这样的动机做任何粉饰和回护——这是旧小说中，在处理男女相悦这一问题时，最可爱、最诚实的手法。

---

　　①　《醒世恒言》《警世通言》《喻世明言》。

卖油郎这种"一日积一分，三年便成"的至诚，其感人处在其"痴"。"痴"是晚明文人相当重视的一种品格，无论是"情痴""酒痴""茶痴""花痴"，还是"山水痴"。一个人一旦有所"痴"，亦即"情有所寄"。这种"痴"近乎病，有时也称作"癖"。大受1930年代的林语堂、周作人推重的晚明小品文作家袁宏道在一封致李子髯的信中，对所谓"情有所寄"有独到的见解，可以为卖油郎的"痴"作一注解：

> 人情必有所寄，然后能乐。故有以弈为寄，有以色为寄，有以技为寄，有以文为寄。古之达人，高人一层，只是他情有所寄，不肯浮泛虚度光景。每见无寄之人，终日忙忙，如有所失，无事而忧，对景不乐，即自家亦不知是何缘故。这便是一座活地狱！[①]

卖油郎的故事之所以千古流传，在一"痴"字，而"痴"之所以可爱，则在其"不功利"，在其"为痴而痴"——在"情有所寄"之外，别无目的。凡是"情有所寄"之人，对他所寄的对象，既不问得失，也不问成败。所寄的对象，就是他的宇宙，其中有森罗万象，有悲喜惊狂。情有所寄时，即是天堂；情无所寄时，立成地狱。卖油郎充分体现了所谓"为伊消得人憔悴，衣带渐宽终不悔"的"不悔"和"无怨"。

张潮在《幽梦影》里说："情必近于痴而始真。""痴"是情的最高境界，一至此境，只知有真假，不知有对错。卖油郎之所作所为，在旁人看来，或许不免愚不可及，但在他自己，却是甘之如饴、乐在其中。

《杜十娘怒沉百宝箱》近年来曾改编成电影和电视剧，更是为

---

① 袁宏道：《袁中郎全集·尺牍·李子髯》，第9页。

一般大众所喜爱。杜十娘挟百宝箱投河的那一幕是"妾死情，不死节"的具体表现。为节而死，只是受逼于礼教；为情而死，则是彻底的失望和幻灭，其震撼人心的程度，千百倍于为节而死。

《卖油郎独占花魁》和《杜十娘怒沉百宝箱》是两个典型的"妓女从良"的故事。妓女从良是晚明小说中常用的一个主题，作者往往用一个以淫为生的妓女来体现一种坚强果敢的毅力，进而说明一种"淫后之贞"。这种贞不来自礼教，而源自爱情。妓女从良的故事，除了在情色和贞淫的问题上，有一种更近于人情的解释以外，对女主角不幸的遭遇，多是怀着既往不咎的宽容和悲悯，不以过去之淫而伤今日之贞。这样的宽容和悲悯，即使在今天也是难能可贵的。

饮食男女是人欲，也是天理。道德伦常必须求之于人情之中，而不可求之于人情之外。在人情之外，别求所谓贞操，就不免成了吃人的礼教。晚明文人在这一点上，与五四时期新派思想家常有不谋而合的看法。李贽在答邓石阳的信中说"穿衣吃饭，即是人伦物理"，18世纪的戴震（1724—1777）在《孟子字义疏证》中说："仁义礼智非他，不过怀生畏死，饮食男女……古圣贤所谓仁义礼智，不求于所谓欲之外，不离乎血气心知。"又说："理也者，情之不爽失也，未有情不得，而理得者也"，"今以情之不爽失为理，是理者存乎欲者也"。这两段话，若稍加推敲，不难得出"人欲就是天理"的呼声。从晚明小说中对情色的处理，多少也能看出一些时代思潮的走向。

附　录

一　袁宏道年表

1568　隆庆二年,戊辰　一岁

十二月初六日生于湖北公安县长安里。

兄宗道九岁;李贽四十二岁;汤显祖十九岁。李开先卒,年六十七。

三月,立朱翊钧为皇太子。

1569　隆庆三年,己巳　二岁

在公安。宗道已能诗。

严嵩卒。

1570　隆庆四年,庚午　三岁

在公安。

弟中道生。李攀龙卒,年五十七。

1571　隆庆五年,辛未　四岁

在公安。

归有光卒,年六十五。

1572　隆庆六年,壬申　五岁

在公安。

五月,穆宗崩。六月,太子翊钧即位。

1573　万历元年,癸酉　六岁

在公安。

1574　万历二年,甲戌　七岁

丧母,养于庶祖母詹氏。①

钟惺生;冯梦龙生。

1575　万历三年,乙亥　八岁

在公安。

谢榛卒,年八十一。

王思任生。

1576　万历四年,丙子　九岁

在公安。

王世贞《弇州山人四部稿》刊成。

1577　万历五年,丁丑　十岁

在公安。

1578　万历六年,戊寅　十一岁

在公安。

沈德符生;刘宗周生。

1579　万历七年,己卯　十二岁

在公安。

宗道举于乡。

何心隐死于狱。

正月,毁天下书院。时士大夫竞讲学,张居正特恶之,

改各省书院为公廨。

1580　万历八年,庚辰　十三岁

---

① 见本书第一章第5页注④。入矢义高及任访秋均将袁宏道丧母年龄列在八岁,见入矢义高:《袁宏道》,第163页;任访秋:《袁中郎研究》,上海古籍出版社,1983年,第122—123页。

在公安。

袁宗道抱奇病,几死,学"冲举之术"。

1581　万历九年,辛巳　十四岁

在公安。

1582　万历十年,壬午　十五岁

工于时艺、诗歌及古文词。

王畿死;钱谦益生。

张居正卒。

1583　万历十一年　癸未　十六岁

结文社于城南,自为社长。

袁宗道上京赴试,至黄河而还。袁宗道妻亡。

汤显祖进士及第。

1584　万历十二年,甲申　十七岁

在公安。

1585　万历十三年,乙酉　十八岁

在公安。娶李安人(参见任访秋《袁中郎研究》)。

弟袁中道乡试落第。

1586　万历十四年,丙戌　十九岁

在公安,健康甚差。①

袁宗道举会试第一,官翰林院。

谭元春生。

1587　万历十五年,丁亥　二十岁

在公安。

---

① 参见袁宏道:《袁中郎全集·诗集·病中短歌》,第61页。

京师旱,大疫。

1588　万历十六年,戊子　二十一岁

举于乡,极得主试者山东冯卓庵太史赏识。

罗汝芳死。

1589　万历十七年,己丑　二十二岁

会试落第,初与闻性命之学。

袁宗道为太史,以使事返里。

1590　万历十八年,庚寅　二十三岁

春,兄弟三人初见李贽于公安柞林。

王世贞卒,年六十五。

李贽《焚书》于湖北麻城出版。

1591　万历十九年,辛卯　二十四岁

访李贽于麻城龙湖,一住三月。此时有作品《金屑》。

1592　万历二十年,壬辰　二十五岁

三月登进士第,不仕,与袁宗道返里,居石浦之上。与
外祖父龚春所等论学。

1593　万历二十一年,癸巳　二十六岁

四月,兄弟三人再访李贽于龙湖,在此之前之作品成
《敝箧集》二卷。

徐渭卒,年七十三。

1594　万历二十二年,甲午　二十七岁

十二月谒选,授吴县知县。

顾宪成削籍。

东林党议起。

1595　万历二十三年,乙未　二十八岁

二月由京赴吴,三月出任吴县知县。

兄弟三人初识汤显祖。①

1596 万历二十四年,丙申　二十九岁

三月起,上书请辞吴令,牍凡七上。

八月,病疟。

九至十月,与陶望龄等游洞庭。

作《锦帆集》。

袁宗道为翰林院编修。

1597 万历二十五年,丁酉　三十岁

二月,辞吴令获准。与陶石篑等人作东南之游,历时
三月,作《解脱集》。

暂寓真州,作《广陵集》。

1598 万历二十六年,戊戌　三十一岁

春,袁宗道趋宏道入都。四月,授顺天府教授。

袁宏道家眷暂寓真州。

七月,袁中道入京,兄弟三人聚首,组织葡萄社,是公
安派最具影响力的一段时间。

1599 万历二十七年,己亥　三十二岁

三月,升任为国子监助教。

著《西方合论》《广庄》。

李贽所著《藏书》刊于南京。

1600 万历二十八年,庚子　三十三岁

三月,升礼部仪制清吏司主事。

---

① 袁中道:《游居柿录》第九五〇条,第238—239页。

春,著《瓶史》。

六月,游庐山。

七月,差往河南周藩瑞金王府,掌行丧礼。

八月,返里。

十一月,袁宗道卒,年四十一。

冬,祖母余氏殁。

在京师期间作品,后辑成《瓶花斋集》十卷。

1601　万历二十九年,辛丑　三十四岁

经营柳浪湖,绝意仕进。

四月,袁中道扶袁宗道灵从潞河发,七月返乡。①

1602　万历三十年,壬寅　三十五岁

在柳浪。

三月,李贽自刎于狱中。

十月,庶祖母詹氏殁。

1603　万历三十一年,癸卯　三十六岁

在柳浪。

九月,袁中道中京闱第三。

1604　万历三十二年,甲辰　三十七岁

五月至八月在柳浪消夏。

八月,走德山。

九月,抵桃源县。

作《德山暑谈》《桃源咏》各一卷。

始编《公安县志》。

---

① 任访秋将这件事归入明年,误,参见《袁中郎研究》(第 167 页)。参见袁中道:《珂雪斋前集》卷二十《行路难》。

1605　万历三十三年,乙巳　三十八岁

　　游青溪、紫盖诸胜。

　　秋,江盈科卒,年四十九。

　　屠隆卒,年五十九。

　　十二月,诏罢天下矿税。

1606　万历三十四年,丙午　三十九岁

　　居柳浪第六载,在此期间所作诗文辑成《潇碧堂集》二十卷。

　　秋,偕中道入都,补礼部仪制司主事。

　　作《觞政》一卷。

1607　万历三十五年,丁未　四十岁

　　秋,妻李安人卒。

　　八月,以存问蒲圻谢中丞松屏之便返里,翌年二月始抵公安。

1608　万历三十六年,戊申　四十一岁

　　二月,返里。

　　四月,入都,补验封司主事,摄选曹事,于猾吏营私之弊多所匡正。

　　《瓶花斋集》《潇碧堂集》刻成。

1609　万历三十七年,己酉　四十二岁

　　秋,主试秦中,游华山、嵩山。

　　作《华嵩游草》一卷。

　　十月,中道入京。

　　吴伟业生。

　　陶望龄卒,年四十八。

1610　万历三十八年,庚戌　四十三岁

二月,偕袁中道南归,游百泉及襄中诸盛。

闰三月,抵公安里中,适公安水患,迁江北沙市,筑砚北楼、卷雪楼。

八月,微有火疾。

九月初六日卒。

钟惺、钱谦益进士及第。

黄宗羲生。

附注

本年表所列有关三袁兄弟之行事应与第一章对照,各条可覆案其出处。

编本表时,曾参看下列资料:

一、人矢义高:《袁宏道》。

二、任访秋:《袁中郎研究》下编《年谱》,上海古籍出版社,1983 年。

三、南炳文、汤纲:《明史大事年表》,《明史》下册,上海人民出版社,2003 年。

二 袁宏道的著作

　　袁宏道的著作在袁中道所作《吏部验封司郎中中郎先生行状》《〈袁中郎先生全集〉序》及《游居柿录》中,都有相当详尽的叙述。① 1940 年,日本学者入矢义高作《公安三袁著作表》②,是有关三袁著作最有系统的研究,但偶尔也还有疏漏、简略的地方。加以袁宏道著作刊版极多,有些国内及海外藏版入矢氏未及见。本文以《公安三袁著作表》为依据,对袁宏道著作稍作增补。凡入矢氏已收而无增补者,不著录。

　　袁中道在《〈袁中郎先生全集〉序》中,对袁宏道的著作做了简单的系年:

　　　　中郎先生少具慧业,弱冠成进士,即有集行世。其《敝箧集》为诸生、孝廉及初登第时作也;《锦帆集》令吴门时作也;《解脱集》以病改吴令,游吴、越诸山水时作也;《广陵集》去吴客真州时作也;《瓶花集》为京兆授为太学博士,补仪曹时作也;《潇碧堂集》请告归卧柳浪湖上六年作也;《破砚集》再补仪曹出使时作也;《华嵩游集》官铨部,典试秦中往返作也。盖自秦中归,

---

① 《吏部验封司郎中中郎先生行状》及《〈袁中郎先生全集〉序》已见前引,参见下页注①。袁中道:《游居柿录》第九八四条,第 246 页。
② 入矢义高:《公安三袁著作表》。

移病还山,不数月而先生逝矣。其存者仍为续集二卷。①

袁中道在万历四十二年(1614)的日记中,有一段说到书贾袁无涯求刊袁宏道未刻遗稿,对袁宏道著作有所说明,与上引序文类似,唯于死后遗稿一节有如下说明:

> 盖自秦中归,为明年庚戌②,而先生逝矣。其存稿可一册,中有奏疏数首,因裒集付无涯,其他选校之书,若《宗镜录》,若《删定六祖坛经》,若《韩欧苏三大家诗文》《西方合论》,或已刻,或尚留于家,此外无余矣。③

袁无涯又问:"闻中郎先生尚有谈性命之书五十余卷,不知何在?"袁中道立即否认。④ 有关袁宏道的著作自以袁中道的记载最为可信:袁中道是后死者,袁宏道的著作全由他料理。而生前又如他自己所说:"我与中郎形影不离。"⑤因此,袁中道的话是可信的。本节即以上述各项材料为依据,并参之以海内外各大图书馆之藏书,将袁宏道著作按写作年代之先后列出:

1.《敝箧集》

十七岁至二十七岁作。万历十二年甲申(1584)至万历二十

---

① 此序《珂雪斋前集》《珂雪斋近集》均不载,收在《珂雪斋集选》,原刊《袁中郎全集》(二十三卷本)卷首。后收入钱伯城笺校《袁宏道集笺校》(第1710—1713页)。
② 万历三十八年,1610年。
③ 袁中道:《游居柿录》第九八四条,第246页。
④ 袁中道:《游居柿录》第九八四条,第246页。
⑤ 袁中道:《游居柿录》第九八四条,第246页。

二年甲午(1594)。

入矢义高《公安三袁著作表》云"二十一岁至二十七岁①间之作品",恐误。

按,袁中道在《吏部验封司郎中中郎先生行状》《〈袁中郎先生全集〉序》等处都说《敝箧集》作于"诸生、孝廉及初登第时"②。袁宏道于万历十二年甲申应童试,为荆州知府郝如松所赏,入学,次年赴省试③。故始作《敝箧集》之年当定在万历十二年。

2.《金屑》

袁宏道二十四岁见李贽之前所作。

《吏部验封司郎中中郎先生行状》曰:

> 明年④,(宏道)上春官。时伯修方为太史,初与闻性命之学,以启先生(宏道)……伯修喜曰:"弟见出盖缠,非吾所及也。"然后以质之古人微言,无不妙合,且洞见前辈机用。白雪田中,能分鹭鸟;红罗扇外,瞥见仙人。一一提唱,聊示鞭影,命曰《金屑》。时闻龙湖李子冥会教外之旨,走西陵,质之李子,大相契合。赠以诗,中有云:"诵君《金屑》句,执鞭亦忻慕。……"⑤

按,此书内容不详,据上所引,大概是一部讲"性命之学"的书。

---

① 万历十六年至二十二年。
② 亦见于袁中道:《游居柿录》第九八四条,第246页。
③ 参见钱伯城笺校:《袁宏道集笺校》,第1页。
④ 万历十七年己丑,1589年。
⑤ 袁中道:《珂雪斋前集》卷十七《吏部验封司郎中中郎先生行状》。

3.《锦帆集》四卷

二十八岁至三十岁作。万历二十三年乙未至万历二十五年丁酉。

入矢义高《公安三袁著作表》云:"二十八岁至二十九岁作。"二十九应作三十。

按,袁宏道是万历二十五年春解官去吴令的^①,《锦帆集》中收了不少解官前后的作品,如卷一《元日述怀》以下诸诗、卷四《朱司理》以下诸牍,均成于万历二十五年^②。

袁宏道在游记《锦帆泾》中云:"锦帆泾在吴县治前,泾已湮塞,酒楼跨其上,仅得小渠一线耳。俗传吴王与诸宫娃,锦帆游乐于此,故名。"^③

此《锦帆集》得名之由。有江盈科序。

4.《解脱集》四卷

三十岁作。万历二十五年丁酉。

江盈科序云:"中郎以病解官,官解而病亦解,于是浪迹两浙、新安诸山水间,凡数月。还过姑苏,余晤君江上,奚囊所贮诗凡若干首,自题曰《解脱集》。"

江盈科又序云:"中郎还自武林,示余《解脱集》凡二卷,皆诸体诗也。余为序而传之。无何,君渡江侨寓真州,邮致后二卷示

---

① 参见《袁中郎全集·尺牍·乞改稿五》,第84页。参见任访秋:《袁中郎研究》,第141页。

② 参见钱伯城笺校:《袁宏道集笺校》,第151—156页、第303—312页。

③ 袁宏道:《袁中郎全集·游记·锦帆泾》,第8页。

余,则其浪游时所撰山水记,与夫朋俦往复诸尺牍云。"①

按,此集共四卷,分两次编成。前两卷为诗,第三卷为游记及杂著,第四卷为尺牍。

5.《广陵集》一卷

三十岁作。万历二十五年丁酉。

6.《瓶花斋集》十卷

三十一岁至三十三岁作。万历二十六年戊戌至万历二十八年庚子。

7.《广庄》一卷

三十一岁作。万历二十六年戊戌冬。

袁宏道《戊戌初度(其二)》云:"灰心竟日疏庄子,弹舌清晨诵准提。"②

又《答李元善》尺牍云:"寒天无事,小修著《导庄》,弟著《广庄》,各七篇。导者导其流,似疏非疏也;广者推广其意,自为一《庄》,如左氏之《春秋》,《易经》之《太玄》也。"③

按,"小修著《导庄》"之"小",世界书局本《袁中郎全集》作"大",今按《笺校》改④。入矢义高仍误引为"大修"。

---

① 这两篇序文收在江盈科《雪涛阁集》卷八。亦见于钱伯城笺校《袁宏道集笺校》附录三《序跋》(第1690—1691页)。
② 袁宏道:《袁中郎全集·诗集·戊戌初度(其二)》,第143页。
③ 袁宏道:《袁中郎全集·尺牍·答李元善》,第44页。
④ 参见钱伯城笺校:《袁宏道集笺校》,第763—764页。

《说郛》续卷一之一,《广百川学海》已集之一,《宝颜堂秘笈》之一均收录此篇。

8.《瓶史》一卷

三十二岁作。万历二十七年己亥春。

按,日本花道曾很受这本小册子的影响。入矢义高在《袁宏道》中云:"我国(日本)何度曾予翻刻,并作注释、图解。"①

9.《德山麈谭》一卷

三十七岁作。万历三十二年甲辰。

按,此卷即《潇碧堂集》卷二十。前有袁宏道甲辰冬日小引,为张明教所编,采问答体。麈谭,世界书局本《袁中郎全集》作"暑谈",据《笺校》改②。

10.《桃源咏》一卷

三十七岁至三十八岁作。万历三十二年甲辰至万历三十三年乙巳。

袁中道《书雪照存中郎花源诗草册后》云:"此先中郎兄甲辰、乙巳年间笔也。甲辰夏,中郎偕雪照、冷云、寒灰诸衲及予避暑山村……入秋,中郎偕诸衲走德山、桃源,予走黄山。初冬复聚柳浪。发箧见其游程诗记,情冶秀媚之极,不唯读之有声,览之有色,而且嗅之有香,较前诸作更进一格。"③

---

① 入矢义高:《袁宏道》,第13页。
② 参见钱伯城笺校:《袁宏道集笺校》,第1283页。
③ 袁中道:《珂雪斋前集》卷二十《书雪照存中郎花源诗草册后》。

11.《公安县志》三十卷

三十七岁编。万历三十二年甲辰。

陈泽霈《重修公安县志采访启》云："《公安志》创始于袁石公。"①

《修志凡例》云："县志始于明正统中,司谕房陵创修;成化朝,临川梁善复增修之,规模粗具。至万历甲辰,袁中郎公纪事仿《襄阳耆旧传》例,而其书始成,经兵燹后无存。"②

按,《公安县志》是公安县令钱胤选(云门)请袁宏道编的,书已不存,据宏道《钱邑侯》尺牍,尚可知其大概:"志三十卷,已卒业,生不文,勉为之,殊觉脱略,然诸传非闻见真者,不敢滥入也。传体仿班氏及《南》《北史》,多于小处见大,不欲以方体损韵致也。诸大老传他日国史所取以为据者,邑僻地,志状多不传,故不得不详。"③

雷思霈《原序》云："余友中郎始有《公安志》,适钱令君属之。中郎文章言语俱妙天下。是志也,抉奇搜奥,辨物核情,绝无老博士一酸语……虽然陵谷迁变,世界密移,方言市券,皆具妙语;稗官小说,皆成至文。而况以一代才作一邑志,井庐不改,文献足征,何必卑视时贤,仰资异代也。"④

按,袁宏道所编《公安县志》已不存,今所传本为清同治十三年周承弼等所纂修,有 1937 年石印本,1969 年由台北学生书局影印出版,共三册。

---

① 周承弼等纂修:《公安县志》卷首。
② 周承弼等纂修:《公安县志》卷首。
③ 袁宏道:《袁中郎全集·尺牍·钱邑侯》,第 77 页。
④ 周承弼等纂修:《公安县志》卷首。

12.《潇碧堂集》二十卷

三十三岁至三十九岁作。万历二十八年庚子至万历三十四年丙午。

袁宏道《与黄平倩》函云:"《瓶花》是京师作,诗文俱有痕迹;《潇碧》乃山中数年所得,似觉胜之。"①

又在寄苏惟霖(潜夫)的信中说:"近日刻《瓶花》《潇碧》二集,几卖却柳湖庄。计月内可成帙,然不能寄远,以大费楮墨也。"②

按,此函所云"入仕十五年",是从袁宏道中进士那年(万历二十年)算起,《瓶花》《潇碧》两集刻于万历三十四年。

13.《破研斋集》③三卷

三十九岁至四十岁作。万历三十四年丙午至万历三十五年丁未。朱一冯(非二)有《〈破研斋集〉叙》云:"此袁中郎先生《瓶花》以后未刻稿也。己酉④秋,友人曹远生请刻于秦中,而邀余作序。"⑤

按,《破研斋集》首刻于万历三十七年。

14.《觞政》一卷

三十九岁作。万历三十四年丙午。

袁宏道在《袁无涯》尺牍云:"《觞政》一篇,唐人旧有之,略为增减耳。"⑥

---

① 袁宏道:《袁中郎全集·尺牍·与黄平倩》,第50页。
② 袁宏道:《袁中郎全集·尺牍·苏潜夫》,第74页。
③ 研,或作"砚"。
④ 万历三十七年,1609年。
⑤ 此序收入钱伯城笺校《袁宏道集笺校》附录三《序跋》(第1700页)。
⑥ 袁宏道:《袁中郎全集·尺牍·袁无涯》,第77页。

按,此函在《潇碧堂集》卷十九。首句云:"北车已脂。"则此时当为袁宏道居柳浪之第六年,北上京师前夕,时为万历三十四年秋。

《觞政》入《四库提要》卷一百一十六子部谱录类存目四,《说郛续》卷三十八之一,《宝颜堂秘笈》之一,《广百川学海》癸集之一,《欣赏编》之一,《绿窗小史》之一。

15.《墨畦》一卷

四十岁作。万历三十五年丁未。

16.《场屋后记》一卷

四十二岁作。万历三十七年己酉。

17.《华嵩游草》二卷

四十二岁作。万历三十七年己酉。

18.《瓶花斋杂录》一卷

《四库全书总目提要》卷一百二十八子部三十八杂家类存目五云:"明袁宏道撰。……此书多记闻见杂事及经验医方,间及书传,持论亦多偏驳,如孟子说性善及儒与老庄同异诸条,第喜逞才辩,不自知其言之过也。"

此书收在《学海类编·集余四·记述》,原题"明公安袁宏道中郎辑"。

袁照《袁石公遗事录》云:"淹博如纪文达,且不识《瓶花斋杂录》一卷非公书。"①。

---

① 袁照:《袁石公遗事录》卷首。

按，细审此书，共《墨畦》九则，《德山麈谈》十二则，以及《瓶花斋集》卷八之"畜促织""斗蚁""斗蛛""时尚"等条拼合而成，当系书贾拼凑所作。

以上别集类。

19.《梨云馆类定袁中郎全集》二十四卷

明万历四十五年何欲仙刊本。

按，此集以类相从，而不复以别集为准，于诗文著作时间之考订，殊不便。有道光九年（1829）培原书屋重刻本，以及日本元禄九年（1696）翻刻本。同治八年（1869），袁宏道五世孙照曾精校此集，并将袁宏道之行谊分"著作""学术""高行""宦绩""游踪""异迹""杂记"，凡七类，成《袁石公遗事录》两册附之卷末。书前并有诸集原序及《中郎先生传》一篇。此集未收《场屋后记》及《墨畦》。

20.《袁石公集》四十二卷，六种

明万历间袁氏书种堂刊本，计收录：

《敝箧集》二卷（江进之序）

《锦帆集》四卷（江进之序）

《解脱集》四卷（虞长孺序）

《瓶花斋集》十卷（曾退如序）

《潇碧堂集》二十卷，附《瓶史》一卷（雷思霈序）。

《广庄》一卷。

21.《袁中郎集》二十二卷

此集刻于明崇祯二年（1629），为钟惺所增定。前有陆之选

《新刻钟伯敬增定袁中郎全集缘起》云："《中郎先生集》为百品哀梨，奇识者特所珍嗜。吴郡六集，嘉禾十集，各为绣梓，不相统一，构者憾焉。至金陵梨云馆哀集类编，便于采诵，然先生遗稿八卷，未见梓行，今悉补入，以供世赏。"①

按，此集与其他诸集出入颇大，仅录文，而不录诗。较道光九年重刻之梨云馆类定《袁中郎全集》增补文五十九篇。其目录为：卷一、二序；卷三引；卷四传；卷五奏书、论；卷六策；卷七疏文；卷八、九、十记述；卷十一记述，附杂识（《场屋后记》《墨畦》）；卷十二《广庄》；卷十三《暑谈》；卷十四《觞政》；卷十五《瓶史》；卷十六杂录；卷十七碑记；卷十八志、铭、文、赞；卷十九启、书、《去吴之七牍》；卷二十、二十一、二十二尺牍。

22.《袁中郎先生十集》十四卷

明末秀水周应麟刊本，计收录：

《广庄》一卷；

《敝箧集》二卷，有江进之序；

《破砚斋集》二卷，有"泰兴朱一冯非二"序；

《广陵集》一卷；

《桃源咏》一卷，有"万历乙巳②九月下浣华亭介人曹蕃"之跋；

《华嵩游草》一卷有"武林闻启祥子将"之引；

《瓶史》一卷；

《觞政》一卷；

《狂言》二卷；

---

①　钱伯城笺校：《袁宏道集笺校》附录三《序跋》，第1720页。

②　1605年。

《狂言别集》二卷。

袁中道《游居柿录》云:"得《中郎十集》,内有《狂言》及《续狂言》等书,不知是何伧父,刻画无盐,唐突西子,真可恨也。"①

按,此所云《中郎十集》当即指此。

23.《袁中郎集》存七卷

原题"公安袁宏道中郎甫撰,绣水徐弘泽润卿甫校"。计收录:

《敝箧集》二卷;

《破砚斋集》二卷;

《广陵集》一卷;

《狂言别集》二卷。

以上合集类。1911年以后所出诸集不录,见附录三。

---

① 袁中道:《游居柿录》第一一○八条,第280页。

三　晚近对三袁及公安派之研究

——序论与书目

晚近对公安派和袁氏三兄弟的研究始于1931年。对公安派重新发生兴趣的原因,常常被归功于林语堂和周作人在1930年代对晚明小品文的提倡。不过,最早对袁宏道进行学术研究的,却是当时北师大国文系的学生任维焜。在1931年至1933年之间,他写下了三篇关于袁宏道的论文,涉及袁氏的生平、师友、思想与文学理论。文章发表在《师大国学丛刊》及《师大月刊》上。尽管这位作者的行文尚不成熟,内容也有欠深入,这三篇论文却是以系统的方式对袁宏道的作品进行研究的第一步。

1933年之后,袁宏道(袁中郎)的名字便常常出现在《人间世》和《论语》之类的流行杂志上。在1930年代初,有大约三年的时间,袁宏道成为人们讨论最多的文学人物。不过,相关的讨论大都是一些零碎主题,并且在风格上也以闲散出之。其中几乎一半的文章,要么是逸闻趣事,要么是对袁宏道作品与生活方式的随兴感怀。在这些文章中,钱杏邨(阿英)的《袁中郎与政治》和刘大杰的《袁中郎的诗文观》是两篇最为扎实有据的作品。

在袁宏道于现代被重新立为文学样板的过程中,1934年是一个重要的时间节点。这一年,不仅由林语堂和刘大杰编辑的

《袁中郎全集》出版，而且随着周作人《中国新文学的源流》一书的刊行，对袁宏道的研究也达到了高峰。在《中国新文学的源流》中，公安派被视为中国现代文学的一个主要源泉，袁宏道也被视作胡适的前驱。这种阐释为袁宏道的仰慕者提供了新的灵感，也为公安派的研究带来了新的视野。

1936 年之后，对袁宏道的兴趣在中国学界渐渐沉寂。关于这一晚明批评家的较为严肃的研究论文，往往出自 1940 年之后的日本学者之手。1935 年，冈崎文夫在东京的《中国文学月报》上发表了一篇题为《袁中郎研究の流行》的文章，这是日本第一篇介绍中国袁宏道研究的发展的论文。

日本对袁宏道研究贡献最大的学者首推入矢义高。1940 年，他发表了一篇详尽扎实的文章《公安三袁著作表》。其中以编年的方式罗列了"三袁"的著作，并对每部作品都做了详尽的文献考索。1954 年，入矢义高写下另一篇题为《从公安到竟陵——以袁小修为中心》(《公安から竟陵へ：袁小修を中心として》) 的论文。这是晚近第一篇考察公安派与竟陵派之关系的论文，袁中道在这一转变过程中的角色也得到了仔细的研究。入矢义高对日本读者所做的最大贡献，是他 1963 年出版的袁宏道诗选及其笺注，这本书的导论为袁宏道的一生及其所生活的时代提供了一幅详略得当的概貌。

松下忠是另一位对袁宏道的文学理论进行了丰富研究的日本学者。他的研究更多关注公安派的兴起，并提供了一种历史视野，来理解晚明文学批评从复古诸子到三袁兄弟的发展延续。

自 1949 年至 1979 年，在大陆只有寥寥几篇关于袁宏道的短文发表。要到 1980 年之后，对公安派的学术兴趣才慢慢复现。

自 1980 年以后，公安派研究中最为重要的事是 1981 年钱伯城编的《袁宏道集笺校》的出版。此书至今仍是袁宏道全集的最佳版本。在这部两卷本文集中，袁宏道的作品不再以诗、文、尺牍等文类加以划分，而是以袁宏道自编诸集的原始面貌出现。通过这一编年体例，袁宏道思想与个性的发展过程也清晰可见。除了格式上的变化外，此书还对人名地名加以笺注，为晚明的一些历史事件提供背景；最有价值的是，编者还细致地比对了现存各种袁宏道文集的版本。此外，编者更附上了袁宏道诸集的原序、明清批评家的评论，以及若干于 1930 年代发表的文章。这部《笺校》不仅为我们提供了最为完整的袁宏道作品集，更将这一晚明诗人置入历史视野之中研究。

1949 年之后的台湾，"三袁"与公安派也没有得到太多关注。在近二十年的时间里，袁宏道寂然无闻。除了若干短文，在 1969 年之前的任何严谨的研究中，都看不到他的影子。

1969 年至 1970 年，梁容若写了四篇关于袁宏道与公安派的文章。这标志着台湾学界对袁宏道之兴趣的复现，自此，袁宏道再次在教授和研究生中稍稍流行了起来。1974 年至 1985 年，袁宏道和公安派成为至少六部硕士、博士论文的选题，其中一些已经出版。1976 年，明版（1629 年）《袁宏道全集》在台北重印。

在西方世界，袁宏道最早是以一位自然爱好者和插花专家，而非诗人或文评家的面貌出现的。1938 年，林语堂用英文摘译了袁宏道的《瓶史》，收入林氏在纽约出版的《生活的艺术》（The Importance of Living）一书。1968 年，法国学者 André Lévy 翻译了袁宗道的《论文》和袁中道的《石浦先生传》，辅以自己的导论，发表在《通报》（T'oung pao）上。这是袁氏兄弟第一次被介绍给法国读者。1982 年，另一位法国学者 Martinez Vallette-Hémery 写了一本关于袁宏道的文学理论和实践的著作。同年，她又以法语翻译出版了袁宏道的散文选集，题为《云与石》(*Nuages et pierees*)。袁宏道在西方渐渐被视为一位重要的中国文学人物。

在西方学界中，最为详尽的袁宏道生平传记来自洪铭水。1974 年，他在威斯康星（麦迪逊校区）完成了题为《袁宏道与晚明文学思想运动》(*Yuan Hung-tao and the Late Ming Literary and Intellectual Movement*)的博士论文。齐皎瀚（Jonathan Chaves）是另一位对公安派研究贡献极大的西方学者。1978 年，他出版了《云游集》(*Pilgrim of the Clouds*)一书，辑选、翻译了袁氏三兄弟的作品。1983 年，他写下一篇非常重要的文章：《公安派文学理论再认识》(The Reconsideration of the Literary Theory of the Kung-an School)，其中仔细地重新考释了对公安派的一些习见和看法，并对公安派文学理论中一些最具争议的论点进行了较为持平的论述。

下面的书目选自我在本书的写作中曾引用或参考的著作，它们远未穷尽关于这主题的现代研究；不过，这些著作确实为过去半个世纪里人们接受、研究袁氏兄弟和公安派提供了一幅大概的面貌。

史料典籍

（汉）班固：《汉书》，北京，中华书局，1973 年。

（汉）司马迁：《史记》，北京，中华书局，1982 年。

（汉）王充：《论衡》，《四库全书》本。

（汉）许慎：《说文解字》，北京，中华书局，1963 年。

（汉）郑玄注，（唐）孔颖达疏：《礼记注疏》，《四库全书》本。

（魏）何晏集解，（南朝梁）皇侃疏：《论语集解义疏》，《四库全书》本。

（晋）葛洪：《神仙传》，《四库全书》本。

（南朝宋）刘义庆：《世说新语》，《四库全书》本。

（南朝梁）刘勰著，王利器校笺：《文心雕龙校证》，上海，上海古籍出版社，1980年。

（南朝梁）萧统：《文选》，宋淳熙本；台北，艺文印书馆，1967年。

（南朝梁）钟嵘著，陈延杰注：《诗品注》，台北，台湾开明书店，1958年。

（唐）白居易：《白居易集》，北京，中华书局，1979年。

（唐）姚思廉等编：《梁书》，北京，中华书局，1973年。

（宋）彭乘：《墨客挥犀》，《四库全书》本。

（宋）邵雍：《皇极经世书》，上海，中华书局，1936年。

（宋）苏轼：《东坡全集》，《四库全书》本。

（宋）苏轼著，（明）李贽选：《坡仙集》，1600年。

（宋）苏轼、黄庭坚著，深瀚池编：《苏东坡黄山谷尺牍合册》，台北，泰顺书局，1970年。

（宋）苏洵、苏轼、苏辙著，（明）杨慎辑，（明）袁宏道评释：《三苏文范》，天启本。

（宋）王安石：《临川先生文集》，《四部备要》本。

（宋）严羽著，郭绍虞校释：《沧浪诗话校释》，北京，人民文学出版社，1961年。

（宋）周敦颐：《周濂溪集》，上海，商务印书馆，1936年。

（宋）周紫芝：《竹坡诗话》，载（清）何文焕编《历代诗话》，台北，艺文印书馆，1971年。

（明）冯梦龙编，严敦易校注：《警世通言》，北京，人民文学出版社，1956年。

（明）冯梦龙编，顾学颉校注：《醒世恒言》，北京，作家出版社，1956年。

（明）冯梦龙：《挂枝儿》，上海，松竹书店，1929年。

（明）冯梦龙：《山歌》，北京，中华书局，1962年。

（明）顾炎武：《顾亭林遗书十种》，台北，古亭书局，1969年。

（明）顾炎武著，黄侃、张继校勘：《日知录》，台北，明伦出版社，1970年。

（明）黄宗羲编：《明文授读》，东京，汲古书院，1973年。

（明）黄宗羲：《明夷待访录》，中华书局，1985年。

（明）江盈科：《雪涛阁集》，北京，西楚江氏刊本，1600年。

（明）江盈科：《雪涛小书》，上海，中央书店，1948年。

（明）兰陵笑笑生：《金瓶梅词话》，北京，文学古籍刊行社，1957年。

（明）李梦阳：《空同先生集》，邓云霄刊本，1602年；台北，伟文图书出版社有限公司，1976年。

（明）李攀龙：《沧溟先生集》，王世贞刊本，台北，伟文图书出版社有限公司，1976年。

（明）李绍文：《皇明世说新语》，云间李氏刊本，1610年。

（明）李贽：《藏书》，北京，中华书局，1959年。

（明）李贽：《续藏书》，北京，中华书局，1959年。

（明）李贽：《焚书》，台北，河洛图书出版社，1974年。

（明）潘曾纮编：《李温陵外纪》，台北，伟文图书出版社有限公司，1977年。

（明）沈德符：《万历野获编》，北京，中华书局，1959年。

（明）谭元春：《谭友夏合集》，古吴张泽刊本，1633年；台北，伟文图书出版社有限公司，1976年。

（明）汤显祖著，徐朔方注：《汤显祖诗文集》，上海，上海古籍出版社，1982年。

（明）唐顺之：《荆川先生文集》，《四部丛刊初编》，台北，台湾商务印书馆，1965年。

（明）唐顺之：《荆川先生外集》，《四部丛刊初编》，台北，台湾商务印书馆，1965年。

（明）陶望龄：《歇庵集》，山阴王应麟校刊本，1611年；台北，伟文图书出版社有限公司，1976年。

（明）王夫之：《船山全集》，台北，力行书局，1965年。

（明）王世贞：《苏长公外纪》，豫章璩氏燕石斋刊本，1594年。

（明）王世贞：《艺苑卮言》，丁福保辑《历代诗话续编》，北京，中华书局，1983年。

（明）王世贞：《弇州山人续稿》，台北，文海出版社，1970年。

（明）王世贞：《弇州山人四部稿》，王氏世经堂刊本，1577年。

（明）王守仕：《王文成公全书》，《四部备要》本。

（明）谢榛著，宛平校点：《四溟诗话》，北京，人民出版社，1961年。

（明）徐弘祖著，褚绍唐、吴应寿整理：《徐霞客游记》，上海，上海古籍出版社,1980年。

（明）徐渭:《徐渭集》,北京,中华书局,1983年。

（明）徐渭:《青藤书屋文集》,北京,中华书局,1985年。

（明）徐渭:《南词叙录》,杨家骆主编《历代诗史长编》,台北,鼎文书局,1974年。

（明）袁宏道:《解脱集》,勾吴袁氏书种堂刊本,1603年。

（明）袁宏道:《潇碧堂集》,勾吴袁氏书种堂刊本,1608年。

（明）袁宏道:《瓶花斋集》,勾吴袁氏书种堂刊本,1608年;抱残守缺斋石印本,1911年。

（明）袁宏道:《锦帆集》,勾吴袁氏书种堂刊本,1609年。东京,内阁文库,1976年。

（明）袁宏道著,（清）周应麟编:《袁中郎十集》,1614年。

（明）袁宏道:《梨云馆类定袁中郎先生全集》,何欲仙刊本,1617年;培原书屋刊本,1829年;袁照刊本,1869年。

（明）袁宏道:《袁中郎全集》,武林佩兰居刊本,1629年;继善书屋刊本,1869年;上海,世界书局,1935年;台北,世界书局,1964年。台北,伟文图书出版社有限公司,1976年。

（明）袁宏道著,刘大杰主编,林语堂、阿英校阅:《袁中郎全集》,上海,时代书局,1934年。

（明）袁宏道著,襟霞阁主人编:《袁中郎全集》,上海,中央书店,1936年。

（明）袁宏道著,钱伯城笺校:《袁宏道集笺校》,上海,上海古籍出版社,1981年。

（明）袁中道:《珂雪斋前集》,新安刊本,1618年;台北,伟文图书出版社有限公司,1976年。

（明）袁中道：《珂雪斋近集》，明金陵书林唐国达刊本；上海，中央书店，1936年；台北，伟文图书出版社有限公司，1976年。

（明）袁中道：《珂雪斋集选》，汪从教刊本，1622年。

（明）袁中道：《游居柿录》（又称《袁小修日记》），上海，上海杂志公司，1935年。

（明）袁中道：《新安集》，东京，内阁文库，1976年。

（明）袁宗道：《白苏斋类集》，明刊本；上海，国学研究社，1936年；台北，伟文图书出版社有限公司，1976年。

（明）钟惺、谭元春编：《古诗归》，1617年。

（明）钟惺、谭元春编：《唐诗归》，1617年。

（明）钟惺：《隐秀轩集》，书林近圣居刊本，1622年；东京，内阁文库，1976年。

（明）钟惺：《钟伯敬合集》，上海，上海杂志公司，1936年。

（清）张廷玉等编：《明史》，北京，中华书局，1974年。

（清）陈田辑：《明诗纪事》，1899年；台北，台湾商务印书馆，1968年。

（清）纪昀等编：《四库全书总目提要》，1781年；台北，台湾商务印书馆，1971年。

（清）钱谦益：《列朝诗集小传》，上海，古典文学出版社，1957年；台北，世界书局，1961年。

（清）钱谦益：《牧斋初学集》，1644年；台北，台湾商务印书馆，1967年；上海，上海古籍出版社，1985年。

（清）钱谦益：《牧斋有学集》，《四部丛刊初编》，台北，台湾商务印书馆，1967年。

（清）周承弼等纂修：《公安县志》，1887年；台北，学生书局，

1969 年。

（清）朱彝尊：《静志居诗话》，钱塘姚氏本，1819 年。

（清）朱彝尊：《明诗综》，1705 年；台北，世界书局，1962 年。

（清）李渔：《肉蒲团》，青心阁写刻本，1705 年。

（清）沈德潜、周准合辑：《明诗别裁》，1739 年；上海，商务印书馆，1933 年。

（清）袁枚：《随园诗话》，北京，人民文学出版社，1982 年。

（清）黄遵宪著，钱萼孙笺注：《人境庐诗草》，台北，台湾商务印书馆，1965 年。

（清）姚觐元辑：《清代禁毁书目四种》，杭州，抱经堂书局，1931 年。

孙楷第：《中国通俗小说书目》，北京，作家出版社，1957 年。

厦门大学历史系编：《李贽研究参考资料》第二辑，福州，福建人民出版社，1975 年。

叶庆炳、邵红编：《中国文学批评资料汇编（明代）》，台北，成文出版社，1979 年。

中国戏曲研究院编：《中国古典戏曲论著集成》，北京，中国戏剧出版社，1959 年。

研究著作

蔡义忠：《中国八大散文家》，台北，南京出版公司，1977 年。

陈锦钊：《李贽之文论》，台北，嘉新水泥公司文化基金会研究所，1974 年。

陈少棠：《晚明小品论析》，台北，源流出版社，1982 年。

陈望道编：《小品文和漫画》，上海，生活书店，1935 年。

丁志坚：《中国十大散文家》，台北，顺风出版社，1967年。

傅东华编：《文学百题》，上海，生活书店，1935年；香港，古文书局，1961年。

顾远芗：《随园诗说的研究》，上海，商务印书馆，1936年。

郭绍虞：《中国文学批评史》，上海，商务印书馆，1934年；台北，台湾商务印书馆，1969年；上海，中华书局，1961年。

侯外庐：《中国早期启蒙思想史》，北京，人民出版社，1956年。

胡适：《胡适文存》，上海，亚东图书馆，1921年。

胡适：《胡适文存二集》，上海，亚东图书馆，1924年。

胡适：《白话文学史》，上海，新月书店，1928年；台北，胡适纪念馆，1969年。

胡适：《胡适文存三集》，上海，亚东图书馆，1930年。

胡适：《四十自述》，上海，亚东图书馆，1933年；台北，远东图书公司，1985年。

胡适：《胡适留学日记》，上海，商务印书馆，1947年；台北，台湾商务印书馆，1973年。

胡适：《胡适文存》第四集，台北，远东图书公司，1968年。

胡适：《胡适讲演集》，台北，胡适纪念馆，1970年。

胡适：《尝试后集》，台北，胡适纪念馆，1971年。

胡适：《胡适之先生诗歌手迹》，台北，台湾商务印书馆，1975年。

嵇文甫：《晚明思想史论》，重庆，商务印书馆，1944年。

梁容若：《作家与作品》，台中，东海大学出版社，1971年。

梁一成：《徐渭的文学与艺术》，台北，艺文印书馆，1977年。

林语堂：《讽诵集》，台北，志文出版社，1966年。

林语堂：《语堂随笔》，台北，志文出版社，1966年。

林语堂：《语堂随笔》，台北，志文出版社，1966年。

林语堂：《鲁迅之死》，台北，德华出版社，1976年。

林语堂：《一夕话》，台北，德华出版社，1976年。

林语堂：《金圣叹之心理学》，台北，德华出版社，1981年。

林语堂：《有不为斋随笔》，台北，金兰文化出版社，1986年。

刘大杰：《中国文学发展史》，上海，中华书局，1941年；台北，台湾中华书局，1968年。

鲁迅(周树人)：《中国小说史略》，上海，北新书局，1931年。

鲁迅：《鲁迅全集》，北京，人民文学出版社，1982年。

敏泽：《中国文学理论批评史》，北京，人民文学出版社，1981年。

南炳文、汤纲：《明史》，上海，上海人民出版社，2003年。

钱基博：《明代文学》，上海，商务印书馆，1934年。

钱杏邨(阿英)：《夜航集》，上海，上海良友图书印刷公司，1935年。

钱杏邨：《海市集》，上海，北新书局，1936年。

钱杏邨：《小说闲谈》，上海，古典文学出版社，1958年。

钱锺书：《谈艺录》，上海，开明书店，1937年；香港，龙门书店，1962年。

任访秋：《中国古典文学论文集》，郑州，河南人民出版社，1981年。

任访秋：《袁中郎研究》，上海，上海古籍出版社，1983年。

容肇祖：《明代思想史》，上海，开明书店，1941年；台北，台湾开明书店，1962年。

容肇祖：《李卓吾评传》，上海，商务印书馆，1937年；台北，台湾商务印书馆,1973年。

宋佩韦:《明文学史》,上海,商务印书馆,1934年。

田素兰:《袁中郎文学研究》,台北,文史哲出版社,1982年。

王国维:《人间词话》,台北,台湾开明书店,1953年。

王润华:《中西文学关系研究》,香港,东大图书公司,1978年。

王序:《中国文学作家小传》,香港,友联出版社,1958年。

韦仲公:《袁中郎学记》,台北,新文丰出版公司,1979年。

魏子云:《〈金瓶梅〉探源》,台北,巨流图书公司,1979年。

魏子云:《〈金瓶梅〉审探》,台北,台湾商务印书馆,1982年。

吴晗:《〈金瓶梅〉与王世贞》,香港,南天书业公司,1967年。

谢无量:《中国大文学史》,上海,中华书局,1918年。

杨德本:《袁中郎之文学思想》,台北,文史哲出版社,1976年。

袁乃玲:《袁中郎研究》,台北,学海出版社,1981年。

曾毅:《中国文学史》,上海,泰东图书公司,1915年。

赵家璧主编:《中国新文学大系·建设理论集》,上海,上海良友图书印刷公司,1935年。

郑振铎:《中国文学论集》,上海,开明书店,1934年。

周质平:《公安派的文学批评及其发展》,台北,台湾商务印书馆,1986年。

周作人:《永日集》,上海,北新书局,1929年。

周作人:《中国新文学的源流》,北京,人文书店,1934年。

周作人:《苦茶庵随笔》,上海,北新书局,1935年。

周作人:《风雨谈》,上海,北新书局,1936年。

周作人:《药堂杂文》,上海,北新书局,1943 年。

朱东润:《中国文学批评史大纲》,上海,古典文学出版社,1957 年;台北,台湾开明书店,1960 年。

朱东润等著:《中国文学批评家与文学批评》,台北,学生书局,1971 年。

朱维之:《李卓吾论》,福州,福建协和大学书店,1935 年。

朱维之:《中国文艺思潮史略》,上海,开明书店,1946 年。

〔日〕青木正儿:《支那文学思想史》,东京,岩波书店,1943 年。

〔日〕青木正儿:《清代文学评论史》,东京,岩波书店,1950 年。

〔日〕松下忠:《明清の三詩説》,东京,明治书院,1978 年。

〔日〕中村嘉弘:《袁中郎小論——快樂と自適について》,Walpurgis(国学院大学外国语研究室),东京,1979 年。

Arthur Waley, *The Life and Times of Po Chu-i*. London: George Allen and Unwin, 1949.

Arthur Waley, *Yuan Mei*. Stanford: Stanford University Press, 1956.

B. Mather, tr., *A New Account of Tales of the World*. Minneapolis: University of Minnesota Press, 1976.

Burton Watson, *Chinese Lyricism: Shih Poetry from the Second to the Twelfth Century*. New York: Columbia University Press, 1971.

Burton Watson, *Su Tung-p'o*. New York: Columbia University Press, 1965.

C. T. Hsia, *The Classic Chinese Novel*. New York: Columbia University Press, 1968.

Charles O. Hucker, *A Dictionary of Offical Titles in Imperial China*. Stanford: Stanford University Press, 1985.

Ch'en Shou-yi. *Chinese Literature: A Historical Introduction*. New York: Ronald Press, 1961.

D. C. Lau, tr. , *Lao Tzu: Tao Te Ching*. Baltimore, Maryland: Penguin, 1963.

David E. Pollard, *A Chinese Look at Literature: The Literary Values of Chou Tso-jen in Relation to the Tradition*. Berkeley, California: University of California Press, 1973.

Frederick W. Mote, *The Pote Kao Ch'i* (1336 – 1374). Princeton: Princeton University Press, 1962.

Hans H. Frankel, *The Flowering Plum and the Palace Lady: Interpretations of Chinese Poetry*, New Haven and London: Yale University Press, 1976.

Hok-Lam Chan, *Li Chih (1527 – 1602) in Contemporary Chinese Historiography: New Light on His Life and Works*. White Plains, New York: M. E. Sharpe, 1980.

Hua-yuan Li Mowry, *Chinese Love Stories from Ch'ing-shih*. Hamden Connecticut. : Shoe String Press, 1983.

James J. Y. Liu, *Chinese Theories of Literature*. Chicago and London: University of Chicago Press, 1975.

James J. Y. Liu, *Essentials of Chinese Literary Art*. North Scituate, Mass achusetts: Duxbury Press, 1979.

James J. Y. Liu, *The Art of Chinese Poetry*. Chicago: University of Chicago Press, 1962.

James Legge, tr. , *Confucian Analects*. *The Chinese Classics*. Oxford: Clarendon Press, 1983.

John Ching-yu Wang, *Chin Sheng-t ' an*. New York: Twayne, 1972.

John Lyman Bishop, *The Colloquial Short Story in China*. Cambridge, Mass. : Harvard University Press, 1965.

Jonathan Chaves, tr. , *Pilgrim of the Clouds: Poems and Essays from Ming China*. New York: Weatherhill and Shambhala Publication, 1978.

L. Carrington Goodrich and Fang Chaoying, eds. , *Dictionary of Ming Biography* (1368 – 1644), New York: Columbia University Press, 1976.

Li Chi, *The Travel Daries of Hsu Hsia-k'o*. Hong Kong: Chinese University of Hong Kong Press, 1974.

Lin yu-tang, *The Importance of Understanding*. New York: World Publishing, 1960.

Martinez. Vallette-Hémery, *Nuages et pierees: Yuan Hong-dao*. Paris: Publications Orientalistes de France, 1983.

Martin Richard, tr. from German version, *Jou Pu Tuan*. New York: Grove Press, 1963.

Naotaro Kudo, *The Life and Thoughts of Li Ho*, Tokyo: Waseda University Press, 1972.

Patrick D. Hanan, *The Chinese Short Story: Studies in Dating, Authorship, and Composition*. Cambridge, Mass. : Harvard University Press, 1973.

Patrick D. Hanan, *The Chinese Vernacular Story*. Cambridge, Mass. : Harvard University Press, 1981.

Vincent Yu-chung Shih, tr. , *The Literary Mind and the Carving of Dragons*. New York: Columbia University Press, 1959.

Willard. J. Perterson, *Bitter Ground: Fang I-chih and the Impetus for Intellectual Change*. New Haven: Yale University Press, 1979.

William H. Nienhauser Jr. *Liu Tsung-yuan*. New York: Twayne, 1973.

William Theodore de Bary, ed. , *Self and Society in Ming Thought*, New York: Columbia University Press, 1970.

William Theodore de Bary, ed. , *The Unfolding of Neo-Confucianism*, New York: Columbia University Press, 1975.

Wing-tsit Chan, *A Source Book in Chinese Philosophy*. Princeton: Princeton University Press, 1969.

Wing-tsit Chan, A Source *Book in Chinese Philosophy*. Princeton: Princeton University Press, 1969.

Wolfgang Franke, *The Reform and Abolition of the Traditional Chinese Examination System*. Cambridge, Mass. : Harvard University, East Asian Research Center, 1963.

Yu Chun-fang, *The Renewal of Buddhism in China, Chu-hung and the Late Ming Synthesis*. New York: Columbia University Press, 1981.

Yuen Ren Chao, *Mandarin primer*. Cambridge, Mass. :

Harvard University Press, 1948.

论文

艾惕（化名）：《袁宏道——公安派的主将》，《武汉晚报》，1963 年 11 月 16 日。

蔡丽英：《袁宏道评传》，《文学集刊》，1968 年 1 月。

曹聚仁：《何必袁中郎》，《太白》半月刊第 1 卷第 4 期，1934 年 11 月。

陈宗敏：《袁中郎的思想与作品》，《国语日报：书和人》第 352 期，1978 年 12 月。

杜若：《袁氏三兄弟与公安文体》，《台肥月刊》第 18 卷第 9 期，1977 年 9 月。

杜新吾：《袁宏道》，张其昀编《中国文学史论集》，台北，中华文化出版社，1958 年。

范缩：《记发现袁中郎墨迹之经过》，《人间世》第 17 期，1934 年 12 月。

范缩：《袁中郎游百泉》，《论语》半月刊第 54 期，1934 年 12 月。

费海矶：《从袁中郎诗谈到英国诗人哈代》，《国语日报：书和人》第 214 期，1973 年 7 月。

郭绍虞：《神韵与格调》，《燕京学报》第 22 期，1937 年 12 月。

郭绍虞：《性灵说》，《燕京学报》第 23 期，1938 年 6 月。

寒操：《袁中郎和〈水浒传〉》，《羊城晚报》，1980 年 3 月 14 日。

何冠彪：《陶望龄、奭龄兄弟生卒考略》，《中华文史论丛》第 3

期,1985。

洪克夷:《袁宏道和他的游记》,《语文战线》第 37 期,1980 年 1 月。

侯外庐:《十六世纪中国的进步的哲学思潮概述》,《历史研究》1959 年第 10 期,1959 年 10 月。

晦之(化名):《三袁和公安派》,《湖北日报》,1962 年 6 月 6 日。

江边:《公安三袁》,《中学语文》第 4 期,1979 年。

克展(化名):《袁中郎狂夫〈狂言〉》,《艺文志》第 152 期,1978 年 5 月。

李健章:《公安派的创作论——"独抒性灵,不拘格套"综释》,古代文学理论学会编《古代文学理论研究丛刊第二辑》,上海,上海古籍出版社,1980 年。

李宪昭:《略谈明代公安派的文学主张》,《语文学习》第 45 期,1983 年 3 月。

梁容若:《袁宏道生平和作品》,《国语日报:书和人》第 123 期,1969 年 11 月。

梁容若:《葡萄社与公安派》,《纯文学月刊》第 6 卷第 1 期,1970 年 1 月。

梁容若:《论依托的袁宏道作品》,《国语日报:书和人》第 131 期,1970 年 3 月。

梁容若:《袁宏道徐文长传正误》,《文坛》第 123 期,1970 年 9 月。

林语堂:《论文》,《论语》半月刊第 15 期,1933 年 4 月。

林语堂:《论文(2)》,《论语》半月刊第 28 期,1933 年 11 月。

林语堂：《论小品文的笔调》，《人间世》第 6 期，1934 年 6 月。

林语堂：《小品文之遗绪》，《人间世》第 22 期，1935 年 2 月。

林语堂：《还是讲小品文之遗绪》，《人间世》第 24 期，1935 年 3 月。

林章新：《袁中郎与花道》，《华国》第 6 期，1971 年 7 月。

刘大杰：《袁中郎的诗文观》，《人间世》第 13 期，1934 年 10 月。

刘燮：《关于公安小品文之一席话》，《人间世》第 8 期，1934 年 7 月。

刘燮：《公安竟陵小品读后题》，《人间世》第 16 期，1934 年 11 月。

路侃：《试论明代文艺理论中的"主情"说》，《文艺论集》第 7 期，1984。

钱伯城（辛雨）：《读袁宏道诗文集随笔》，《学林漫录》第 1 期，1980。

钱杏邨（阿英）：《默与谦》，《人间世》第 1 期，1934 年 4 月。

钱杏邨：《读屠赤水的小品文》，《人间世》第 3 期，1934 年 5 月。

钱杏邨：《袁中郎与政治》，《人间世》第 7 期，1934 年 7 月。

钱杏邨：《读王百谷〈谋野集〉》，《人间世》第 9 期，1934 年 8 月。

邱汉生：《泰州学派的杰出思想家李贽》，《历史研究》1964 年第 1 期，1964 年 1 月。

任访秋：《关于袁中郎和他所倡导的文学革新运动》，《文学遗产》第 2 期，1980 年 9 月。

任维焜:《袁中郎师友考》(袁中郎评传之一),《师大国学丛刊》第 1 卷第 2 期,1931 年 5 月。

任维焜:《袁中郎评传(2)》,《师大国学丛刊》第 1 卷第 3 期,1932 年 3 月。

任维焜:《袁中郎评传(1)》,《师大月刊》第 1 卷第 2 期,1933 年 1 月。

容肇祖:《明冯梦龙的生平及其著述》,《岭南学报》第 2 卷第 2 期,1931。

容肇祖:《明冯梦龙的生平及其著述续考》,《岭南学报》第 2 卷第 3 期,1932。

邵红:《公安竟陵文学理论的探究》,《思与言》第 12 卷第 2 期,1974 年 7 月。

邵红:《竟陵派文学理论的研究》,《文史哲学报》第 24 期,1975 年 10 月。

沈启无:《〈珂雪斋外集〉〈游居柿录〉》,《人间世》第 31 期,1935 年 7 月。

沈思:《关于袁中郎与王百谷》,《人间世》第 19 期,1935 年 1 月。

田素兰:《袁中郎文学理论的形成》,《国文学报》第 10 期,1981 年 6 月。

王利器:《〈水浒传〉李卓吾评本的真伪问题》,《文学评论丛刊》第 2 期,1979。

王重民:《冯梦龙之生卒年》,《中华文史论丛》第 33 期,1985。

魏子云:《袁中郎与〈金瓶梅〉》,《国语日报:书和人》第 224

期,1973 年 11 月。

魏子云:《袁中郎"觞政"之作》,《中外文学》第 5 卷第 9 期,
1978 年 2 月。

吴奔星:《袁中郎之文章及文学批评》,《师大月刊》第 30 期,
1935 年 10 月。

吴调公:《论公安派三袁美学观之异同》,《文学评论》第 1
期,1986。

吴晗:《〈金瓶梅〉的著作时代及其社会背景》,《文学季刊》第
1 卷第 1 期,1934 年 1 月。

萧登福:《公安派文学论》,《中华文化复兴月刊》第 12 卷第 4
期,1979 年 4 月。

杨天石:《晚明文学理论中的"情真"说》,《光明日报》,1965
年 9 月 5 日。

杨宪武:《公安派与〈公安县志〉》,《湖北文献》第 40 期,1976
年 7 月。

宜珊(化名):《袁宏道的诗》,《今日中国》第 55 期,1975 年
11 月。

郁达夫:《重印〈袁中郎全集〉序》,刘大杰编《袁中郎全集》,
上海,时代图书公司,1934 年。

张汝钊:《袁中郎的佛学思想》,《人间世》第 20 期,1935 年
1 月。

震宇(化名):《试论袁宏道文学思想的阶级实质》,社会科学
战线编辑部编《文艺学研究论丛》,1979 年 8 月。

中书(化名):《袁宏道与日本插花》,《大公报》,1966 年 2 月
1 日。

周邵：《读中郎偶识》，《人间世》第 5 期，1934 年 6 月。

周树人（鲁迅），《招贴即扯》（化名公汗发表），《太白》半月刊第 1 卷第 11 期，1935 年 2 月。

周质平：《晚明文人对小说的态度》，《中外文学》第 11 卷第 12 期，1983 年 5 月。

周质平：《评公安派之诗论》，《中外文学》第 12 卷第 10 期，1984 年 3 月。

周质平：《胡适文学理论探源》，《新书月刊》第 9 期，1984 年 6 月。

周质平：《袁宏道的山水癖及其游记》，《中外文学》第 13 卷第 4 期，1984 年 9 月。

周作人（知堂）：《重刊袁中郎集序》，《大公报文艺副刊》第 120 期，1934 年 11 月 17 日，1935 年。

［日］阿部兼也：《"唐詩帰"詩評用語試探——"説不出"與"深"》，《集刊東洋學》第 29 期，1973 年 6 月。

［日］铃木虎雄：《李卓吾年谱》，《支那学》第 7 卷第 2 号，1934 年 2 月；第 7 卷第 3 号，1934 年 7 月。

［日］原田宪雄：《颠狂——袁中郎私记(1)》，《京都女子大学记要》第 11 期，1955 年 10 月。

［日］原田宪雄：《瓶花——袁中郎私记(2)》，《方向》第 7 期，1957 年 8 月。

［日］原田宪雄：《敝箧——袁中郎私记(3)》，《方向》第 8 期，1958 年 9 月。

［日］入矢义高：《公安三袁著作表》，《支那学》第 10 卷第 1

期,1940 年 4 月。

　　［日］入矢义高:《公安から竟陵へ：袁小修を中心として》,《京都大学人文科学研究所创立二十五周年论文集》,1954 年11 月。

　　［日］入矢义高:《袁宏道》,吉川幸次郎、小川环树编《中国诗人选集二集》,东京,岩波书店,1963。

　　［日］入矢义高:《真诗》,吉川教授退官记念事业会编《吉川博士退休记念中国文学论集》,东京,筑摩书房,1968。

　　［日］毛冢荣五郎:《袁中郎とその時代》,白山史學會编《人物と時代》,东京,帝国书院,1949。

　　［日］毛冢荣五郎:《袁中郎に於ける矛盾》,《日本中国学会报》第 9 期,1957。

　　［日］桑山龙平:《袁中郎の文學と生活》,《天理大学学报》第24 期,1957 年 10 月。

　　［日］前野直彬:《袁中郎十集と元政上人》,载长沢先生古稀记念图书学论集刊行会编《长沢先生古稀记念图书学论集》,东京,三省堂,1973。

　　［日］前野直彬:《明七子の先聲——楊維楨の文學觀について》,《中国文学报》第 5 期,1956 年 10 月。

　　［日］桥本循:《王弇州の文章觀と其文章》,《支那学》第 1 卷第 4 期,1920 年 11 月。

　　［日］松下忠:《王世贞の古文辭説よりの脱化について》,《中国文学报》第 5 期,1956 年 10 月。

　　［日］松下忠:《袁中郎の性霊説》,《中国文学报》第 3 卷第 9期,1958。

〔日〕松下忠：《袁宏道の性霊説の萌芽》，《东方学》第 19 期，1959 年 11 月。

〔日〕松下忠：《袁中郎非難に対する私見》，《和歌山大学学芸学部纪要》第 11 期，1959。

〔日〕沟口雄三：《公安派の道》，《入矢教授、小川教授退休记念中国文学、语学论集》，东京，筑摩书房，1974。

〔日〕冈崎文夫：《袁中郎研究の流行》，《中国文学月报》第 1 卷第 1 期，1935 年 3 月。

〔日〕铃木正：《明代山人考》，载清水博士追悼记念明代史论丛编纂委员会编《清水博士追悼记念明代史论丛》，东京：大安株式会社，1962。

〔日〕武田泰淳：《袁中郎论》，《中国文学月报》第 3 卷第 28 期，1937 年 7 月。

〔日〕山下龙二：《袁中郎論——公安派文學と陽明學派》，《东方学》第 7 期，1953 年 10 月。

〔日〕横田辉俊：《公安派の文學論》，《広岛大學文學部纪要》第 26 卷第 1 期，1966 年 12 月。

〔日〕横田辉俊：《明代文學論の展開（2）》，《広岛大學文學部纪要》第 38 卷第 2 期，1978 年 12 月。

〔日〕吉川幸次郎著，张连第译：《钱谦益的文学批评》，《古典文学论丛》第 3 期，1982。

Achilles Fang, ' From Imagism to Whitmanism in Recent Chinese Poetry: A search for Poetics That Failed. ' in Horst Franz and G. L. Anderson, eds. , *Indiana Universiey Conference on Oriental-Western Literary Relation*. Chapel Hill: Universiey of

North Carolina Press, 1955.

André Lévy, ' Un document sur la querelle des anciens et des moderns more sinico: De la Prose, par Yuan Zongdao [Tsung-tao] (1560-1600) suivi de sa biographie, composée par son frè re Yuan Zhongdao [Chung-tao] (1570-1623). ' *T'oung Pao*, 54 (1968).

Araki Kengo, ' Confucianism and Buddhism in the Late Ming. ' in William. Theodore de Bary, ed. , *The Unfolding of Neo-Confucianism*. New York: Columbia University Press, 1970.

Charles O. Hucker, ' An Index of Terms and Titles in Governmental Organization of the Ming Dynasty. ' *Harvard Journal of Asiatic Studies*, no. 23 (1960-1961).

Chaves Jonathan, ' The Expression of Self in the Kung-an School: Non-Romantic Individualism. ' in *Expression of Self in Chinese Literature*. Robert E. Hegel and Richard C. Hessney, eds. , New York: Columbia University Press, 1985.

Chaves Jonathan, ' The Panoply of Images: A Reconsideration of the Literary Theory of the Kung-an School. ' in Susan Bush and Christian Murck, eds. , *Theories of the Arts in China*. Princeton: Princeton University Press, 1983.

Chou Chih-P'ing, ' The Landscape Eassys of Yuan Hung-tao. ' *Tamkang Review*, 13, 3 (Spring 1983).

Chou Chih-P'ing, ' The Poetry and Poetic Theory of Yuan Hung-tao (1568-1610). ' *Tsing Hua Journal of Chinese Studies*, New Series 15, no. 1 and 2 (December 1983).

David S. Nivison, ' Protest against Conventions and

Conventions of Protest. ' in Arthur F. Wright, ed. , *The Confucian Persuasion*. Stanford: Stanford University Press, 1960.

David S. Nivison, ' The Problem of "Knowledge"and "Action" in Chinese Thought since Wang Yang -ming, ' in Arthur F. Wright, ed. , *Studies in Chinese Thought*. Chicago: University of Chicago Press, 1953.

Frederick W. Mote, ' Confucian Eremitism in the Yuan Period. ' in Arthur F. Wright, ed. , *Confucian and Chinese Civilization*. Stanford: Stanford University Press, 1960.

Frederick W. Mote, ' The Art and the "Theorizing Mode" of the Civilization. ' in Christian F. Murck, ed. , *Artists and Traditions*. Princeton: Princeton University Press, 1976.

Hsiao Kung-chuan, "Li Chih: An iconoclast of the Sixteenth Century. ' *T'ien-hsia Monthly*, 6, 4 (April 1938).

Jen Fang-chiu (Ren Fangqiu), ' A Brief Introduction to Yuan Hongdao (Yuan Hang-tao). ' *Chinese Literature* (February 1981).

Lin Yu-t'ang. , tr. , ' The " Vase Flowers " of Yuan Chunglang. ' in *The Importance of Living*. New York: Reynal and Hitchcock, 1938.

Martinez. Vallette- Hémery, ' Yuan Hongdao (1568-1610): Théorie et pratique littéraires. ' Mémoires de l'Institut des Hautes études Chinoises, 18 (1982), Paris: Collège de France.

Patrick D. Hanan, ' Sources of the Chin P'ingMei. ' *Asia Major*, 10 (July 1963).

Patrick D. Hanan, 'The Early Chinese Short Story: A Critical Theory in Outline.' *Harvard Journal of Asiatic Studies*, 27 (1967).

Patrick D. Hanan, 'The Fiction of Moral Duty: The Vernacular Story in the 1640s.' in Robert E. Hegel and Richard C. Hessney, eds., *Expression of Self in Chinese Literature*. New York: Columbia University Press, 1985.

Patrick D. Hanan, 'The Text of the *Chin P'ing Me*.' *Asia Major*, 9 (April 1962).

Richard John, Lynn 'Tradition and the Individual: Ming and Ch'ing Views of Yuan Poetry.' *Journal of Oriental Studies*, 15, 1 (1977).

Richard John Lynn, 'Alternate Routes to Self-Realization in Ming Theories of Poetry.' in Susan Bush and Christian Murck, eds., *Theories of the Arts in China*. Princeton: Princeton University Press, 1983.

Richard John Lynn, 'Orthodoxy and Enlightenment: Wang Shih-chen's Theory of Poetry and Its Antecedents.' in William. Theodore de Bary, ed., *The Unfolding of Neo-Confucianism*, New York: Columbia University Press, 1975.

Tu Ching-i, 'Neo-Confucianism and Literary Criticism in Ming China: The Case of T'ang Shun-chih (1507-1560).' *Tamkang Review*, nos 1-4 (Autumn 1984-Summer 1985).

Tu Ching-i, 'The Chinese Examination Esaay: Some Literary Considerations.' *Monumenta Serica*, no. 31 (1974-1975).

Wang Jun-Hua（Y. J. Wang）,' The "new tide" that came from America.' in Nan-yang ta-hsueh hsueh-pao, 7（1973）.

William Theodore de Bary, 'Individualism and Humanitarianism in Late Ming Thought.' note 159, in William. Theodore de Bary, ed., *Self and Society in Ming Thought*. New York: Columbia University Press, 1970.

Wu Nelson,' Tung Ch'i-ch'ang（1555 – 1636）: Apathy in Government and Fervor in Art.' in Arthur F. Wright and Denis C. Twitchett, eds., *Confucian Personalities*. Stanford: Stanford University Press, 1962.

Yoshikawa kōjirō, 'Ch'ien Ch'ien-i as a Literary Critic.' Paper presented at the Conference on Traditional Chinese Literary Criticism, St Croix, Virgin Islands, December 6-10, 1970.

学位论文

陈万益:《晚明性灵文学思想研究》,博士论文,台湾大学,1978。

高八美:《袁中郎及其小品文研究》,硕士论文,辅仁大学,1978。

吴武雄:《公安派及其著述考》,硕士论文,东海大学,1981年。

朱铭汉:《袁中郎之文学批评观》,硕士论文,东海大学,1978年。

Hung Ming-shui, "Yuan Hung-tao and the Late Ming Literary and Intellectual Movement",（Ph. D. dissertation, University of Wisconsin-Madison, 1974）.

Liang I-ch'eng, ' Hsu Wei (1521-1593): His Life and Literary Works. ' Ph. D. dissertation, Ohio State University, 1973.

译后记

袁宏道是个矛盾的人。他常常表达对自然山水的热爱，但从来不愿为之涉险。他的文章里不曾写到什么峻岭荒山，却充满人造园林或瓶中插花这类"无扦剔浇顿之苦，而有味赏之乐"的"自然山水"。他不太能喝酒，"饮不能一蕉叶"，却对与酒相关的各种礼仪程式、器皿物什、鉴酒方法等如数家珍。更过分的是，因为觉得大家喝酒的时候不合规矩，很不像样，他还专门写了一册叫《觞政》的小书，让"饮客"们"各收一帙"，以修"酒宪"。在政治上，袁宏道既曾发出"痛民心似病，感事泪成诗"的愤懑之声，又从未试图将这种批评转化为实际的政治行动。在做官这件事上，他尤其显得游移摇摆。在主政吴县时，他时时抱怨官场的腐败与身处其中的疲惫，而真的去职离任，隐居田园之后，又慢慢觉得"盘桓未久，厌离已生"，想要重新出山了。

在某种意义上，正是袁宏道在生活实践与自我表达上的这种暧昧和矛盾，使得后世对他的评价呈现出分裂的样貌。一边，我们看到周作人、林语堂对袁氏闲适风雅、悠游意趣的一面的强调；另一边，则是阿英、鲁迅等人试图凸显他激扬政治、关心世道的一面的努力——而这对立的双方似乎都能在袁宏道那里找到充分的证据。

不过在周质平先生看来，上述双方都在以袁氏作为工具，来提倡或诋毁某种文学理论，而非对他做出公正的评价。事实上，袁宏道的独特，既不在其闲适，亦不在其抗争，甚至也不在其犹疑矛盾——每个人的内心都或多或少有些矛盾之处。他的与众不同之处，在于他敢于公开表达自我内心的这种矛盾，在于他与读者分享其私密经验的意愿与真诚。袁宏道承认自己的投机性，承认自己的矛盾和糊涂，承认自己的不负责任与消极，但同时，他也将个体的内在矛盾视为人情自然的一部分，无须掩饰作伪。这种公开的自我分析乃至自我嘲讽所具有的真诚性，不仅为个体的自我表达拓展出新的空间，更召唤、呼应着他在文学理论与书写形式上的突破，并凝结为"独抒性灵，不拘格套"这一代表性论述。

周质平先生此著对袁宏道、公安派以及他们在后世影响与评价的分析，正是从这种矛盾性入手，逐步展现出晚明诗文及其现代回响所具有的丰富图景。比如，在政治态度上，周著既描述了袁宏道在吴县县令任上的积极作为和某些时候对政治腐败的激烈批评，同时也强调他在行动上的消极："洒几滴泪，喝两盅酒，作几行诗，气也平了，愤也消了，袁宏道'忧君爱国'之情大抵就止于此了。"就文学而言，本书一方面指出，袁宏道在诗歌写作中对口语体和民歌体的实验是其"最显著的特点"，在这些实验中，他以平直清新的文辞形式表达独特的个人情感与体悟，为自己赢得了"不拘格套"的评语。而在另一方面，本书也提醒读者，这些作品自有其限度，更像是偶一为之的尝试，而非持久而严肃的事业，故不应赋予过高的意义。事实上周质平发现，袁宏道的诗歌写作实践与诗学理论之间多少存在着一些距离，不论在形式还是在内容上，他的作品远比他的理论要保守得多，这种保守性随着袁氏年龄的增长而日渐明显。相比较而言，反倒是袁宏道的尺牍和游记,由于其文辞的口语化,更由于其在内容上对个人癖性、才智与幽默感的充分呈现,更为鲜明地显现出了袁宏道独特的文学理念与追求。

此外,在论及公安派的文学理论时,此著也同样对历史的断裂与延续之间的暧昧性多有致意。自清代以降,公安派的文论总是在其与复古派(前、后七子)的对立中来加以理解的。然而通过对李梦阳、谢榛、王世贞的文论的分析,本书揭示出了一个"诗文格式日渐松动,文学表现性的意识不断增强的过程",由此观之,通常名为"性灵"的自我表现论的文学趋向是内在于明代文学批评传统中的一部分,"三袁"是这一传统的继承与发扬者,而非开创者。除此以外,本书还进一步考察了唐顺之、徐渭、李贽对公安派的影响,并对袁氏三兄弟的内在区别进行了细致的分疏,其中,袁中道对公安派理论的修正在很大程度上促成了公安派向竟陵派的转型。

对历史连接褶皱处细腻、周到的呈现,构成了此著的基本特色。正如伊维德(Wilt L. Idema)教授所说,当时下的学者习惯于拔高各自的研究对象所具有的重要性时,周质平却以一种允执厥中的态度,将袁宏道与公安派放回到了历史的语境中去。惟其如此,我们才能对其创获与局限拥有更完整的看法。而伊维得教授没有提到的是,支撑着这种历史性的态度的,正是本书作者对公安派在现代时期已然遭受了的各种过分"拔高"的评价的了解。换言之,本书的"持平"之论背后亦自有一种锋芒,它意在改写后世关于袁宏道与公安派的论述,矫正他们不断被"工具化"的命运。

多年以前,我因对周作人的兴趣而开始关注袁宏道与公安派,同时也试着搜罗、查考相关研究,以帮助理解。在友人周帅的指点下,我陆续读到周质平教授的一系列相关研究。其中不仅包括以公安派为主题的中英文专著,更有以现代文学为对象的多篇论文。在与周教授的交流中,我提议以"晚明诗文及其现代回响"为主题,将这些研究加以梳理,整合为一部完整著作,以凸显历史演变的复杂线索,或能为相关领域的研究与认知提供重要参考。这一计划不仅得到周先生的应允,更蒙贾雪飞编辑的大力支持,得以在中华书局这一传统文化出版重镇落实出版。在译、编此书的漫长过程中,贾雪飞编辑以其经验与耐心,协调、解决了诸多计划内外的问题,保证了本书的顺利面世,这是应当特意感谢的。还要感谢的是胡正娟、宋丽军二位编辑不辞辛劳,不仅在文辞表达、原文校核方面提供了重要的帮助,更费心找来大量插图,为本书增色。此外,本书的出版还得到了复旦大学中文系上海高校高峰学科(Ⅰ类)建设经费资助,在此一并致谢。

从民初遗老对明末遗民的想象,到1930年代围绕晚明小品的论争,从1960年代中《海瑞罢官》引发的滔天巨浪,到当下人文学界关于"晚明的现代性"的诸多论述,晚明的思想人物与文学文化,似乎总是成为我们理解、反思乃至改造自身所处的历史语境的某种参照。在晚明与现代的漫长纠葛中,袁宏道曾是其中的一位核心人物。希望本书的讨论,能不仅为我们理解袁宏道,也为我们理解这种纠葛提供洞见与启迪。

康 凌

2021 年 4 月